PAUL D'ORCIÈRES

LE DRAME

DE MONACO

PARIS

C. MARPON & E. FLAMMARION

LIBRAIRES

Galeries de l'Odéon, 1 à 7, et rue Rotrou, 4

1878

LE

DRAME DE MONACO

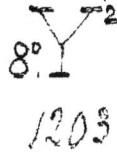

PARIS. — IMP. NOUV. (ASSOC. OUV.), 14, RUE DES JEUNEURS
G. MASQUIN, DIRECTEUR

LE
DRAME DE MONACO

PAR

PAUL D'ORCIÈRES

M. F.

PARIS
C. MARPON & E. FLAMMARION
LIBRAIRES
Galeries de l'Odéon, 1 à 7, et rue Rotrou, 4

—

1878

Je dédie ces pages aux innombrables victimes de ce hasard qui, sournoisement tapi au centre même de la magnifique toile d'araignée de Monaco, dévore chaque jour la fortune et l'honneur de milliers et de milliers de braves gens !

LE
DRAME DE MONACO

Joseph Limet avait dix-huit ans et venait de faire à Turgot d'excellentes études scientifiques et commerciales, lorsqu'il entra comme dernier employé dans la grande maison d'ameublements artistiques, fondée en 1822 par les frères Pigonnet.

Vers 1859, époque à laquelle le petit Limet fut admis dans leurs bureaux, les MM. Pigonnet étaient devenus les fournisseurs brevetés d'une grande partie du faubourg Saint-Honoré, du roi des Belges, de celui de Hollande, ainsi que de plusieurs feuillets de l'Almanach de Gotha. Ils possédaient littéralement des tonnes d'or dans les caves de la Banque, et leur papier faisait prime sur la place.

Partis en 1817 du pays blaisois, avec leurs outils d'ébéniste, sans argent, sans appui, mais

intelligents, laborieux, remplis d'ambition et
d'une sage audace, une espèce de prédestination
et d'impérieux instinct les poussa vers Paris,
cette admirable prostituée qui a toujours eu pour
amants de cœur des ébénistes campagnards et
des bohêmes de génie.

Cinq ans après, en 1822, nos Blaisois étaient
déjà installés rue des Francs-Bourgeois et trans-
formaient en magasins, ou en ateliers, l'hôtel vaste
et somptueux d'un ancien fermier général des
gabelles du roi. Ils jetaient ainsi les premières
bases d'une fortune, devenue depuis l'une des
plus considérables et des plus pures de toutes
celles qui sont inscrites sur le livre d'argent de
la bourgeoisie du Marais.

Lors donc que Joseph Limet se présenta pour
occuper un emploi, l'aîné des Pigonnet, la forte
organisation, l'homme de génie de la Société
Pigonnet et Cᵉ, le fit monter dans son cabinet,
sis au premier étage, une grande pièce décorée
d'admirables sculptures sur vieux chêne.

Le malin bonhomme, trapu et orné d'une tête
en forme de boule, était assis dans un immense
fauteuil abbatial et dépouillait fiévreusement son
courrier.

Le jeune homme se montra discrètement sur
le seuil, où il s'arrêta, attendant un signe du
futur patron, qui lui jeta aussitôt un regard rempli
de bonté goguenarde, et lui indiqua de la main

un escabeau gothique, placé à deux pas de son trône.

Médiocrement rassuré par cette réception un peu froide, l'adolescent acheva de perdre contenance, et, glissant comme une ombre, il alla, tremblant, s'asseoir à demi à la place indiquée, mais non sans avoir heurté un petit meuble d'ébène d'un travail exquis, ce qui lui valut un froncement de sourcils de la part de M. Pigonnet aîné.

Enfin, le redoutable vieillard ramena d'une main sa houppelande sur ses maigres genoux, tandis que de l'autre il repoussait sur le front ses lunettes d'argent. Puis, avec cette impertinence doucereuse qui est tempérée chez certains hommes par beaucoup de bonté, il soumit le postulant à la torture d'un minutieux interrogatoire :

— Vous êtes, si je ne me trompe, commença-t-il lentement, le jeune homme envoyé par M. Trubert, mon client de la rue Dufour?

— Oui, monsieur, répondit timidement le garçonnet, et l'on me nomme Joseph Limet, pour vous servir.

— Je le pense bien ainsi, riposta le négociant avec brusquerie, à moins que ce ne soit pour que je vous serve, n'est-il pas vrai?

— Ce n'est pas cela que je veux dire, monsieur. M. Trubert m'envoie vers vous parce que vous avez eu l'obligeance de lui promettre que vous vous chargeriez de moi.

— Je ne dis pas non, mais il faudrait savoir auparavant de quoi vous êtes capable, n'est-il pas vrai ?

— A mon âge, malgré de sérieuses études, j'ignore encore le principal de ce que je devrais connaître.

— Pas mal raisonné cela ; très bien même, si ta modestie est sincère. Et quel âge avons-nous ?

— Dix-huit ans, monsieur, depuis la fête des Rois, et c'est aujourd'hui le 20 mars.

— Bon, un enfant! tant mieux, le dressage ne sera que plus facile, pourvu qu'on soit flexible et souple.

— Je vous promets une obéissance et une docilité à toute épreuve.

— C'est beaucoup t'engager, et je te rends la moitié de tes promesses ; il m'en restera encore assez pour te les rappeler, si jamais tu y manquais.

— Je les tiendrai scrupuleusement.

— Avant tout, sois homme de parole. Dans le commerce, cette qualité, c'est la foi qui sauve. Point de parole, point de confiance, et bientôt point de crédit. Un roi peut trahir la sienne à volonté; un commerçant, jamais... Je te livre là le secret de la fortune des Pigonnet. Il est sans exemple qu'après avoir promis, ils ne se soient pas exécutés.

— Je comprends : la loyauté est l'âme du commerce.

— Juste, comme les trois angles d'un triangle... Tu as du goût pour le négoce?

— Bien mieux : de l'enthousiasme !

— Encore trop de moitié; c'est manquer de mesure, un défaut qui coûte cher dans notre partie. Quand on ne met pas de bonne heure la calotte de plomb, on ne fait bientôt que des sottises.

— Vous oubliez, patron, que pendant longtemps encore je n'aurai pas le droit d'en faire.

— Pourquoi donc, petit?

— Parce que je serai l'employé et que vous serez le maître. Et d'ici que je le devienne, j'aurai le temps d'ajouter à la calotte une cuirasse.

— Tapé, garçon, ta mère t'a au moins donné du bon sens. Compliments à Mme Limet.

— Ma foi, monsieur, c'est vous qui me suggérez ces idées.

— Alors, c'est bien, car elles ne sont pas mauvaises... Je dois te prévenir néanmoins que le métier est rude, et ne convient pas à de jeunes bourgeois efféminés. Chez nous, les journées sont de quarante-huit heures. Si l'on y mange quelquefois, l'on y dort rarement. On blanchit d'abord et on vieillit ensuite.

— Vous ne m'effrayez point : il vaut mieux blanchir à gagner son pain, que vieillir trop tôt à l'humiliant ratelier de l'aumône.

— C'est-à-dire que tu es ambitieux.

— Ce n'est pas un crime.

— Non, au contraire. Aussi, j'aime les vrais ambitieux. Je te prends donc à l'essai pendant un an. On te traitera ensuite selon tes mérites...

A ce moment, la porte du cabinet s'ouvrit avec un fracas endiablé, et une ravissante petite fille de dix ans, voletant comme un oiseau à travers le fouillis des meubles, vint se jeter dans les bras du vieux Pigonnet.

C'était Mlle Mathilde, l'enfant unique et absolument gâtée de M. Pigonnet jeune, et par voie de suite la nièce de M. Pigonnet aîné, qui, n'ayant jamais rien compris aux joies du mariage, n'avait consenti à épouser que ses consoles et ses bahuts.

Seulement, il adorait Mlle Pigonnet junior. Lui d'ordinaire si sévère pour tout le monde et pour lui-même, ne reconnaissait à Mathilde aucun défaut, l'admirait jusque dans ses plus capricieux emportements, et lui accordait toutes ses fantaisies.

A sept ans, elle s'interposait déjà entre l'oncle et les employés qui avaient encouru ses justes réprimandes, jouant ainsi auprès de ce Pluton, parfois un peu sombre, le rôle aimable d'une mignonne Proserpine.

Elle aimait d'ailleurs cet oncle bourru, qui lui sacrifiait jusqu'à sa clairvoyance, et devenait sous son regard comme une espèce de quadrupède confus.

Cette fois, elle s'assit à califourchon sur les genoux du négociant, lui prit sa rude barbe à pleines mains, et l'attira ainsi brusquement jusqu'à son petit minois pour l'embrasser. Celui-ci s'inclina et se laissa appliquer la torture avec une indicible résignation.

— Voyons, mademoiselle l'espiègle, fit-il, avec un bon grognement, quelle nouvelle exigence allez-vous encore m'imposer aujourd'hui?

— Tu es bien méchant ce matin, mon oncle.

— Il te semble, follette? interrogea l'aîné des Pigonnet en enlaçant de ses bras les frêles épaules de sa nièces.

— Oui, tu m'avais promis de me conduire à *Séraphin* le jour où j'aurais gagné la croix d'application. Je la porte depuis une semaine et tu as complétement oublié Polichinelle.

Le marchand de meubles se mit à rire aux larmes de cette saillie, et mangea littéralement de baisers la petite raisonneuse.

— Pardonne-moi, murmura-t-il ensuite, et je t'y conduirai deux fois.

— Quel jour? s'écria Mathilde, avec un ravissement comique.

— Ce soir et demain.

1.

— Oh! quel bonheur! Tu es un bon oncle, toi, et je t'aime comme petit père.

L'enfant embrassa de nouveau l'aîné des Pigonnet, et se retira impétueusement, comme elle était venue.

Le jeune Limet avait assisté à cette scène avec une admiration respectueuse, comprenant à merveille qu'une créature aussi charmante eût la puissance d'émouvoir jusqu'au vieux bronze. Puis elle s'était montrée à lui avec l'irrésistible prestige d'une millionnaire qui ferait plus tard les délices d'un Crésus, et son imagination de pauvre diable s'était vite abîmée dans cet idéal métallifère.

Bien qu'il ne vît dans Mathilde qu'une patronne future, il pensa aussi que plus tard elle serait femme, et qu'une fois sa comptabilité à jour, elle rêverait peut-être des héros de George Sand. Alors, qui sait! Les bourgeoises les plus positives s'abandonnent parfois aux plus singulières fantaisies.

Il sentit au cœur comme un germe d'amour inné que l'apparition de Mathilde venait de lui révéler, germe de sympathie à venir, plutôt que présente, aspiration mélancolique vers un but impossible à atteindre, assez semblable au langoureux dépit que l'on éprouve à la lecture d'une voluptueuse pastorale.

Au surplus, il lui plaisait de voir en elle le

génie rieur de la maison Pigonnet, de cette maison austère où ses dix-neuf ans gagnaient déjà la nostalgie, et il commençait à lui rendre, au moins en gratitude, ce qu'il aurait voulu pouvoir lui offrir déjà en adoration.

Il avait moins peur du redoutable Pigonnet depuis que cette figure lutine était venue badiner avec sa barbe brise. Grâce à ses enchanteresses témérités, il avait connu du premier coup le faible du patron et compris qu'il n'avait de l'ours que la voix enrouée, et du butor que le masque.

M. Pigonnet aîné reprit la conversation interrompue :

— Ne croyez pas, jeune homme, continua-t-il, en rangeant ses factures éparses, ne croyez pas que les Pigonnet gâtent leurs enfants. Les filles, passe encore : elles n'auront jamais la gouverne. Mais s'ils avaient des garçons, ils seraient élevés durement, virilement. L'apprentissage de l'homme n'est pas celui de la femme; celle-ci n'a que des devoirs; celui-là a des intérêts, souvent périlleux, à défendre. La femme ne fait que des sottises; l'homme ne peut commettre que des fautes. Ce dernier est une force, l'autre n'est qu'un agrément. La plus élégante des étagères ne porte que des chinoiseries, tandis que le vieux et solide buffet enferme la riche vaisselle, et parfois les provisions, n'est-il pas vrai?

— Cela me paraît droit et clair. Mais je ne sau-

rais m'empêcher de rendre hommage à la vérité,
en proclamant que tous les fils de la terre ne
seraient pas fâchés d'avoir pour sœur une demoi-
selle aussi accomplie.

— Gourmand!... J'ai décidé, ajouta-t-il brève-
ment, que M. Limet serait employé au bureau
des expéditions pour l'étranger. Il entrera en
fonction demain matin. Douze heures de bureau
par jour et une après-midi de congé par mois.
Ces conditions lui sourient-elles?

— Parfaitement, monsieur Pigonnet.

— On vous remettra un carnet-brouillard, sur
lequel vous inscrirez les demandes de l'exporta-
tion, les expéditions faites, les emballages, les
camions, le service du chemin de fer. Bref, vous
aurez la surveillance en sous-ordre dans cette
branche considérable de nos opérations.

— Du moment que je n'aurai qu'à obéir, la
chose sera facile.

— Vous ne serez pas exclusivement attaché à
ce bureau. Vous transmettrez également nos
ordres aux ateliers, qui sont à Ivry. Nous avons
là des contre-maîtres qu'il faut suivre attentivement... Vous voyez qu'ici la besogne ne manque
pas.

— Il ne dépendra pas de moi, monsieur,
qu'elle ne soit faite selon vos désirs.

— Pour cela, mon garçon, il faudra se garder
des mauvaises fréquentations. Méfie-toi, surtout,

des commis de la maison Mazurel, qui est tout proche : ils ont un mauvais esprit, et perverti-raient un philosophe.

— Je n'ai pas besoin de camarades, j'ai ma mère.

— Il est aussi un autre sujet plus délicat, que je veux à peine effleurer... A ton âge, on est gaillard, et l'on se demande quelquefois où vont ces petites ouvrières à la jambe et au nez délurés, qui passent le matin. Alors, il arrive qu'on s'ou-blie à les épier d'abord et bientôt à les suivre. Peut-être me comprends-tu ?

— Certes, monsieur Pigonnet, je mentirais en affirmant le contraire.

— Tu ne perdras ainsi ni le temps, ni la santé, ni l'argent. Va, mon garçon, et nous te jugerons à l'œuvre...

Nous ne raconterons pas la phase laborieuse et longue des débuts du nouveau Paturot. Les deux premières années de son initiation com-merciale furent particulièrement rigoureuses, car il était le dernier venu et se trouvait ainsi as-treint aux corvées les plus rebutantes; mais il n'eut pas un seul jour de découragement. Pour lui, l'avenir éclairait le présent comme un phare ardent, et il puisait dans sa soif de parvenir une énergie surhumaine.

Il devint successivement sous-chef et directeur du bureau des expéditions, contrôleur spécial des ateliers, vérificateur des entrées et des sorties, et son activité grandissait avec ses charges. A l'expiration de la cinquième année, à vingt-quatre ans, il fut nommé chef de la correspondance, aux appointements de 5,000 francs, et, à compter de ce jour, il fut admis à la table des patrons, c'est-à-dire dans l'intimité de la maison Pigonnet frères.

Cependant M. Pigonnet aîné ne manifestait encore sa satisfaction que par des critiques amicales mais froides, qui témoignaient à peine d'une vague sympathie. Seulement, ceux qui le connaissaient de longue date savaient qu'il n'accordait pas sa confiance sans son amitié. Or, Limet possédait déjà la première; il était donc sur le point d'obtenir la seconde.

On le soumit néanmoins à une dernière et décisive épreuve. Les patrons venaient de congédier un voyageur qui avait gravement compromis la maison par ses inconséquences et ses légèretés. Limet fut improvisé dans ce rôle de Godissart de l'ameublement, et bien qu'il manquât de cet aplomb et de ce verbiage facile qui forment la maîtresse aptitude du représentant de commerce, il partit sans murmurer.

On l'avait envoyé remplir un intérim, et il voyagea pendant quatre années consécutives, parcourut à plusieurs reprises les grands centres de France et de l'étranger, ouvrit à sa maison de nouveaux et plus importants débouchés, doubla, tripla son chiffre d'affaires, et obtint même la fourniture des palais impériaux du czar et des nombreux princes du sang!

Chemin faisant, il étudiait les plus récents procédés de fabrication, s'emparait habilement des idées des artistes qu'il rencontrait sur sa route, et, au retour de chaque voyage, il s'empressait de les faire adopter et appliquer aux ateliers de ses maîtres.

Dans l'espace de dix années, Joseph Limet avait triomphé des obstacles, des épreuves que le hasard et aussi la prévoyance de ses patrons avaient accumulés le long de la filière industrielle et commerciale. Mais il avait emporté d'assaut, une à une, toutes les positions intermédiaires, pour venir s'asseoir, avec une fière assurance, à la première place de la maison Pigonnet. Il avait vingt-neuf ans!

Cette fois, la glace était rompue : l'intraitable fondateur de la dynastie des Pigonnet le prit, un matin, à part dans son cabinet, et l'appelant par son petit nom, lui dit :

— Joseph, tu n'es plus notre employé, tu es notre ami, en attendant que tu deviennes notre associé. Je commence à vieillir, et prochainement je te passerai la main.

Cependant Mlle Mathilde était devenue une grande et fort désirable personne. Il est rare qu'une fille de parvenu ne soit pas un beau fruit. Conçue dans une heure de surexcitation cérébrale, sortie de la fusion des facultés hautes, elle montre à l'âge de la maturité l'épanouissement des formes voluptueuses, relevées de poésie.

Mathilde ne faisait pas exception à cette règle de la génération accomplie entre deux crises. Le mystérieux laboratoire n'avait opéré que sur des essences de robuste et parfaite virilité.

Mlle Pigonnet junior représentait donc à vingt ans un type accompli de séduction et de grâces féminines. C'était un pastel finement dessiné, aux tons chauds, aux lignes pures, à l'œil noir, aux lèvres un peu lascives, légèrement entr'ouvertes par un désir de rêve, aux attaches d'une délicatesse extrême, ayant une peau d'un satin rose tendre, un amour de menton et un maintien d'impératrice familière.

Un marquis aurait pu sans déchoir décrasser la vierge des bahuts, et pour tout dire, cette fleur de l'ébénisterie millionaire aspirait en secret aux parterres aristocratiques.

L'infortuné Limet en était amoureux fou depuis le jour où il l'avait vue assise sur les genoux de l'oncle redoutable. Il avait gardé ce secret comme un songe excentrique dont on n'ose confier les hallucinations et les pronostics. Personne ne devinait encore la flamme intime qui

le dévorait. La riche héritière n'était pas au-
dessous d'une grande alliance, et il voyait bien
qu'il ne serait jamais, lui, Joseph Limet, que
le premier des commis de l'importante maison
d'ameublement de la rue des Francs-Bourgeois.

Mais ces justes raisonnements ne guérissaient
pas le pauvre garçon de sa passion insensée;
cette île escarpée mais fleurie l'attirait avec
d'autant plus de force qu'elle paraissait être sans
bords.

Il en était arrivé à ce moment désastreux des
matrimoniales consomptions, lorsqu'une après-
midi d'avril 1870, le plus influent des Pigonnet
le manda à ce redoutable bureau du premier
étage où, près de onze années auparavant, il
avait reçu l'humble novice.

Cette fois, l'accueil du patron fut amical et
même familier.

— Te souviens-tu de notre entretien d'il y a
plus de dix ans ? lui dit le patron sans préambule.

— Parfaitement, monsieur Pigonnet.

— Tu étais à cette époque un marmouset rempli de résolution et de bonne volonté. Cependant je te montrai un front sévère pour ajouter
encore au feu sacré dont tu paraissais animé,
n'est-il pas vrai ? Je te dis entr'autres choses :
« Sois homme de parole, car, dans le commerce,
il n'y a que cette foi qui sauve. »

— Ne l'ai-je pas été ?

— Constamment, et je t'en félicite. Ce qui a fait notre fortune va décider aussi de la tienne. Depuis quelques années surtout, tu as contribué plus que personne à nos agrandissements ; il est équitable que tu en recueilles le bénéfice. Nous avons décidé, mon frère et moi, qu'à partir du 1er mai prochain tu serais notre associé pour un tiers dans toutes les affaires de la maison. L'acte est prêt ; il n'y manque plus que les signatures.

— Vous exagérez la valeur de mes services, et je ne sais pas si je dois accepter une récompense hors de proportion avec mes faibles mérites, répondit Joseph Limet, rouge d'émotion et de plaisir.

— C'est la première fois, répliqua le bourru, que je te vois manquer de franchise. Tu as fait plus que ton devoir, et tu le sais mieux que personne.

— Non, j'ai gagné mon salaire en justifiant votre confiance.

— Ce n'est pas là, par le temps qui court, une qualité commune, et un tel zèle méritait d'être reconnu. L'opération que je propose est d'ailleurs à notre avantage ; nous espérons seulement que tu y trouveras aussi le tien.

— Dans ce cas, j'accepte avec gratitude, ajouta simplement Joseph Limet.

— Toutefois, objecta le vieux renard, nous

mettons au projet une condition essentielle.

— Laquelle? interrogea le commis étonné.

— C'est que tu entreras en ménage le plus tôt possible.

— Me marier, mo

— Oui, toi. Quoi d'étonnant? Est-ce qu'à ton âge il ne faut pas songer à prendre femme?

— Permettez, patron : il me semble, sans vouloir vous fâcher, que vous avez au moins le double de mes ans, et que vous n'êtes pas encore très pressé de remplir cette formalité?

— Moi, c'est différent, mon pauvre Joseph, reprit le négociant avec une touchante mélancolie. A dix-huit ans, j'avais déjà, quoique jeune homme, une nombreuse famille; j'étais le père de tous les miens, et cette mission a si longtemps duré, qu'ensuite il a été trop tard pour allumer mon propre foyer. Je me suis résigné au métier d'oncle à succession, au charme d'un célibat méritoire. Mais pour toi, il n'en est pas ainsi.

— Peut-être.

— Mais je ne te connais pas de parents qui aient besoin de ton appui, et la présence de ta mère ne saurait être un obstacle.

— Grand Dieu! non : la digne femme accepterait même avec bonheur la bru que je me serais choisie. Seulement, j'avoue, ajouta-t-il en riant, que je n'ai pas encore mon affaire sous la main.

— Comment! à trente ans, tu n'aurais point rencontré un charmant bénitier d'alcôve.

— Pardonnez-moi, patron, je connais, au contraire, une personne que j'épouserais avec bonheur, mais qui ne voudra jamais de moi.

— Parbleu! si elle est de sang royal, ou descend des anciens doges?

— Non : c'est une Parisienne, au contraire. Seulement.....

— Quoi?... S'agirait-il d'une riche héritière?

— Oui, et mieux que cela encore.

— Ecoute, Joseph, reprit M. Pigonnet d'un ton grave, veux-tu, entre nous, que je te prête cent mille francs?

— Je suis confus de vos bontés, mais je n'y consentirais jamais.

— Au moins, choisis-moi comme ambassadeur auprès de ta belle; je te promets qu'elle sera bien farouche si elle résiste à mes raisons.

— Hélas! je ne peux pas; un tel choix me serait peut-être reproché comme une lâcheté.

— A ton aise, répliqua l'industriel avec philosophie..... Eh bien! confidence pour confidence : nous marions notre bonbonnette.

— Hein? interrogea Joseph, en regardant son interlocuteur avec des yeux désolés.

— Je dis que nous sommes sur le point de caser notre Mathilde.

— Déjà?

— Sais-tu bien, mon ami, que ma nièce accomplira sa vingtième années fin juillet prochain?

— Vous m'étonnez, car mademoiselle est loin de paraître cet âge.

— C'est que tu l'as vue grandir, et pour toi elle est toujours l'enfant que tu vis autrefois.

— Vous avez pourtant raison, monsieur Pigonnet, répondit le commis avec découragement.

— Chose drôle, on dirait que tu la regrettes?

— Elle est si bonne et si gaie, Mlle Mathilde, que tous les employés la pleureront.

— Elle ne peut cependant pas rester fille pour vous faire plaisir.

— Evidemment non, mon maître. Aussi bien sera-t-elle la plus heureuse des femmes, puisque c'est vous qui lui avez choisi un époux.

— Là-dessus, on peut s'en rapporter à moi.

— Le futur a sans doute une grosse dot?

— Seulement sa capote et son épée.

— Il est au moins général?

— Non, non, gros niais, cela signifie qu'il n'a que son intelligence et ses dix doigts. Par exemple, il en joue à merveille.

— Y aurait-il indiscrétion à vous demander si Mlle Mathilde a du goût pour son fiancé?

— Beaucoup. Il paraît qu'elle en raffole.

— Néanmoins, il est sans fortune, insista Limet avec une nuance de dédain.

— Faut-il te l'affirmer de nouveau?

A cette révélation inattendue, le premier commis de M. Pigonnet ne put se contenir davantage, et il éclata subitement en sanglots. En
homme habile, le patron laissa tomber cette première pluie; lorsque le plus gros de l'averse fut
passé, il reprit froidement :

— Ceci est bizarre : qu'y a-t-il donc d'étrange
à ce que Mathilde fasse comme toutes les jeunes
héritières? Deviendrais-tu fou, par hasard?

— Plût à Dieu!.....

— Voyons, tu me caches quelque chose?

— Et moi aussi, je l'aimais! s'écria le sublime
imbécile avec un accent de lamentable désespoir.

— Pas possible!..... Depuis quand nourrissais-
tu cette jolie maladie? questionna le sceptique.

— Depuis que je la vis pour la première fois,
le jour de mon entrée ici.

— C'est-à-dire qu'il y a dix ans que tu portes
secrètement cet incommode levain d'amour?
Penses-tu bonnement m'apprendre quelque chose?

— Alors, ajouta Limet avec tristesse, puisque
vous connaissiez mes vœux, vous ne les avez jamais agréés, car vous disposez de la main de
votre nièce en faveur d'un autre.

— Ta naïveté passe les bornes. Tu ne vois
donc pas qu'avant de te donner Mathilde, j'ai
voulu te constituer une dot, en t'associant pour
un tiers aux affaires de la maison?

Joseph Limet était atterré de bonheur. Il était sans force et sans esprit pour répondre dignement à ce généreux butor.

— Je serai donc votre neveu... murmura-t-il, entre deux étouffements.

Et il se précipita à ses genoux.

Le bonhomme, qui pourtant n'était pas tendre, sentit l'émotion mouiller ses paupières et releva vivement l'amoureux de Mathilde.

— Oui, neveu par alliance, dit-il, sans compter le nom de Limet que nous allons ajouter à la raison sociale... Ne me remercie point, car tu as vaillamment conquis tes épaulettes.

II

Personne dans la maison n'osait résister au vieux Pigonnet, qui décidait toujours seul et en dernier ressort. Chacun obéissait alors sans murmurer, et son frère était le premier à donner l'exemple de la déférence absolue à ses volontés.

Ce n'est pas qu'il abusât de cette autorité sans contrôle ; mais, trop avare de son temps et de ses discours, il oubliait parfois d'expliquer à ses collaborateurs la raison de ses desseins, et ceux-ci travaillaient sous ses ordres comme des machines, habitués à subir l'impulsion dirigeante du chef qui commandait et pensait à leur place.

Il avait donc arrangé de lui-même le mariage de Limet avec sa nièce. C'était une bonne affaire pour la maison, et il n'aurait pas fait l'injure à son cadet de le croire capable d'une protestation contre un arrangement utile et profitable aux intérêts de la Société. Au reste, il connaissait le cœur de Mathilde et savait avec certi-

tude que celle-ci accepterait un époux de sa
main. Il courut raconter à sa belle-sœur l'entretien qu'il venait d'avoir avec son premier commis.

Mᵐᵉ Pigonnet junior accueillit ces confidences
avec une froideur marquée, et la stupéfaction du
beau-frère fut au comble lorsque la mère de Mathilde lui répondit sèchement :

— Pour cette fois, mon ami, j'aurai le chagrin
de vous contrarier, car j'ai décidé que ma fille
n'épouserait jamais un employé de commerce.

— Pourquoi cela? fit sévèrement Pigonnet
aîné.

— Parce que j'ai rêvé mieux pour Mathilde.

— Sans doute des fumées de grandeur?... Il
vous faudrait peut-être pour gendre un séna-
teur?

— Non, ils sont trop vieux.

— Alors vous vous contenteriez d'un chambellan?

— Qu'est-ce que cela gagne, un chambellan?

— Rien. Cela dépense.

— Je préférerais un conseiller d'Etat ou un
colonel.

— Dites-moi, chère amie, est-ce que votre
mari était conseiller d'Etat?

— Ce n'est pas une raison. On peut avoir de
l'ambition pour ses enfants.

— Vous placez donc les colonels et les avocats

2

du quai d'Orsay au-dessus du premier commis
de la maison Pigonnet? Mais ça n'a pas le sou,
tous ces gens-là; ils sont *panés* comme des rats
de bruyère. Vous devenez folle sans doute?

— Et vous, monsieur Pigonnet, malgré vos
deux millions, vous êtes demeuré le petit ébéniste d'il y a quarante ans.

— Je m'en flatte, répondit celui-ci avec orgueil.

— Ce n'est pourtant pas si flatteur! Il me semble que, quand on possède cent mille livres de
rente, on devrait commencer à tenir un peu plus
son rang.

— Notre rang? notre rang?... Que me rabâ-
chez-vous là?... Le rang consiste à payer aux
échéances et à placer ensuite quelques bons écus.
Allez voir un peu si vos chambellans ont, comme
les modestes Pigonnet, un crédit de onze cent
mille francs à la Banque de France?

— Je ne dis pas non. Seulement, avec votre
théorie, on ne jouirait jamais d'une fortune la-
borieusement, honnêtement amassée.

— Pardon, nous mangeons chaque jour notre
soûl, et sommes assurés contre le souci du lendemain. Lorsque vous souhaitez un bijou, on
vous l'achète, et comptant; nous y gagnons encore l'escompte à cinq. Nous jouissons enfin
bourgeoisement de notre petit avoir...

— D'une faible partie de notre revenu, vous

voulez dire ? interrompit Mme Pigonnet junior.

— Et si nous avions dévoré notre revenu, comment aurions-nous constitué le capital?... Ah! je l'ai souvent pensé, et je vous le dis à présent : vous avez une passion de dépense, ma belle-sœur, et de luxe qui nous aurait menés loin, si je n'avais tenu les cordons de la bourse.

— Aussi, il n'y a pas de risque que vous mouriez à l'hôpital, vous.

— Par la même occasion, vous en serez également dispensée.

— Vous avez donc le cœur d'imposer à votre nièce les pénibles privations de nos commencements ?

— Diable! comme vous y allez, ma chère, est-ce qu'il y a quarante ans j'avais pour me voiturer un coupé moëlleux, un salon de banquier, une table de Lucullus, des parasites pour me faire rire le dimanche et un quasi château en Touraine? Vous ne comptez donc tout cela pour rien? Faudrait encore un brillant colonel de la cavalerie très légère pour vous conduire à la cour, dans ce pays des paons et des perroquets, où l'on se moquerait de vous, de moi, de notre commerce, où l'on vous dévorerait en quelques soirées, à la bouillote ou au whist, votre revenu, le mien, en attendant notre crédit à la Banque et notre vieux fonds de meubles?...

— Oh! vous êtes fort pour mettre les choses

au pire. Votre frère est bien plus raisonnable.

— C'est-à-dire, en bon français, qu'il est plus faible. Sans moi, il aurait commis bien des sottises depuis qu'il a l'honneur d'être votre mari.

— Dites tout de suite que j'ai été le mauvais génie de votre maison.

— Non, ce n'est pas cela, bien que vous nous ayez créé plus d'un embarras. Cependant le plus sérieux est encore votre résistance au mariage de Mathilde avec ce brave Limet.

— Je déclare que vous ne m'y ferez jamais consentir.

— Enfin, que lui reprochez-vous?

— Il est commun, marchand, sans esprit. Il ne sort pas des bahuts où vous l'avez enfermé. Bref, aucun agrément : excellent placeur, mais détestable cavalier.

— Madame, depuis dix ans, notre maison a triplé le chiffre de ses affaires. C'est Limet qui a réalisé ce prodige et gagné ainsi la dot de Mathilde et la sienne; deux grosses dots, cependant.

— Vous y revenez toujours... Et n'avons-nous pas assez de quoi vivre pour qu'il faille entasser encore et implorer le bon Dieu des commandes?

— Non, parbleu! Croyez-vous que Rothschild ait assez de quoi vivre? Moins que le dernier des gratte-papier... Eh bien! je suis ainsi, moi; Limet comprend cela, lui, et ne voudrait pas me

contrarier pour si peu. Il est vrai que les
femmes...

— Que voulez-vous dire?

— Sont des êtres méchants, entêtés, prodigues,
futiles, dénués de bon sens et d'esprit de suite...

— Tenez, vous fûtes bien avisé de rester garçon.
La malheureuse qui aurait voulu de vous serait
morte de consomption et de chagrin.

— Possible, si elle vous eût ressemblé... Heureusement, Mathilde sort un peu de la côte de
l'oncle, et quoique vous me l'ayez gâtée, avec
Limet, nous la redresserons.

— Puisque j'ai eu l'honneur de vous déclarer
que ma fille n'épouserait point cet homme.

— Il m'est avis, ma chère sœur, que vous ris-
quez en ce moment une négation téméraire.

— C'est insupportable, à la fin! Me conteste-
riez-vous jusqu'au droit d'être la mère de Mathilde?

— Mon Dieu, non... Et, à votre tour, iriez-vous
jusqu'à me contester le droit d'être le créateur et
le père des trois quarts de la fortune des Pigonnet?

— Pas davantage. Que signifie cette menace?

— Rien du tout, sinon que Mathilde épousera
Joseph Limet, ou...

— Quoi? interrompit la belle-sœur.

— Ou j'adopterai, moi, Joseph Limet, qui sera
heureux d'ajouter à son nom celui de Pigonnet et

2.

acceptera avec gratitude la donation générale de tout mon avoir. Après cela, il épousera qui il voudra. Il est incapable de faire un mauvais choix, et j'affectionne d'avance la compagne qu'il me présentera... Eh bien! ma sœur, qu'en dites-vous?

— Que vous nous mettez le pistolet sur la gorge.

— Pas du tout : c'est ainsi que l'on raisonne avec les gens dépourvus de sens commun.

— Et vous auriez le courage d'abandonner ainsi *votre* Mathide?

— Pourquoi non? Je ne suis que son oncle, moi, presque un étranger. En définitive, son père et sa mère sont les seuls arbitres de sa destinée. Puisqu'ils s'y opposent, je ne ferai point son bonheur.

— Vous l'aimez donc bien, votre M. Limet?

— Pas trop mal, et vous?

— Jusqu'à ce jour, je l'avais regardé comme un simple employé rendant des services largement rétribués, sans prévoir qu'un jour vous auriez la fantaisie de l'introduire dans notre famille.

— Et vous-même, n'y êtes-vous pas entrée?

— Vous êtes frondeur aujourd'hui, monsieur mon frère. Vous rendiez plus de justice autrefois à ce que vous appeliez « mes précieuses qualités de ménagère ».

— C'est vrai. Mais en grandissant, nous autres, nous sommes restés ouvriers, tandis que vous avez voulu devenir, vous, grande dame.

— Vous vous trompez : je n'ai eu quelque ambition que pour ma fille.

— A ce compte, c'est encore nous qui avons le mieux préparé son avenir.

— Enfin, vous êtes-vous assuré, au moins, que Mathilde n'avait aucune répulsion contre ce M. Limet, qui porte, vous en conviendrez, un bien drôle de nom?

— Mieux que cela, ma chère; je sais de source certaine, authentique, qu'ils s'aiment tous deux à l'adoration. Quant au nom du futur, je le dorerai sur tranche, afin qu'il vous semble plus présentable.

— Ils s'aiment, dites-vous? et ma fille me l'aurait caché?

— C'était son droit, mais vous aviez le devoir de le découvrir. D'ordinaire, une maman vigilante surprend ce secret avant même que sa fille en ait été instruite.

Mᵐᵉ Pigonnet junior allait répondre quelque nouvelle sottise, lorsque Mathilde entra tout à coup. Elle venait trouver son oncle pour lui confier sans doute quelque nouveau chagrin de son cœur d'enfant, car elle lui disait tout, parce que le cœur du vieillard avait au fond la même jeunesse et les mêmes naïvetés.

Elle ne s'attendait pas à rencontrer sa mère, et sa présence, qu'elle ne s'expliquait point, la gêna, sans toutefois l'intriguer.

— Tu avais à me parler, fillette? lui demanda Pigonnet.

Mathilde rougit et ne répondit pas.

— Si je suis de trop ici, fit la mère avec humeur, on n'a qu'à le dire, je me retirerai.

— Oh! maman, répondit la jeune fille, pouvez-vous dire pareille chose!

— Que veux-tu? reprit l'oncle Pigonnet, on n'a pas tous les jours une nièce à marier, et ma foi, ta mère et moi, nous conspirions un peu.

Mathilde n'osa plus lever les yeux sur ses deux interlocuteurs.

— Oui, je viens d'apprendre, recommença Mme Pigonnet, avec le tact qui l'avait rendue célèbre, je viens d'apprendre que tu te serais assez sottement amourachée du petit Linet. C'est joli, cela, mademoiselle! Et dire que vous ne m'en avez jamais entretenue. Enfin, vous aviez l'assentiment de votre oncle, et cela devait suffire.

— Je vous en prie, répondit celui-ci sévèrement, gardez vos récriminations pour une autre fois. Nous pouvons, il me semble, donner à notre conversation un tour plus utile.

— Je vous assure, maman, dit à son tour Mlle Mathilde, que si vous m'aviez interrogée, je vous aurais répondu. Au reste, M. Linet ne m'a jamais adressé la parole qu'en votre présence, et si je connaissais mes sentiments, j'avoue que j'ignorais les siens, jusqu'au jour où mon oncle m'en a instruite.

— Alors, il ne te déplairait pas de devenir sa femme ? demanda celle-ci.

— Si pourtant cela ne vous agréait pas ?

— Pourvu que ton oncle soit satisfait, tu sais bien que ton père et moi sommes incapables de soulever l'ombre d'une difficulté à cet égard.

— Pardon, ma chère sœur, interrompit M. Pigonnet, vous exagérez mon influence et mon autorité. En définitive, c'est à vous de prononcer, en tenant compte, il est vrai, dans une certaine mesure, de mes désirs et de mes intentions.

Il appuya à dessein sur ce dernier mot, ce qui frappa vivement la digne femme, qui soudain se rappela ses menaces.

— Eh bien, ma fille, reprit la mère, tu épouseras donc M. Limet, car je n'aurais garde de faire à ce projet le moindre obstacle, pas plus que ton père, pour lequel je me porte garante. Pourvu au moins que tu sois heureuse.

— Auriez-vous de fâcheux pressentiments ? questionna Mathilde un peu effrayée.

— Mon Dieu, non ; je suis, au contraire, persuadée qu'en échange de l'administration de ta dot, M. Limet, en homme bien élevé, aura l'amour-propre de te laisser ton indépendance et de satisfaire tes goûts les plus raisonnables.

— Et moi, j'en suis certain, ajouta l'ancien ébéniste, qui avait beaucoup de peine à se contenir. Je considère Limet comme un fils, et c'est bien véritablement mon neveu par le travail qui va épouser Mathilde... Quant à toi, continua-t-il en s'adressant à la jeune fille, je te prédis un bonheur sans nuages. Tu as du cœur, toi, du bon sens, de la sagesse, et avec des hommes de la trempe de Limet, ces trois qualités réussissent toujours. Je suis d'avis qu'à présent il ne reste plus qu'à abréger les dernières formalités...

Les préparatifs du mariage furent vivement menés. Redoutant toujours quelque nouvelle fantaisie de la belle-sœur, le glorieux vétéran de l'ébénisterie avait hâte d'en finir.

Puis, de même que les souverains donnent parfois leur fille pour cimenter la cession d'une province limitrophe, de même ce grand politique industriel accordait généreusement sa nièce au collaborateur désormais indispensable de sa vieille activité, frappée de décadence. Et dans son allégresse du succès prochain, définitif, complet, il voulut faire les choses princièrement, se surpasser, s'étonner lui-même.

D'abord, il meubla à son goût personnel l'appartement des futurs époux et naturellement Joseph paya de ses économies, mais le vieux ne voulut être remboursé que de ses débours ; il se serait accusé de profiter de l'occasion pour réaliser un bénéfice sur les neveux.

Quant au linge et à l'argenterie, il eut un tour ingénieux pour se dispenser de les fournir ; il déclina toute compétence sur l'article, déclarant que rien ne lui était plus désagréable que de se laisser flouer par les marchands.

Puis on procéda à la signature du contrat. Lorsque le notaire, avant de passer la plume, donna lecture de l'acte, l'admiration fut générale, à ce passage court mais éloquent, où il était spécifié que M. Amable Pigonnet aîné donnait, par le présent, en espèces ou valeurs ayant cours, à sa nièce Mathilde Pigonnet une somme de trois cent mille francs, et à son neveu Joseph Limet, pareille somme, à charge, par ce dernier, d'administrer les biens de la communauté.

Cet oncle d'Amérique approchait par son caractère des hommes de Plutarque. Il n'était que terriblement pratique, et sa logique inexorable n'était que la cuirasse de bronze servant à protéger son cœur.

Joseph pensa devenir fou à cette royale marque de l'affection de son maître, et il ne fallut rien moins que le regard sévère de celui-ci pour le clouer immobile, au moment où il allait se précipiter à ses genoux.

Cependant Mme Pigonnet était sur le point d'étouffer de colère. Non-seulement le cadeau fait à

sa fille lui semblait chose naturelle et sans conséquence, mais encore elle s'indignait qu'un étranger eût obtenu le même présent.

Mathilde, au contraire, souriait à son oncle
avec des larmes de joie, et regardait aussi à la
dérobée le plus heureux des Limet.

Quant à M. Pigonnet jeune, on peut dire de
lui qu'il n'existait que pour mémoire. Il était le
père de Mathilde.

Le lendemain de la célébration du mariage, le
couple radieux ne partit point, selon l'usage, pour
la Suisse ou l'Italie; il y avait dans l'air des menaces de guerre prochaine; le monde des affaires
commençait à se recueillir et, au milieu de cette
fiévreuse incertitude, un voyage de lune de miel
aux pays lointains eût été une entreprise téméraire.

Les nouveaux époux allèrent seulement passer
huit jours à Fontainebleau, ou plutôt à Marlotte,
chez un ami de la maison, le joyeux paysagiste
Moullion, l'un des membres les plus follement
sympathiques de la tribu artistique campée dans
cette clairière de la forêt.

Peintre des blés ornés de coquelicots et des
sites profondément agrestes, Moullion est un in-
dépendant et presque un révolté de la palette;
néanmoins, assez conservateur en peinture, mais
dans ses relations privées impressionniste en
diable! Ce qui lui a valu une jolie collection

d'ennemis, et, en revanche, des amis aussi acharnés que ses détracteurs.

Il fit à ses hôtes les honneurs de *sa* forêt, avec une grâce charmante, leur en montra, sans se lasser, les mares, les grottes, les perspectives; leur en raconta en parfait boulevardier les légendes et les ballades, leur découvrit enfin ce Moullion des familles, connu seulement de quelques intimes.

Les huit jours de campos matrimonial se trouvèrent ainsi bien vite écoulés, et il fallut regagner la rue des Francs-Bourgeois pour y reprenpre les absorbantes occupations de la vie du négoce.

Puis la guerre survint comme un coup de foudre, qui arrêta net les transactions, ferma le marché, et du jour au lendemain tranforma en soldats, négociants et financiers.

Limet, qui comptait encore parmi les jeunes, fit partie de la mobile de Paris et servit le temps du siége au mont Valérien, où la belle Mme Limet allait le voir le dimanche avec l'oncle Pigonnet.

On passa ainsi bien des jours de tristesse et d'angoisse. Lorsque, de toute part, le canon faisait entendre ses formidables tonnerres, Mathilde tressaillait, et bientôt pleurait comme une veuve prématurée. Son mari était aux avant-postes et tous les jours elle se demandait si le cruel hasard des batailles continuerait à le lui épargner encore !

C'est au milieu de ces alternatives de triste incertitude et de douteuse espérance qu'elle éprouva
les premiers symptômes de grossesse. On était
aux fêtes de Noël, aux jours les plus âpres de ce
grand hiver; néanmoins elle voulut, la première,
porter au soldat la délicieuse nouvelle. Le vaillant
guerrier la reçut avec les démonstrations d'une
allégresse déjà paternelle. Il avait patriotique-
ment utilisé les rares congés que ses supérieurs
pouvaient lui accorder.

A vrai dire, le brave Limet avait hâte d'en
finir avec cette situation anormale, antipathi-
que et contraire à ses habitudes, car il se battait
sans enthousiasme, par devoir, et voyant à la fin
que les sacrifices devenaient inutiles, il n'aspirait plus, comme la bourgeoisie d'alors, qu'à la
paix à tout prix.

Aussi, lorsqu'il apprit que l'armistice était signé,
il n'eut qu'un vaste soupir de soulagement, et se
dit avec une navrante philosophie, qu'il allait
enfin pouvoir se remettre aux affaires et embrasser à loisir sa petite femme que, malgré tout, la
patrie lui avait fait négliger.

Le sanglant conflit du 18 mars lui causa une
pénible surprise; il était en pleine période de
réorganisation commerciale; comme toutes les
maisons de gros, la maison Pigonnet frères et
Limet avait été ébranlée par les événements, et
elle avait besoin de quelques mois de tranquillité

pour retrouver ses assises. La Commune se présentait donc comme un fâcheux contre-temps, et
Limet la salua de ses protestations les plus convaincues.

Toutefois, il avait gardé du siége un si amer
souvenir qu'il refusa de risquer sa personne dans
cette nouvelle éventualité, et décida l'oncle Pigonnet à emmener avec lui toute la *smala* au
berceau de la famille, où l'on attendrait la fin de
la tourmente.

Ils vécurent là un printemps, qui compta double dans leur existence. Chaque jour leur appor-
tait de Paris quelque bruit sinistre, d'horribles
racontars, de sanglants canards, qui les faisaient
trembler sur le sort ultérieur de la fortune mobi-
lière et immobilière que les insurgés lui prépa-
raient peut-être.

Une telle perspective accomplit subitement
dans l'intelligence du vieux Pigonnet, cette révolution du gâtisme, que quarante-cinq ans d'un
travail opiniâtre n'avaient pu amener. Le vieillard fût en proie à l'innocente manie de se croire
partout poursuivi, atteint par des créanciers imaginaires, qui le menaçaient de la faillite et lui
refusaient d'avance un concordat.

Il pleurait alors, appelait tout le monde à son
aide, demandant à chacun de l'argent, beaucoup
d'argent, pour sauver, disait-il, l'honneur de son
nom.

Le vénérable chef de la dynastie n'eut pas le
bonheur de revoir Paris. Quelques jours seulement avant la terrible répression du mouvement
insurrectionnel, il rendait le dernier soupir, non
sans avoir recommandé à son neveu et disciple
d'agir en toute circonstance selon ses maximes,
et sans lui avoir fait jurer de poursuivre jusqu'à
soixante ans la carrière des affaires.

Son testament contenait d'ailleurs une clause
qui témoignait de son admirable bon sens et de
sa profonde humanité. Après avoir établi Joseph
et Mathilde comme ses légataires universels, il
ordonnait que pendant vingt années il fût prélevé
sur le revenu de sa succession une somme de trois
mille francs, dont le placement, y compris les
intérêts, serviraient à l'établissement du plus sage
et du plus laborieux des ouvriers de leurs ateliers.

Cette mort plaçait naturellement Joseph Limet
dans une situation exceptionnellement avanta-
geuse. Lui seul, par son intelligence et son habileté consommée, était capable de saisir d'une
main ferme le gouvernement de la ruche, occupé
jusque-là par un homme de génie.

Le beau-père ne paraissait pas à la hauteur
d'une pareille tâche, surtout au sortir de la double
crise que l'industrie et le commere venaient de
traverser. Il eut d'ailleurs le bon esprit et l'équité
de descendre à la seconde place et d'y rester sans
obéir ni commander.

La reprise fut laborieuse, et pendant deux
années les commandes et les rentrées ne s'effec-
tuèrent qu'au prix des plus pénibles efforts ; mais
le mouvement s'accentua peu à peu, et la puis-
sante machine regagna insensiblement ce qu'elle
avait perdu de fiévreuse activité. Même, à la fin
de 1872, les ordres affluèrent de l'Amérique du
Sud, et Montevideo, en particulier, se distingua
par une profusion de luxueuses commandes.

Si Pigonnet Ier avait vécu, il aurait comtemplé
cette recrudescente prospérité avec son vieil orgueil de créateur. Mais son élève se croyait toujours en sa présence, entendait encore sa voix,
comparaissait en quelque sorte chaque jour devant le bureau où le défunt avait trôné pendant
quarante ans, pour y recueillir le fruit de son
expérience infaillible.

On a tort de supposer que l'homme meurt tout
entier ; il ne disparaît jamais des lieux qu'il a
fortement habités ; l'air y fut si longtemps con-
fondu avec son souffle que ces deux éléments se
sont combinés en une seconde âme, à la fois per-
manente et flottante dans cette atmosphère.

Pour Limet, le bienfaiteur absent était devenu
depuis sa mort un Dieu véritable ; seulement,
dans la religion qu'il lui avait vouée, le culte
l'emportait de beaucoup sur le dogme : il l'admirait dans sa création, le louait dans sa sagesse et
le vénérait dans sa bonté.

Il avait du reste besoin de se réfugier parfois
aux pieds de ce vivant souvenir, car, si Mathilde
ne cessait pas d'être la plus aimante et la plus
attentive des épouses, Mme Pigonnet junior était
devenue la plus insupportable des belles-mères.
Ce turlupin domestique, longtemps contenu
par la crainte du redoutable beau-frère, ne con-
naissant plus d'obstacles, commençait à jouer les
Guzman en jupon.

Ainsi, à quarante ans bien sonnés, elle s'avisa,
un matin, d'apprendre à monter à cheval, et se
rendit tous les jours au manége. Elle rêvait depuis vingt ans de paraître au Bois en amazone, et
de s'y faire accompagner par l'un des élégants
cavaliers dont les factures dormaient impayées
dans le vieux portefeuille de la maison. C'était
bien le moins qu'en échange d'un protêt demeuré
platonique, ils montrassent quelque complaisance.

Les premières couturières de Paris collabo-
rèrent ensuite à ses coûteuses excentricités. La
faille, le satin et les riches dentelles vinrent ta-
pisser sa corbeille de vieille mariée, dans toutes
les chatoyantes variétés du caprice féminin, et
furent agrémentés de bijoux tapageurs.

Lorsque ses économies personnelles eurent été
dévorées, elle s'adressa impérieusement à son
mari, et celui-ci, pusillanime, fit à la caisse de
larges emprunts.

Mais, chose plus grave, elle voulut associer sa fille aux tardifs dévergondages de sa folle coquetterie. Mathilde, qui ne manquait pas de bon sens et avait encore profondément gravés dans sa mémoire les austères principes de l'oncle, résista pendant quelque temps à cette dangereuse invasion du demi-monde bariolé. Elle savait d'ailleurs que Limet n'aurait pas les longanimités de son père, et elle se défendait avec l'énergie d'une femme encore dévouée aux pratiques qui sont la sauvegarde du foyer.

Néanmoins, elle aurait succombé, tant l'action d'une mère est irrésistible, si Joseph ne s'était aperçu à temps du danger qui menaçait son bonheur. Il le combattit et le conjura aussitôt, en portant résolument le fer rouge sur l'ulcère.

D'abord, il réprimanda sévèrement Mathilde d'avoir plus ou moins cédé à l'influence maternelle et lui interdit d'une façon absolue toute relation intime avec Mme Pigonnet.

Et, pour que la mesure fût plus salutaire, il quitta le toit sous lequel tout le monde vivait encore en commun, et s'empressa d'installer son jeune ménage dans un appartement de la rue du Temple.

Le cher trésor de ses félicités se trouvant ainsi en sûreté, il courut droit au dragon qui le convoitait, c'est-à-dire à la belle-mère.

— Il y a longtemps, madame, lui dit-il sans

préambule, que je désire avoir avec vous une explication sérieuse.

— Ah! fit celle-ci, je vois le motif qui vous amène, car j'ai lu sur votre physionomie la méchante critique de mes nouvelles habitudes. Vous voudriez me placer ainsi que Mathilde sous votre joug. Il ne vous suffit plus d'être notre gendre; il vous faudrait devenir encore notre régent?

— Il est vrai vous vous habillez depuis plusieurs mois comme une crevette, vous montez à cheval comme la veuve d'un colonel, vous fréquentez les sociétés interlopes et l'on vous rencontre dans les lieux plus que mondains. Mais ce n'est pas de quoi il s'agit.

— En effet, ma conduite ne vous regarde point, monsieur mon gendre.

— Pardon, elle me regarde beaucoup, au contraire, madame ma belle-mère.

— Vous oseriez soutenir cette prétention?

— Oui, et mordicus.

— Savez-vous que je vous trouve, en ce moment, la physionomie, le geste, et jusqu'à la voix de votre défunt bienfaiteur?

— Je suis indigne, madame, de cette ressemblance qui nous rappelle à tous deux de trop vertueux exemples. Oh! ne parlez pas du bon Dieu avec cette souriante légèreté!

A ces paroles, Mme Pigonnet éprouva un frisson

involontaire, non de respect pour cette mémoire,
mais de crainte farouche.

— Enfin, qu'avez-vous à reprendre à ma conduite? continua-t-t-elle.

— Ecoutez, ma chère maman : que vous soyez
excentrique, même ridicule, c'est affaire à votre
mari ; s'il le tolère, tant mieux pour vous ; je me
consolerai facilement d'avoir une belle-mère qui
passe pour une toquée. Mais je suis le mari de
votre fille ; or, vous êtes en train d'introduire le
diable dans mon ménage, car vous cherchez positivement à débaucher ma femme.

— Et c'est vous, mon gendre, qui osez dire
cela à votre belle-mère ?

— Il me semble que votre conduite inqualifiable
m'en a un peu donné le droit. Si vous voulez
vous perdre de réputation, il n'est pas indispensable que Mme Limet vous suive dans cette aventure.

— On dirait, à vous entendre, que Mathilde
n'est plus ma fille ?

— Elle est d'abord ma femme, et, à ce titre, elle
cesse de vous appartenir, à dater du jour où votre
influence peut lui devenir funeste.

— Est-ce vous qui l'avez élevée ? Vous l'avez
pourtant trouvée assez digne de porter votre nom
et d'en partager avec vous le douteux éclat.

— Je suis loin de m'en défendre : en grandissant sous l'œil prévoyant de son oncle, Mathilde

3.

m'avait plu, et l'affection qu'alors elle m'inspira subsiste encore. Quant à l'honneur de mon nom, il est, comme le vôtre, ce que notre cher protecteur l'a bien voulu faire. Sur ce point, nous sommes égaux...

— Oh ! interrompit celle-ci, vous ne dites pas votre pensée tout entière. Dans votre esprit, mon mari et moi, nous vous sommes fort inférieurs. Avec votre secret orgueil de parvenu, vous ne reconnaissez guère d'autre supérieur que celui qui vous a laissé en mourant la moitié de la fortune des Pigonnet.

— Je sais que mon travail a été trop généreusement récompensé, et c'est avec un à-propos dont je vous loue que vous me le rappelez, tandis qu'on a été injuste envers vos mérites ; le déchaînement actuel de vos solides qualités l'établit sans réplique. Toutefois, ce n'est pas là une raison, je le répète, pour travailler à me rendre insupportable la société d'une compagne qu'il n'a pas dépendu de vous de m'aliéner plus tôt.

— Si je n'étais pas une personne bien élevée, je vous qualifierais comme vous le méritez. Pour le quart d'heure, contentez-vous de mon dédain.

— Oui, vous parlez en vicomtesse, et vous agissez en femme du Cirque.

— Moi, une écuyère ?

— Parfaitement.

— Mon cher, la jalousie vous aveugle...

— Il n'y a pas de quoi, vraiment : si vous
disiez le chagrin et la honte de vous avoir pour
belle-mère ?...

— Quel grossier personnage vous faites ! Décidément, la caque sentira toujours le hareng...
Allez, monsieur, vous ne serez jamais qu'un in-
sipide commerçant.

— Et vous, qu'une vieille folle dont tout le
monde se moquera.

— Il me semble, monsieur Limet, que nous
ne sommes même plus dans la note aigre-douce ?

— C'est la note qu'il vous plaira. Je ne connais
point la musique, moi, et je m'en flatte.

— Avec les gens de votre... catégorie, on ne
saurait se montrer exigent. Pouvu qu'ils soient
civils, c'est à peu près tout ce qu'on peut leur demander. Mais vous n'êtes qu'impertinent.

— Ce n'est pas tout cela : j'ai l'honneur de vous
informer, madame ma belle-mère, que, pour con-
server ma femme, j'aurai le regret de vous priver
de votre fille.

— Vous auriez cette audace ! s'écria Mme Pigonnet junior, en roulant ses deux prunelles mena-
çantes.

— Absolument. Je suis capable de toutes les
témérités pour garder Mathilde. Je vous réitère
donc que désormais le seuil de ma maison vous
est interdit.

— Ingrat ! riposta la belle-mère, parce que

votre stock de vieux bahuts s'écoule assez bien, l'empereur de Chine n'est plus votre parent, et vous signifiez des ordres de proscription. Il n'existe pas de défense contre une mère qui veut revoir son enfant. Elle me recevra quand même et malgré vous : c'est moi qui vous le dis.

— Nous verrons bien...

Il s'agissait pour Limet du repos de sa vie entière. La femme demeure toujours ce que l'époux l'a su faire au début. Celui-ci n'hésita point et adopta aussitôt les mesures les plus énergiques. Il confirma à Mathilde ses précédentes instructions, et lui fit comprendre qu'il se porte aux dernières extrémités plutôt que de tolérer l'influence et les incursions anticonjugales de sa belle-mère.

Mathilde, d'ailleurs, affectionnait trop vivement son mari pour différer de vues avec lui à cet égard. Elle accepta donc cette épreuve avec une courageuse soumission.

De son côté, la volage écuyère s'apprêta à franchir les circonvallations qu'on lui opposait. Loin de l'abattre, l'insuccès l'enhardit et l'exaspéra. C'est alors que Limet imagina une diversion savante qui devait combler de joie Mme Limet et achever la défaite de la belle-mère. Il décida que le voyage de noces, dont les circonstances avaient fait primitivement ajourner la réalisation, serait maintenant effectué.

On avait beaucoup travaillé depuis la guerre ; le char des Pigonnet était enfin rentré dans son antique ornière, et, au retour de la belle saison, on avait certes bien gagné le plaisir de quelques semaines de vacances passées aussi loin que possible de la capitale.

En vertu de sa force acquise, la machine pourrait à la rigueur marcher seule pendant deux mois, et, avec un bon second pour la surveiller, il n'y aurait rien à craindre jusqu'au retour.

Mathilde, qui n'avait jamais perdu de vue les vénérables pignons de l'hôtel des Archives, ou les grosses tours de Notre-Dame, battit des mains en apprenant le dessein de Joseph. Justement, elle venait de mettre au monde un second héritier, et le grand air de la province achèverait de la remettre.

Il ne restait donc plus qu'à décider s'ils se rendraient simplement aux Pyrénées ou s'ils passeraient à l'étranger. Un voyage à l'intérieur leur parut mesquin, et ils réfléchirent qu'une excursion en terre lointaine était seule digne de leurs aspirations et de leur fortune.

Cependant l'Espagne, désolée par le carlisme, ne faisait point leur affaire, et la Suisse montagneuse les laissait assez froids. Restait l'Italie, avec ses trois grandes attractions de Rome religieuse, de Naples poétique et de Venise mystérieuse. Aussi ne balancèrent-ils pas et se prononcèrent pour ce paradis du touriste.

Au surplus, Limet connaissait le pays en voyageur de commerce, savait assez d'italien pour se faire comprendre sans interprète, et puis il espérait, pendant son séjour à Gênes, à Florence ou ailleurs, réaliser peut-être une grosse affaire en achetant à vil prix quelques-uns de ces meubles Renaissance que, plus tard, il revendrait fort cher à Paris.

Il comptait surtout sur les vieilleries des palais de Florence. Il avait entendu dire que les grands seigneurs italiens dédaignaient aujourd'hui ces remarquables antiquités et les échangeaient volontiers contre les palissandres sans style et les poiriers sans élévation. Il se persuada donc bientôt que ce voyage lui était impérieusement commandé par ses intérêts.

Mathilde avait l'imagination moins pratique. Elle rêvait simplement des nuits de Venise, dont elle avait lu les mystères, et des poésies du golfe de Naples. Elle se laissait aller au balancement des gondoles et frémissait d'avance aux amoureux baisers des flots bleus de la mer de Procida.

C'est d'ailleurs tout bourgeoisement qu'ils allaient entreprendre cette campagne de plaisir et d'affaires. On peut en juger par l'itinéraire.

Ils prendraient l'express du soir et s'arrêteraient à Lyon pour visiter la ville et traiter sur

place une forte commande de rideaux et de portières de soie.

A Avignon, palais des papes, nouvel arrêt, dont
on profiterait pour changer le correspondant de
la maison.

À Marseille, pendant que Madame monterait
à la Vierge de la Garde, ou se ferait conduire au
château d'If, Monsieur verrait un entrepositaire
de bois des îles et s'informerait au plus juste du
cours des laines. Ce qui ne les empêcherait pas
de visiter ensemble les vieux quartiers et de
pousser jusqu'à Martigues une pointe humoris-
tique. Sentimentalisme et commerce mêlés ;
voyage poético-utilitaire ! Et l'on serait ainsi
jusqu'à Naples, brocanteur le matin et touriste
le soir.

Il est vrai, Madame laissait dire. Elle comptait
sur les circonstances de temps, d'atmosphère et
de lieux pour modifier ce prosaïque itinéraire,
sachant bien que Joseph ne résisterait pas plus
qu'elle-même aux attraits d'un spectacle inusité,
aussi bien qu'aux enchanteresses séductions d'un
paysage nouveau.

Lorsque, après les adieux déchirants de l'infortunée Mme Pigonnet junior, on se retrouva, au
départ du train, Mathilde, palpitante comme la
pensionnaire le soir de son premier bal, s'appuya,
tremblante, au bras de son mari, pour implorer
un appui plus affectueux encore. On eût dit

qu'elle appréhendait ce bonheur inconnu qu'elle
allait atteindre après l'avoir si longtemps dé-
siré.

Fille du grand village, la province lui inspirait
ces voluptueuses terreurs que ressentent les vil-
lageoises aux approches de Paris. Il semblait
qu'elle dût changer de planète, tant son cœur
était rempli de trésors d'ignorance et de supersti-
tieux étonnements.

En arrivant à Lyon le lendemain, par une admirable matinée d'automne, elle vit de loin des
collines boisées, de vastes cultures, des villas
éparses, des rubans du Rhône et de la Saône, de
longues avenues poudreuses, des paysans du
Forez, des filles de Perrache ou de Villurbane,
et tout cela lui parut la vision fantastique d'un
autre hémisphère.

Elle était tentée de demander si l'on n'avait
pas encore quitté la France, car l'aspect tour-
billonnant de ces choses étrangères lui donnait
une fièvre de vertige et modifiait singulièrement
ses notions de couleur locale et de physionomie
champêtre.

Ce court trajet de Paris à Lyon lui produisait
l'effet tremblotant d'un voyage sur mer, et cette
nuit passée en vagon mettait hors d'eux-mêmes
les sens de l'âme et ceux du corps; ce qui la ra-
menait doucement aux sources premières de son
amour de fiancée, de sorte que cette excursion

ressemblait de plus en plus à un voyage de lune de miel.

Ils se trouvaient seuls pour la première fois, après deux ans de mariage, hors du monde de leurs habitudes, de leurs familiers visages et dans les enivrements du tête-à-tête improvisé ; ils s'aperçurent qu'ils s'aimaient réellement pour la première fois, le commerce et les parents leur ayant, jusqu'à ce jour, refusé ce doux loisir.

Ce couple ardemment heureux faisait à la fois rage et plaisir à voir.

Rien n'est plus vite deviné que les langueurs de deux créatures belles et jeunes, publiquement enlacées. C'est alors peut-être que les anges regrettent leur immortalité.

Cette crise de santé morale, d'épanouissement et de mystique exubérance les fit s'arrêter à Marseille comme dans un Eden, les conduisit aux ombrages de Cannes, au golfe Juan, et de là à Nice la Coquette, où ils se proposaient de passer quelques jours avant d'aborder l'Italie par Gênes la Superbe.

III

Nice, c'est déjà l'Italie. On y aime le français comme à Chambéry l'italien, et à Venise, le tudesque. Les villes frontières, récemment annexées, ont besoin d'être fortement soudées à la nouvelle patrie. Les Allemands s'efforcent de prussifier Strasbourg à toute vapeur; nous avons à peine songé à franciser Nice, pensant, avec notre ordinaire fatuité, que tout peuple devait aspirer en secret au beau titre de citoyen et de sectateur de la colonne.

Nice est donc resté italien et continue à parler son indescriptible patois, formé de génois et de provençal.

Mais, pour nos bourgeois du Marais, cet idiome était la langue harmonieuse de Dante et de Machiavel; ils écoutaient parler avec ravissement les cochers et les garçons d'auberge, qu'ils n'hésitaient pas à qualifier de Tourangeaux italiens.

M. Limet se rafraîchissait ainsi la mémoire en écoutant les chansons italo-piémontaises, et se remémorait les coutumes de ce pays encore si divisé de langue et d'intérêts, en regardant bouillir la polenta et filer le macaroni.

Et Mathilde trouvait cela très drôle. Elle en riait comme une folle, car elle n'avait vu d'Italiens qu'une fois en sa vie : c'était à Paris, rue Greneta, un soir de l'hiver de 1865, chez une tante Eulalie que nous avons oublié de présenter aux lecteurs.

Cette tante, côté maternel, avait lu avec enthousiasme le livre d'Anatole de la Forge sur Manin, et, depuis, elle s'était mise à racoler tout ce que Paris pouvait contenir de proscrits italiens, obscurs et besogneux. Elle prenait la suite de cette génération de 1830, qui avait mis le Polonais à la mode.

Mais, à Nice, Mathilde saisissait l'Italien dans sa couleur locale, sous le ciel d'un bleu imperturbable, lui-même reflété dans l'azur de cette mer pour rire, qu'on appelle la Méditerranée.

Puis, à la *Promenade des Anglais*, qui est le rendez-vous interlope par excellence, elle se donnait des airs de comtesse, comme la plupart des inconnues qu'elle coudoyait, et chacun feignait de la prendre... ou de la laisser pour une femme de petite maison régnante.

Seulement Limet trahissait par trop son ori-

gine. Avec ses grands pieds et ses larges mains,
avec sa bouche considérable, ses épaules déje-
tées, son torse plat, son regard trop paisible, son
nez peu scrutateur et ses oreilles collées aux
tempes comme des feuilles de palmier, il était
loin d'inspirer des soupçons de prince époux.
On disait de lui que s'il voyageait incognito, il
n'en avait pas l'air.

Mathilde souffrait beaucoup de cette vulgarité
physique de son mari, dont elle semblait s'aper-
cevoir pour la première fois. Tous ces beaux
cavaliers, appartenant à cent nations diverses,
qui rôdaient et cavalcadaient autour d'elle, lui
faisaient découvrir au pauvre fabricant de meubles des vices de conformation et des trivialités
de maintien dont elle ne rougissait pas encore,
mais qui la froissaient et l'humiliaient.

Elle le savait si bon, si vertueux, qu'elle lui
pardonnait ses façons communes et continuait à
lui vouer ce culte touchant de la pitié, qui est
pour tant d'honnêtes femmes la constante sauvegarde de leur honneur.

Elle ignorait ce qui se cachait de turpitude et
de vils appétits sous les riches vestons des pseudo-
gentilshommes qui l'entouraient, et ne soup-
çonnait guère la savante démoralisation de ces
bipèdes élégants et corrects dont la société
étrangère à Nice est littéralement infestée.

On ne comprend pas que, sous prétexte d'hivernage sous un ciel clément, de fort honnêtes gens se résignent à vivre pendant une saison dans ce monde de grues et de fripons que Monaco attire et que Nice lui retient.

On n'a pas idée du nombre de faux princes russes, de grands d'Espagne retour des galères, de marquis italiens, qui, hier encore, portaient la livrée, et de barons allemands, jadis tailleurs, bottiers ou mouchards, qui pullulent là-bas et occupent le haut du pavé, comme à Paris les filles de mauvaise vie.

C'est le monde renversé. Tous les soirs, sous les arcades, des groupes d'escrocs, chamarrés de décorations, circulent et se pavanent comme des premiers ministres en villégiature, et empêchent les véritables princes et les vrais gens de bien de promener en paix leurs vertueuses digestions.

Ce bataillon de coquins, écumeurs de toutes les mers civilisées, proxénètes de la fortune, courtisans du hasard, dont ils vivent en lui faisant les yeux doux, voleurs authentiques, mais gantés, professeurs de rapines aristocratiques, — sont pourtant des espèces de héros d'aventure, qui commandent l'admiration et permettent qu'on les salue en se laissant appeler officiellement altesses et excellences !

Les puanteurs de ce fumier doré dépassent l'ordinaire compréhension. Il faut avoir vu pour y croire les grouillantes superfluités qui ram-

peut, subrepticement blasonnées, sur cette immonde litière de l'avatar.

Il est incompréhensible que les indigènes, dont
les mœurs sont restées patriarcales, n'aient pas
encore renouvelé contre ces bandits envahis-
seurs les vêpres célèbres du moyen âge italien.

Partout on rencontre des hommes qui se rui-
nent aux jeux du hasard et de l'amour ; nulle part
ailleurs on n'avait vu jusqu'à présent de simples
filoux s'imposer avec cette audace aux autorités
elles-mêmes et dépouiller avec autant d'impu-
dence les désœuvrés de tout rang, attirés par le
doux soleil de ce coin paradisiaque.

Aussi, quelle déception pour les bourgeois
prouvés et les nobles de race, après un séjour de
quelques semaines au milieu de cette foire aux
cynismes rivaux et aux cupidités insatiables ! Il
n'existe pas à Paris de tripot plus infâme que
cette vaste baraque à ciel ouvert qui s'étend de
Nice à Monte-Carlo, et où les plus habiles pick-
pockets de l'univers appellent la foule pour l'y
déshabiller sans façon et la renvoyer ensuite
grelottante et nue.

Il n'y a guère que les journalistes qui n'y
soient point volés. Pourvu qu'ils déclinent leur
nom et leur sacerdoce, on leur montre au contraire des pastorales et des idylles qui les ra-
vissent.

Mais l'écrivain qui se promène incognito as-

siste à un autre spectacle et contemple des scènes
moins bucoliques. Il peut rencontrer sur sa route
des pendus, des noyés, et parmi ces cadavres roidis
ou congestionnés, des malfaiteurs à mines distinguées qui montrent avec mépris leurs victimes
et ricanent sur leur sort funeste.

C'est, croyons-nous, le seul pays du monde où
la loi puisse être impunément bravée, parce
qu'elle n'y atteint pas ces crimes moraux accomplis hors frontière, qui reviennent ensuite triompher bruyamment sur le territoire de sa juri-
diction.

Et il est admis dans les salons de Paris, indispensable même, d'aller vivre quelques mois, tous
les hivers, parmi les myrtes et les lauriers-roses
de cet amphithéâtre verdoyant, où, par exception,
la nature ne réfléchit point les passions fou-
gueuses de l'homme, et contraste même avec les
déchirements de son âme.

C'est là, au contraire, sur un rocher escarpé,
mais tapissé de parterres, non loin de Nice, que
les scélérats ont fortuitement rencontré une
Athènes, et dans cette Athènes un Parthénon,
dédié d'avance à la canaille internationale qui ne
reconnaît d'autre dieu que Mercure.

Il faut cependant, pour tenir son rang dans le
monde, visiter tous les ans cette Athènes, y paraître, s'y montrer dans son temple, faire enre-
gistrer, certifier son passage à travers cette houle

correctionnelle. Lorsqu'il est bien établi, no-
toire qu'on y a coudoyé les filles à la mode, les
sportsmen ou les jockeys célèbres, les souverains en disponibilité ou les opulents financiers,
on peut reprendre ses habitudes et sa vie régu-
lière, après avoir fait annoncer toutefois qu'on a
perdu à cette ridicule démonstration beaucoup
d'or, sans y avoir gagné une illusion nouvelle.

Ainsi sommes-nous !

Mais la naïve enfant des Pigonnet croyait à la
réalité de ce qu'elle voyait et ne s'imaginait point
qu'il pût exister des colonels sans régiment, des
vicomtes sans parchemins, des Crésus sans patrimoine, des figures honnêtes sans honneur, des
braves sans bravoure et des esprits intègres sans
probité.

Elle pensait que cette poussière dorée, qui tour-
billonnait au soleil, était un composé d'atomes
précieux, et que Dieu seul pouvait être supérieur
à cette essence de sa création. Aussi, brûlait-elle
de plus en plus du désir de se mêler à ce brillant tourbillon, afin d'en éprouver les voluptés,
probablement infinies.

Il lui fallait les compliments et les sourires
d'une altesse sérénissime, ou tout au moins d'un
général autrichien, non pour y succomber, mais
afin d'en tirer plus tard vanité, en racontant aux
amies du Marais les prévenances et les poursuites
d'un noble étranger.

En attendant, elle observerait les mœurs des grands, noterait les désinences aristocratiques qui les séparent du peuple, et mesurerait ainsi l'abîme placé entre les élus du plaisir et les maudits de la douleur. Peut-être pourrait-elle le franchir à l'aide d'un hippogriffe qu'un hasard romanesque enverrait sur ses pas. Aussi commençait-elle à trouver moins excentriques les manies équestres de sa mère, et les excusait presque à cause de leur exquise distinction.

Quant au judicieux Limet, abasourdi du bruit, ébloui du faux éclat des paillettes, stupéfait de tant d'audace dans le mensonge et la corruption, il ne se mêlait pas de discerner le vrai du faux, de condamner ou d'absoudre, de séparer les vagabonds des sédentaires, de scruter les rentes ou généalogies, de dire à l'un qu'il était fils de Judas et à l'autre simple neveu de Jean-Pierre.

Il se comportait en spectateur avisé d'un bal de barrière, où tout ce qui reluit n'est pas d'or et où il serait dangereux d'adresser aux cavaliers des questions indiscrètes. Il lui semblait que sa femme s'amusait, qu'elle avait enfin trouvé une bonne distraction, et, sans renoncer positivement aux affaires excellentes qu'il espérait traiter à Florence ou ailleurs, il ne se pressait pas trop de quitter Nice.

Cependant, un soir — c'était l'avant-veille de leur départ pour Gênes — qu'ils se rendaient au

4

théâtre français, où la direction Avette exhibait
pour la première fois une chanteuse étonnante,
ils rencontrèrent sous les arcades un homme de
haute mine, paraissant à peine au déclin de la première jeunesse, vêtu avec un élégant sans-façon
et portant avec une rare aisance le stick et le
monocle.

Cet homme ou plutôt ce jeune homme, d'allure
assez légère, ne parut pas d'abord remarquer le
couple parisien ; mais, avec cette mémoire implacable du négociant qui jette sans hésiter un nom
sur un visage, Limet reconnut aussitôt, dans ce
gentleman éventé, le marquis de Liauzan, auquel
il avait jadis fourni un petit mobilier de garçon
en bois de rose, qu'entre parenthèses celui-ci n'a-
vait pas achevé d'acquitter.

— Comment ! Joseph, fit alors Mathilde subitement émue, tu es bien sûr que cette personne est
le marquis de Liauzan ?

— Ma chère amie, surtout quand il s'agit d'un
client ou d'un débiteur de la maison, j'ai un coup
d'œil d'amiral. Je te répète que c'est le marquis en
personne... Au fait, tu vas le constater toi-même.

— Joseph, répondit la femme en retenant son
mari par le bras, il est peut-être inconvenant de
nous présenter ainsi, sous les yeux de l'aristocratique société, à un homme qui est marquis et ne
doit pas aimer à être surpris publiquement avec
ses fournisseurs.

— Bah! tu ne connais guère M. de Liauzan ;
je sais qu'il passe pour un libéral et qu'il est
même abonné au *Journal des Débats*.

— Cela ne signifie point qu'il ait abdiqué la
morgue de son rang.

— Après tout, objecta Limet, nous sommes à
Nice, et non à Paris ; en voyage, on ne connaît
plus guère que les distances kilométriques.

Et là-dessus, enflé par une brise d'orgueil, Limet laissa Mathilde un instant et marcha sur les
pas du marquis, qu'il eut bientôt rejoint.

— Monsieur de Liauzan ne me reconnaît pas ?
demanda-t-il avec une inclination respectueuse.

— Mais c'est vous, monsieur Limet, de la maison Pigonnet et Compagnie ! s'écria aussitôt le
gentilhomme avec une intonation de joyeuse
surprise.

— Pour vous servir, monsieur le marquis.

— Que diable êtes-vous donc venu faire ici?

— Mon Dieu, monsieur le marquis, depuis
longtemps je promettais à ma femme, qui est
la nièce de mon regretté patron, de lui montrer
en détail l'Italie et ses merveilles. J'ai donc fini
par m'exécuter. Nous quittons Nice après-demain
pour gagner Gênes par mer.

— Vous êtes donc marié, mon cher Limet?
interrogea le marquis avec une nuance d'intérêt.

— Madame Limet est ici à quatre pas, et je désircrais avoir l'honneur de vous la présenter.

— Avec plaisir. Je regrette seulement que la présentation n'ait pas lieu dans le salon de ma villa.

Pendant ce rapide échange de courtoises paroles, Mathilde avait franchi la distance qui la séparait de son mari, et lorsque celui-ci se retourna, il la vit presqu'à ses côtés.

M. de Liauzan dévisagea d'abord Mme Limet avec impertinence, et l'enveloppa ensuite d'un second regard, celui-là profond, perspicace et passionnément fascinateur.

La beauté de cette brune ardente l'avait subitement frappé, et, à tout hasard, il risquait une caresse magnétique.

Mathilde tressaillit et rougit à la fois au compliment banal du marquis et à l'étrange sourire dont celui-ci l'avait accompagné.

Heureuse d'être remarquée, elle voyait néanmoins avec inquiétude cette attention un peu indiscrète; il y avait aussi de l'antagonisme de race, dans cette émotion, un sentiment inné de résistance et de haine inconscientes.

Elle pressentait qu'un noble ne peut que s'amuser d'une bourgeoise, que celle-ci est une créature naturellement inférieure, et que l'amour même ne saurait l'élever.

Après quelques phrases sur Nice, la beauté de son climat, la variété de ses distractions, M. de

Liauzan reprit, en s'adressant à Mme Limet :

— Vous alliez sans doute finir votre soirée au théâtre?

— Oui, répondit Joseph. Ma femme n'a pas encore vu la *Traviata* en italien, et nous voulons savoir si la *Violetta* de M. Avette justifie tout le bien qu'on nous en a dit.

— J'y allais moi-même, lorsque j'ai eu le plaisir de vous rencontrer. J'ai deux places dans ma loge, et vous me serez agréable de les accepter.

— Vraiment, répondit Limet gauchement, — votre offre, monsieur le marquis, nous rend confus... mais, puisque vous avez cette obligeance, nous nous empressons d'en profiter.

L'exécution de cette pauvre *Traviata* fut un vrai massacre; pourtant la *Violetta* avait chanté à la Scala, mais il y avait longtemps.

Mathilde n'en était pas moins ravie, car M. de Liauzan lui détaillait au passage chacune des beautés de l'œuvre de Verdi, et au grand air du quatrième acte, elle s'était positivement pâmée d'enthousiasme et de douleur. — Lorsque le rideau tomba sur le dernier finale, elle écoutait encore, haletante, enfiévrée, l'œil ébloui, l'oreille charmée, la bouche murmurante, le cœur rempli des tièdes voluptés de cette musique à la violette, mêlée de musc et de patchouli.

Pendant ces trois heures d'inaction physique.

4.

l'âme vivement frappée par les multiples excitations de la salle, des lumières, d'une mise en
scène pourtant médiocre et de la présence, à ses
côtés, d'un homme bien élevé, titré, spirituel,
galant, s'était tout à coup évadée de son milieu
bourgeois comme d'une prison et avait franchi
d'incommensurables distances sur les chemins
embaumés et fleuris de la perdition.

Pour être instantanée, la transformation n'en
semblait pas moins décisive. Mathilde venait de
découvrir des sensations nouvelles, toutes puis-
santes, et une espèce de délire tenace et sournois
s'était emparé de ses facultés. Quelque chose
d'innommé s'agitait au dedans et y accomplissait
de doux ravages. Elle cédait inconsciente à la
nostalgie des personnages qui chantaient tout à
l'heure leurs infortunes ou leurs joies, et, dans
son esprit, elle les évoquait pour les revoir encore.

C'était une perversion idéale, dont les benins
narcotiques assoupissaient sa vertu, tout en ré-
veillant les sens avec une discrétion infinie. Elle
souriait timidement à la perspective de certains
aveux qu'on ne lui faisait point, les désirait en
les repoussant, et concevait ainsi les mystérieu-
ses langueurs d'un paradis ni divin, ni coupable.

Le marquis avait habilement joué toute la soirée un rôle de Méphisto aimable, civilisé, insi-

nuant. Il s'était montré auprès de Mme Limet empressé, aimable, causeur, mais sans aucune de ces démonstrations audacieuses contre lesquelles toute femme proteste d'abord. Bref, s'il avait fait sa cour, il l'avait seulement mimée : l'opéra de Verdi s'était chargé du reste.

C'est avec une rare observation qu'il s'était aperçu que la jeune bourgeoise était naturellement farouche, et que, pour obtenir plus sûrement ses faveurs, il valait mieux la contraindre à les offrir.

Cependant, au sortir de la loge, Limet, en invité respectueux, s'était empressé de prendre les devants, afin de déléguer au marquis ses droits de cavalier auprès de Madame.

Mathilde accepta donc le bras de M. de Liauzan, qui bientôt, dans les couloirs sombres, lui prit aussi la main, et lui parla jusqu'au dehors ce langage du toucher, dont l'éloquence à la fois subtile et énervante produit des impressions ineffaçables.

— Eh bien! ma chérie, que te disais-je? fit Limet triomphant, lorsqu'il se retrouva seul avec sa femme.

— Tu veux parler de M. Liauzan? répondit Mme Limet.

— Il n'est pas fier, celui-là? Tu as vu son accueil? Il daigne s'amuser publiquement avec ses fournisseurs? Je savais bien, moi, qu'il était libéral.

— Oui, profondément libéral, soupira Mathilde, avec une forte nuance d'embarras.

— Quand je pense que tout Nice aristocratique
nous a lorgnés pendant trois heures, sur les fau-
teuils du marquis!... C'est encore à l'oncle Pigonnet que nous sommes redevables de cet hon-
neur-là.

— As-tu remarqué que la loge du préfet ne
désemplissait pas de curieux, et qu'à la fin du
troisième acte notamment, la femme d'un fonctionnaire paraissait furieuse des attentions dont
j'étais l'objet.

— Je n'ai rien vu, mais la chose est vraisemblable. Dans ce monde-là, vois-tu, on est assez
coulant sur les principes, et les maris sont aussi
insoucieux de leurs droits que peu respectueux
de leurs devoirs. L'époux n'est souvent qu'un
cache-pot, et le pot, c'est l'amant.

— A ce compte, cette dame aurait des droits
sur M. Gustave de Liauzan?

— Dame! je l'ignore, mais c'est fort possible.

— M. Gustave, l'amant de cette olive ratati-
née? Il doit avoir plus de goût et n'aurait pas
besoin de chercher pour trouver mieux sans effort.

— L'homme a parfois des lubies si bizarres!

— Tu sais donc cela, toi?

— Pas précisément, mais entre nous, mascu-
lins, on ne se gêne guère. Quant à M. Gustave

de Liauzan, je ne suppose pas que l'olive en question l'ait déjà fait tomber du haut mal. A Paris, il avait la réputation de posséder les plus beaux chevaux et les plus jolies maîtresses.

— Il serait donc un débauché? demanda Mathilde avec une surprise navrée. A son air si réfléchi, si distingué, on aurait peine à le croire.

— Tu es naïve! Pour avoir des maîtresses, les hommes de cette classe ne sont pas des libertins. Le marquis s'amuse, voilà tout. Il prend femme aujourd'hui et en change demain. C'est ce qu'on appelle mener la vie à grandes guides. La fortune y passe quelquefois, et on dit la sienne fort compromise.

— Est-ce que tous les nobles sont aussi libertins?

— Il y en a des uns et des autres, comme dans notre bourgeoisie. Le marquis n'est ni mieux, ni pire que la plupart. Pourtant, si j'étais femme, je me défierais de ses serments. Et puis, un homme qui néglige de payer ses dettes légitimes ne saurait inspirer qu'une confiance limitée.

— Oui, il redoit encore quelque chose à la maison?

— Et bien quelque chose même. Si j'ai bonne mémoire, la créance s'élève encore à la somme de 9,631 francs et des centimes.

— Il l'aura sans doute oubliée?

— Diable, un honnête homme ne perd jamais cela de vue.

— Tu ne réfléchis pas, mon ami, que ce client distingué vous en a probablement amené cent autres.

— C'est-à-dire, d'après toi, que la créance serait devenue un bon de commission. Si l'oncle Pigonnet t'entendait!... Une dette est une dette, et un courtage, un courtage.

— Au moins ne vas-tu pas la lui réclamer pendant que nous sommes ici?

— Je ne ferai pas cette bêtise. Il nous a trop bien accueillis pour le gratifier de cette injure maladroite. Au reste, nous sommes gens de revue... A propos, il nous a invités à déjeuner pour demain à la villa.

— C'est vrai? interrogea Mathilde, avec un éclat de voix enfantine.

— Comment! tu ne l'avais pas compris? Nous étions ensemble pourtant.

— Que veux-tu, j'étais distraite sans doute.

La pauvre femme passa une nuit des plus agitées. Elle revit en songe les promesses de la veille, elle eût des cauchemars et des visions.

Le marquis, lui, au sortir du théâtre, était allé perdre quelques louis dans un cercle de Nice, où l'on jouait follement la bouillotte et le baccarat. Mais la veine s'acharnant à le trahir, il avait fini par rentrer chez lui à l'heure du maraîcher.

Mais à onze heures, il se trouvait au salon, pimpant et dispos, pour attendre ses hôtes, et causait avec deux autres invités, un major autrichien, le baron Hunker, et sa femme, tous deux grands joueurs, devant M. Blanc et le valet Lafleur.

Enfin, Mme et M. Limet arrivèrent, et, chose admirable, l'œil le plus sévère n'eût pas deviné sur le visage de Mathilde la trace des insomnies de la nuit.

On déjeuna sous une véranda, d'où le regard embrassait une échappée de littoral, à laquelle ne manquaient aucun des féeriques reliefs ou des pompes pittoresques du paysage méditerranéen. Cela rappelait en miniature la villa maritime que le Romain de la période impériale se faisait construire sur pilotis au cap Misène, à Ostie ou à Caprée, non loin de la demeure des Césars.

Une telle installation devait donner une haute idée de la fortune du maître, qui achevait cependant de dévorer son dernier million, et nul n'eût soupçonné qu'il était encore le débiteur du négociant qu'il recevait à sa table.

Interdite par ce luxe asiatique, négligemment étalé, Mme Limet ne commença guère qu'au dessert à retrouver ses idées, aussi bien que le sentiment de sa gratitude envers celui qui, depuis le début, l'accablait de ses fleurs d'éloquence et l'enivrait des parfums exquis de sa louange.

C'était le triomphe du vice bien élevé, diplomate et coquet sur la vertu naïve, ennuyée de ses fades contemplations, fatiguée des béatitudes de la conscience en repos et cherchant cette tempête classique, qui ne finit point par un naufrage, et apporte dans ses déchirements des émotions nécessaires.

C'est dire qu'elle vivait déjà sous l'influence mystérieuse de l'hôte irrésistible, et que le marquis pourrait risquer bientôt sans témérité une timide déclaration.

De son côté, Limet, un peu surpris par le proche parent d'un Falerne, dont il avait abusé, était aux prises avec les Hunker, qui le traitaient avec une charmante cordialité, et commençaient à plaider la cause de Nice contre l'Italie. Nos Autrichiens ne concevaient rien de comparable à la *Promenade des Anglais*, à la terrasse de Monte-Carlo et s'indignaient qu'un Parisien fût assez antipatriote pour dédaigner cette perle fixée comme une borne de diamant à l'extrême frontière de son pays.

Toutefois, ces apologistes du paysage niçois se gardaient d'avouer la raison secrète de leur enthousiasme, et bientôt Limet ne demanda pas mieux que de se laisser convaincre.

Pendant ce temps, M. de Liauzan et Mme Limet, à l'autre bout de la table, profitaient de cette

bruyante diversion pour causer plus doucement,
sur ce même sujet.

— Cependant, votre mari n'est pas archéo-
logue ou délégué du musée du Louvre, disait le
marquis, pour aspirer quand même à visiter en
détail ce pays légendaire des moines et des ma-
dones, avec accompagnement de Fra Diavolos et
d'escopettes.

— Qu'y faire, monsieur le marquis? Nous
avons quitté Paris sur cette idée, et l'itinéraire a
été tracé en conséquence. Il faudrait alors le
changer.

— Eh bien! on le change, parbleu. Je me rappelle qu'une fois je me rendais au Havre pour
prendre le paquebot de Montevideo. Savez-vous
où je me suis arrêté? A Mantes, s'il vous plaît,
chez un ami qui m'a retenu pendant six mois. Je
vous assure que l'Italie ne possède rien de curieux
à voir, à moins que ce ne soit la fabrication du
fromage de Parme.

— On dit pourtant qu'à Florence le palais Pitti,
et à Venise le pont des Soupirs sont des monu-
ments remarquables et méritent qu'on se dérange
pour les admirer.

— Je le veux, madame, puisque vous le pré-
tendez, mais je regrette qu'une connaissance, à
peine ébauchée, et dont, pour ma part, je me ré-
jouissais déjà, soit si vite interrompue. Je passe
ici, en effet, tous les hivers, et le reste du temps en

voyage ou dans mes propriétés, ne venant plus à Paris que pour y régler des affaires, ou vivre à peine quelques semaines à côté d'un oncle à succession, qui m'a couché sur ses papiers.

— Je suis embarrassée, monsieur, pour répondre à tant d'amabilités, et vous y mettez le comble en montrant, par votre insistance, que vous nous avez remarqués.

— Il y a beaucoup plus et mieux que cela, ajouta de Liauzan, avec un sourire significatif... Il y a, chère madame, que vous êtes un petit prodige de grâce, et que depuis hier au soir je vous porte dans mes yeux comme l'éblouissement d'une lumière trop éclatante.

— Cette fois, vous abusez de la métaphore.

— Non, je rends un hommage mérité, et je me hâte de le déposer à vos pieds, puisque demain il serait trop tard... Laissez-moi ajouter encore que vous emporterez avec vous une partie de mon repos et que je vous fais responsable de mes mélancolies à venir.

Il parlait avec un accent si convaincu et avait dans le regard tant de flamme, dans la voix tant de mélodie, que Mathilde se livra sans résistance à la double fascination, et se crut pour un moment l'héroïne d'un roman de chevalerie. Une subite rougeur lui monta au visage, son corps tout entier tressaillit sous l'influence de cette tentation faite homme, et elle répondit à tout hasard :

— Je serais heureuse de passer ici au moins quelques jours ; la Société y est fort aimable, et cette véranda pourrait remplacer les ogives et les galeries vitrées des palais italiens. Mais, encore une fois, c'est M. Limet qui est le maître.

— Nous allons donc convertir M. Limet... D'ailleurs, ajouta-t-il, en jetant un coup d'œil sur le groupe animé, formé par l'industriel et le couple autrichien, je crois que le baron et la baronne s'y emploient avec éloquence.

A ce moment, en effet, le bourgeois du Marais se retourna du côté du marquis et, regardant sa femme avec le bon sourire de l'homme qui tient un honnête plumet :

— Tu ne sais pas, Madame Limet, dit-il, M. le major a raison. Nous avons le temps de visiter la patrie des vermicelliers. Nous ne quitterons Nice que dans quinze jours. A moins que cela te contrarie ?

Honteuse de ce sans-façon un peu populaire, Mathilde ne répondit que par un signe d'acquiescement.

— Vous le voyez, madame, reprit le marquis, d'autres ont combattu, et nous avons remporté la victoire.

— Toutefois, je réfléchis, continua ce diable de Limet, que nous sommes atrocement traités dans cette auberge et que nous ferions mieux de transporter nos malles à celle du baron.

— Comme vous voudrez, mon ami, dit simplement Mme Limet.

— Et puis, cela nous rapprochera de M. le
major, observa le brave homme, qui cédait à la
vanité de pénétrer enfin dans les salons de la
« meilleure société du pays ».

— J'ai mieux que cela à vous proposer, répartit
M. de Liauzan. La moitié de mon hôtel est inha-
bitée, le rez-de-chaussée notamment, sans compter les chambres d'amis du second étage. Mon
cuisinier est, en outre, l'un des premiers de Nice,
et je ne vois pas ce qui pourrait vous empêcher
d'accepter le vivre et le couvert que je vous offre
cordialement, avec le vif désir que vous soyez
mes hôtes, pendant la saison entière.

— Bravo, bien parlé! s'écrièrent à la fois M. et
Mme de Hunker.

Ainsi que nous l'avons sommairement indiqué,
ces Autrichiens étaient tout simplement des escrocs du grand monde, qui vivaient de leur savante industrie, et faisaient un moment le jeu
du marquis. Pendant qu'ils dépouilleraient le négociant, M. de Liauzan s'accommoderait de sa
femme, et on les rendrait ensuite l'un à l'autre,
après que l'heure de la ruine et de la satiété aurait sonné.

Mathilde eut comme un pressentiment de cette
infernale combinaison. On eût dit que l'oncle
Pigonnet veillait d'en haut sur le sort de ses en-

fants. C'est avec un trouble indicible qu'elle écouta les dernières paroles de M. de Liauzan, et, trop émue pour y répondre elle-même, elle aima mieux laisser à son mari l'entière responsabilité de la décision qu'il allait prendre.

— Eh bien, qu'en penses-tu? fit alors Joseph, en s'adressant à sa femme.

— Que la proposition de M. le marquis, dit-elle avec embarras, est trop généreuse et que nous abuserions de sa complaisance en venant nous impatroniser chez lui.

Cette réflexion parut contrarier Limet, qui donnait avec enthousiasme dans l'idée de vivre quelques jours sous le toit fastueux d'un gentilhomme.

— Non, reprit-il, M. le marquis nous invite sans façon, et c'est notre devoir d'accepter de même.

— Je suis de l'avis de M. Limet, intervint l'Autrichien, on est mieux ici qu'à l'hôtel. J'estime fort la cuisine de notre ami et son salon est plus tranquille pour y tailler un bac, n'est-ce pas, marquis?

— Vous êtes la sagesse même, répondit M. de Liauzan avec un sourire particulier, qui fut compris du seul baron.

— Alors, c'est décidé, dit M. Limet, nous allons faire apporter nos colis, et nous occuperons, ma femme et moi, deux pièces du rez-de-chaussée.

— A la bonne heure, s'écria joyeusement le marquis. Nous allons même, madame et moi, nous occuper immédiatement de l'installation.

Et il entraîna Mathilde hors du salon.

— Nous pourrons enfin jouer à notre aise, là, entre amis, minauda familièrement la grosse baronne à l'oreille de Joseph, lorsque M. de Liauzan et Mathilde eurent disparu.

— Mais, madame, je vous jure que je sais à peine tenir une carte, répondit Limet, confus de tant d'empressement.

— Soyez tranquille, nous vous apprendrons, ricana le major. Tel que vous me voyez, j'ai été pendant quinze ans le maître des jeux de la cour de Vienne. Et, bien entendu, ce sera pour nous amuser, pour tuer le temps, comme disent les Français.

— Oui, mon mari, insista la femme, est de première force au whist, au boston, à la bouillotte, au baccarat, au cinq-cents, même à ces jeux essentiellement bourgeois qu'on appelle le piquet et l'écarté. Avec un peu d'ambition, il aurait pu gagner une fortune dans les cercles, mais nous avons l'esprit de famille; nous réunissons chez nous quelques amis, et là, pour ne pas trop médire du prochain, nous nous livrons à quelques tailles honnêtes, jusqu'à minuit. A ce moment, le baron commence à bâiller, et fort tranquillement la société se retire. Vous serez des nôtres, monsieur Limet, et vous verrez que tout s'y passe de la façon la plus courtoise.

— Et c'est tous les soirs que vous taillez comme cela une petite banque? demanda Limet absolument émerveillé.

— Excepté les jours de Monte-Carlo, trois fois par semaine. On rentre par le dernier train, et alors il est trop tard pour songer à autre chose qu'au repos.

— Monte-Carlo? murmura le marchand de meubles en cherchant dans sa mémoire. Mais c'est ce que nous appelons à Paris les jeux de Monaco?

— Juste, monsieur Limet, fit le baron : l'établissement de M. Blanc, célèbre dans le monde entier (1).

— Voilà une riche fourniture, qui ferait joliment mon affaire, reprit M. Limet. Est-ce que vous ne pourriez pas m'emmener une fois avec vous pour visiter tout cela.

— Nous allions vous le proposer. Monaco est un pèlerinage qui s'impose aux touristes, car on ne saurait avouer dans aucun monde qu'on a habité Nice sans avoir eu l'idée de pousser jusqu'à Monte-Carlo.

— Je le sais comme vous et suis même fort au

(1) Ces pages étaient écrites avant la mort de M. Blanc. Nous n'y voyons rien à retrancher.

courant du genre d'opérations qu'on y pratique.
Ainsi, on y joue des sommes fabuleuses que la
roulette et le trente-et-quarante engloutissent en
un clin d'œil. Cet établissement est une façon de
loterie, plus perfide et infiniment plus dangereuse. Il rentre tous les soirs, à Nice, deux cents
désespérés, au moins, pour deux favorisés du
sort, qui sont loin d'avoir appauvri la banque.
J'ai même entendu dire que les salons de
M. Blanc fournissaient, bon an mal an, à la sta-
tistique du suicide, un pendu par semaine, et pas
mal de noyés, sans compter les victimes du charbon. On s'y brûle également la cervelle à vingt
centimètres du croupier. Le tapis vert est tout à
coup inondé de sang ; on le lave soudain, et la
partie continue sans plus d'agitation.

— Permettez-moi de vous répondre, commença
à son tour le baron, que l'on ne vous a raconté
sur Monaco que des fables ou des préjugés. Il n'y
a guère plus de noyés ou de pendus que sur ma
main. La maison Blanc enrichit quelquefois et ne
ruine jamais... que les obstinés de la déveine.
La société, il est vrai, y est très mêlée, trop peut-
être, et des gens charitables *soulagent* souvent
vos portefeuilles des valeurs que le chef de partie
avait eu la compassion d'y laisser. Après les
grecs, les pic-pockets. Dans ce ramassis, j'en
conviens, les honnêtes gens n'occupent guère que
le cœur du bouquet. Pourtant l'administration

des jeux est vigilante et sévère, mais elle a beau
chasser les fripons par la porte, ils rentrent par
la fenêtre. D'ailleurs, on ne va pas à Monte-Carlo
comme à la Trappe; on n'a qu'à prendre ses précautions.

— J'en suis fâché, monsieur le baron, mais je
maintiens mon chiffre de suicidés. Il m'a été
fourni par un homme qui en était miraculeuse-
ment revenu, et ses affirmations méritent toute
créance. Malgré la discrétion intéressée de la plupart des journaux, on sait que Monaco et ses environs sont le théâtre d'un drame par jour. En
dépit de ses riants coteaux, de sa lumière admirable et de ses horizons sans pareils, tout y sourit
à la mort et l'appelle. Le joueur me représente
une espèce de Werther méridional, qui ne con-
duit dans ces lieux sa maîtresse que pour assister
à ses infidélités et se tuer ensuite, ne pouvant résister à ce désespoir prémédité.

— Alors, gardez-vous de mettre le pied à Monaco !

— Pourquoi? J'ai trop l'horreur de ce plaisir
coupable, de ce passe-temps malhonnête, pour y
succomber; je sais que la vraie fortune ne vient
qu'en travaillant, à force de sollicitude, de nobles
soucis et de vaillantes angoisses. Je n'ai jamais
vu cette installation, mais on m'a parlé de boules
d'ivoire que l'on jette dans un cylindre et que
l'on regarde ensuite sortir et s'arrêter sur des

chiffres fantastiques, larges comme des écus. Et
il se rencontre des infâmes, ou tout au moins
des lâches et des abrutis, que dans votre argot on
appelle des *pontes*, qui risquent des poignées d'or
sur une série à treize ou à quinze, et s'obstinent
stupidement à poursuivre la chance qui les fuit
ou leur échappe, en ricanant. Et vous voudriez
que je risquasse, moi, seulement un louis sur
cette niaiserie lugubre ?

— J'avoue, monsieur le Parisien, essaya le
baron avec un rire jaune, que les salons de
M. Blanc ne m'ont jamais apparu sous cet aspect.
On s'y amuse, au contraire, énormément. Là, on
fait d'excellents dîners, on fume de fort bons cigares, on déguste un moka du plus pur Zanzibar,
on entend une musique sans rivale, et l'on rencontre même, sous les ombrages des cactus ou
des aloès géants, des couples ravissants qui font
l'amour en plusieurs langues. C'est la vie avec
ses folles ivresses, ses exubérances primitives,
et son laisser-aller tout oriental. Vous arrivez,
je le vois, avec des idées préconçues, faussées
d'avance par quelque invalide de la roulette. Mais
vos yeux rectifieront d'eux-mêmes les sombres
exagérations de vos jugements de seconde main.
En ce qui me concerne, voici vingt ans que je
viens passer pieusement à Nice tous mes hivers,
et vous voyez que je n'en suis pas plus malade,
au contraire.

— Vous êtes un des rares philosophes de la passion, qui n'en prennent qu'à dose sagement restreinte et font durer le plaisir en le savourant comme des gourmets. On vous classe, sans doute, dans l'exception... A vous dire même toute ma pensée, ajouta le mari de Mathilde en s'animant, si vous n'étiez l'ami de M. de Liauzan et l'honnête homme dont je répondrais déjà, je n'hésiterais pas à vous dénoncer comme prôneur, comme apologiste salarié, comme provocateur, raccoleur et recruteur aux gages de M. Blanc. Cet homme est un puffiste distingué; il doit avoir à ses ordres une légion de courtiers, sachant à merveille écrire, parler ou chanter sa gloire, aussi bien que les prodigieux avantages de sa maison, qui n'est pas au coin du quai, mais tout en haut de la montagne. On dirait à vous entendre qu'il n'y a plus qu'à grimper un peu pour décrocher ensuite sans peine toute une collection de timbales.

— Décidément, mon cher monsieur Limet, vous ferez mieux de nous attendre ici, chaque fois que nous entreprendrons cette excursion qui vous horripile. Vous vous rattraperez, du reste, en nous gagnant au whist nos bénéfices de Monaco. Quant à faire de moi un compère de M. Blanc, permettez-moi de trouver la conception plaisante et bizarre. Le malin vieillard se charge, je vous assure, d'amener à lui tout seul l'eau nécessaire à son moulin.

— Non, j'irai à Monaco avec vous pour y réaliser un projet auquel personne n'avait songé avant moi. Je veux y gagner de l'argent, beaucoup d'argent, sans même franchir le seuil du trente-et-quarante. J'obtiendrai cet or honnêtement, ce qui ne s'est pas encore vu à Monte-Carlo, et on en parlera en France et ailleurs, comme des représailles tardives, mais triomphantes, du labeur légitime contre le gain insolent et corrupteur.

— Vous nous intriguez, interrompit la baronne qui, depuis une heure, ne soufflait mot. Pourrait-on savoir ce joli secret ?

— Parfaitement ; j'irai donc trouver le dieu de Monte-Carlo, et je lui dirai : « Vous voyez devant vous un homme doué d'assez d'énergie morale pour avoir traversé vos domaines dans l'unique but de vous faire constater qu'il n'a pas succombé aux piéges que vous tendez à la cupidité humaine, et s'en retournera, sans même les avoir entrevus. Je viens prendre simplement vos commandes, ainsi que je le ferais auprès de tout autre chef de maison. Je vous demande votre clientèle, parce que vous n'aurez jamais la mienne. »

Cette fois, l'hilarité des compères autrichiens ne connut plus de bornes. Ils virent, à n'en pas douter, que Monaco attirait déjà comme un aimant ce grand illuminé de l'ébénisterie parisienne,

— Bah ! se récria le baron, lorsque ses sanglots se furent un peu calmés, nous connaissons cette maladie-là ; les spécialistes du baccarat l'ont baptisée l'irrésistible fascination de l'or.

— Quand on commet l'imprudence de venir à Nice, ajouta la baronne, on est fatalement poussé vers Monaco. Une force mystérieuse vous y entraîne ; vous devenez *ponte* à votre insu ; instinctivement votre cerveau se remplit de combinaisons et de martingales.

— Quel jour allez-vous à Monte-Carlo ? demanda résolûment M. Limet.

— Nous prendrons demain le train de quatre heures.

— Eh bien ! je suis des vôtres ; si vous y consentez, nous partirons ensemble. M. le marquis nous accompagnera-t-il ?

— Il est dans la décave et attend de l'argent pour se refaire. Depuis une semaine, il joue un très petit jeu. Il gagne ou perd chaque fois une dizaine de louis, et ne s'obstine plus après la veine. Il a eu la semaine passée trois ou quatre séries qui l'ont un peu remis. Mais il n'a plus cet entrain que nous lui avons vu autrefois. Il était alors l'un des beaux, des magnifiques joueurs de Monte-Carlo : la princesse Sovonoff et lui faisaient l'admiration des habitués de la rouge. Vous verrez qu'il finira par se retirer du monde.

— C'est vrai, acheva Mme de Hunker, on dirait

qu'il est revenu machinalement cette année ; la
force de l'habitude, plutôt que l'impulsion de
l'attrait, l'a ramené sur cette plage. S'il nous
reste jusqu'à la fin de la saison, on peut être assuré que l'année prochaine il prendra ses quartiers d'hiver dans une autre station.

— Alors, sa villa serait prochainement à ven-
dre? demanda M. Limet avec une convoitise soudaine.

— Peut-être, répondit le major. Est-ce que
vous auriez la tentation de...

— Mon Dieu, ce serait pour la femme et les
enfants. L'air me semble très pur ici, le climat
particulièrement doux, et ma petite famille ne
pourrait que gagner à un séjour de quelques
mois pendant l'époque rigoureuse, sur les bords
de ce lac magnifique.

— Oui, mais à une telle distance de Paris,
objecta la baronne, le déplacement serait assez
coûteux.

— Madame, ma fortune, quoique ne dépassant
pas un million et demi, me permet cette dépense ; si le nombre de mes qualités n'est pas
considérable, celui de mes vices l'est encore
moins. Je n'entretiens pas de danseuses, et, Dieu
merci, je n'ai encore mis les pieds dans aucun
cercle. Si je dépense trente mille francs de mon
revenu, c'est tout le bout du monde. Vous voyez
que j'ai presque le droit de m'offrir la fantaisie

d'un pied-à-terre à Nice... Et puis, chaque fois
que je verrai jour à disposer d'une semaine, j'en
profiterai pour aller me reposer auprès des
miens.

Pauvre parvenu! Ce n'est point la forte sor-
bonne de l'oncle Pigonnet qui aurait aussi naïvement capitulé devant de tels assiégeants!...

IV

— Monsieur le marquis, fit tout à coup Mathilde, après avoir admiré pendant quelques minutes l'aristocratique décoration des deux petits salons du rez-de-chaussée, vous renoncez certainement pour nous aux pièces les plus charmantes de votre princière habitation; nous n'oserions jamais user à ce point de votre complaisance. C'est de la générosité poussée jusqu'au sacrifice.

— Non, je veux que vous occupiez ce coin, il est vrai, le plus joli de mon nid de garçon.

— Croyez que vos chambres d'amis auraient pleinement satisfait toutes nos ambitions d'hospitalité écossaise.

— Moi, je pratique l'hospitalité des orientaux. Ce qu'il peut y avoir de mieux dans mon logis est toujours pour mes hôtes.

— Mais ces deux boudoirs, où les couchettes disparaissent sous des bouillons de soie et des flots de dentelle, représentent tout simplement un songe réalisé,

— Oh! pas encore, madame.

— Tout s'y rencontre, cependant, et le confortable, et le luxe.

— Vous n'y êtes pas, chère madame.

— Je chercherais alors vainement.

— C'est que ce réduit, que vous avez l'indulgence de trouver passable, n'était point fait pour recueillir des époux, mais des tourtereaux, un de ces couples fugitifs comme on en découvre à Nice, qui, après avoir soupiré dans les salons officiels de Paris, sous l'œil inexorable de la médisance polie, viennent se tutoyer et fortifier leurs serments aux bords de cette mer sans rivale.

— Ah! c'est ainsi que cela se pratique alors dans le grand monde, répondit Mathilde avec une légère confusion.

— Dans tous les mondes, chère madame; l'amour est un véritable républicain : il n'a de préférence pour aucune classe.

— Dans le mien, cependant, les choses ne me semblent pas se passer tout à fait ainsi, car ce phénomène ne m'y a jamais frappée. Les jeunes filles s'y marient et ensuite deviennent mères, sans qu'on entende dire qu'elles avaient, au préalable, suivi le chemin des aventures. Là, point de drame noir ou de comédie risible. Tout se conclut à la façon commune du bonheur longuement préparé. Les seuls plaisirs que l'on con-

naisse sont le théâtre du samedi et le déjeuner
sur l'herbe du dimanche, sous un de ces bosquets
de la banlieue, d'où l'on voit fumer au loin les
cheminées de Paris.

— Parce que vous n'avez pas encore surpris
le dessous des cartes de la vie bourgeoise elle-
même. Le Marais ne renferme pas que des idylles,
et moi-même, qui ne suis pas l'un de ses habi-
tants, j'y connais des drames qui vous surpren-
draient si je vous les racontais.

— C'est vrai, de loin en loin, nous apprenons
qu'un mari a trompé sa femme et quitté, pour
une actrice, le domicile conjugal. Une autre fois,
au contraire, c'est la femme qui a disparu avec
un ténor. Mais ces exemples sont l'exception et
rident à peine la surface de nos eaux désespéré-
ment tranquilles. Notre vertu se conserve sous
une carapace de monotonie indélébile ; comme le
soleil descend à peine dans nos rues, nos imagi-
nations ne perçoivent pas les rayons de cette
lumière qui vous guide, vous autres, à la conquête de ces voluptés brillantes dont nous igno-
rons, nous, jusqu'à l'existence.

— Néanmoins, vous y aspirez, car vous les
entrevoyez dans un vague moins brumeux que
celui que vous venez de décrire.

— Ce sont les romans de vos auteurs qui
nous font voir, trop souvent, ce qui se passe chez
vous, en nous hissant au-dessus du mur que la.

destinée a établi entre votre classe et la nôtre.
C'est ainsi que vos boulevards nous sont familiers, et que nous en contemplons presque les
éblouissantes délices, sans que nos mères ou nos
époux nous y aient jamais conduites.

— Je vous dis que vous vous y mêlez plus
souvent que vous ne croyez, et que beaucoup
d'entre vous soupent chez Bignon, avec des amis
masqués, lorsque vos maris viennent de dîner à
Tortoni avec des blondes à la mode. Aujourd'hui,
noblesse et bourgeoisie se valent ; nous nous mê-
lons souvent, et sans scrupule, tout en prenant
des airs de discrétion et d'incognito. Nous sommes, vous et nous, chacun pour moitié dans les
mêmes adultères et les mêmes orgies. Le peuple
a plus de cynisme, mais nous avons moins de
vertu. Vous vous amusez, et nous nous amusons ;
nos vices ne font point rougir les vôtres ; ils ont
de plus en plus un air de parenté qui les rend
solidaires.

— Vos théories, monsieur le marquis, sont au-
dessus de ma portée, bien qu'elles m'impres-
sionnent vivement.

— Parce que vous aviez d'avance rêvé ce que
je viens de vous décrire à grands traits ; parce
que vous êtes douée d'un esprit au-dessus de votre
condition.

— Je ne m'en défends pas, répondit Mathilde.

— Aussi, je vous plains de ce que les exigences
de votre état ne vous permettent pas de vous
mêler plus souvent à nous. C'est là seulement
que l'existence est supportable. Voulez-vous toute
ma pensée ? ajouta-t-il. Eh bien ! vous n'étiez
point faite pous vivre et mourir avec un Limet.

— Monsieur le marquis, vous me faites peur !

— Ce n'est pas qu'il ne soit fort brave homme
et des plus estimables, mais enfin, encore faut-il
se comprendre pour être heureux. Or, je doute
que ce marchand, positif autant que sage, ait
seulement deviné les aspirations supérieures et
l'essence aristocratique de votre âme de jolie
créature.

— Cependant j'aurais tort de lui en vouloir.
Il m'a épousée par amour et me prouve encore,
après quatre années d'union, que le mari n'a pas
supplanté le fiancé.

— En êtes-vous plus avancée ? La somme de
vos joies en est-elle plus considérable et de meilleure qualité ? Parce que vous aurez épousé un
maraud qui, chaque matin, vous préférant à
Dieu, vous adressera sa prière, votre soif des
bonheurs qu'il ne peut vous donner en sera-t-elle
moins ardente ? Et l'homme qui viendrait alors
vous offrir les hommages intelligents, délicats et
tendres, qu'à votre insu vous recherchez, serait-il
pour cela éconduit ? Permettez-moi de vous pré-
dire d'avance que vous succomberiez à l'ascen-

dant de cet individu, auquel la société, toujours
brutale, a donné le nom d'amant.

— Moi! accepter, supporter un amant!...

— Cet homme dont je parle, le distinguez-
vous de Limet?

— Je dois avoir la loyauté de le reconnaître :
oui.

— Je vous déclare donc que tôt ou tard, c'est-
à-dire à la première occasion, vous accepterez un
amant.

— Sur quoi fondez-vous l'horoscope? demanda
Mme Limet, véritablement fascinée.

— Sur ce besoin moral et même sensuel, qui
devient chaque jour plus impérieux.

— Vous pensez donc que je trahirais ainsi
M. Limet pour un caprice?

— Vous avez le tort grave, toutes les femmes,
de vous abuser vous-mêmes en traitant de vé-
tille l'être idéal que vous portez avec vous, et
que l'époux n'a jamais réalisé. Ce qui fait que le
jour où, par hasard, vous rencontrez le Sosie
de cet idéal, vous vous précipitez à sa poursuite,
parce qu'après l'avoir longtemps envisagé comme
une insignifiance, vous êtes impuissantes à maî-
triser vos mouvements désordonnés. Plus vous
avez été pudiques et sages jusque-là, plus vous
devenez ménades ou furies.

—Les femmes désœuvrées, qui habitent des palais et ont un grand train de vie, sacrifient peut-

être à cette fiction. Mais nous autres, petites bourgeoises, élevées sur la dure, livrées aux soucis
des affaires ou aux mesquines préoccupations de
la tâche quotidienne, servantes, ou à peu près, de
nos enfants et de nos maris, comment voulez-
vous que nous ayons le loisir et l'attrait de ces
débauches mystiques, qui sont un privilége de
caste princière? Pour un pauvre petit adultère,
qui de loin en loin se commet parmi nous, combien de sombres drames du mariage éclatent
journellement au sein de vos repaires dorés, et
dont le bruit ne descend pas jusqu'à nous! C'est
à ce monde-là, peut-être, que s'appliquent vos
théories de la ménade, victime de son type ima-
ginaire.

— Je veux que vous soyez plus innocente que vos
pareilles, et que votre joli raisonnement soit aussi
vrai que sincère. Seulement, hâtez-vous de vous
en appliquer le bénéfice; demain peut-être il ne
serait plus temps... Le Russe est, en général, assez
chaste avec les femmes de son pays, mais sa
verve ne connaît plus de bornes avec les filles
des autres nations ; la Parisienne, en particulier, lui inspire une éloquence intarissable.
Eh bien, nous autres gentilshommes, nous
sommes les Russes de notre pays pour les femmes de la bourgeoisie française. Nos duchesses
nous ennuient et nos marquises nous irritent.
Parfois, nous nous laissons suppléer auprès d'el-

les. Leurs boudoirs sont des temples d'Eleusis, où l'on célèbre des mystères qui ne relèvent plus guère que du pharmacien et du masseur. Cette Mecque n'attire presque plus de pèlerins, et les prêtresses en sont parfois réduites à chercher des croyants parmi nos palefreniers ou des complices parmi les vestales d'un autre culte... Nous autres Russes, nous sommes occupés ailleurs : nous poursuivons les amours plus simples, plus faciles, et même plus décentes de cette bourgeoisie dont vous êtes, qui a la corruption naïve, se donne sans se livrer, s'abandonne sans impudeur, devient maîtresse sans désespoir cornélien, et nous accorde un peu d'amour avec beaucoup de plaisir. Par vous, mesdames les altesses de juillet, l'existence dont nous commencions à désespérer nous redevient supportable et gaie. Vous êtes de véritables Françaises; nos comtesses ne sont plus que de saintes ampoules qui guérissent les écrouelles.

— Et, en ma qualité de bourgeoise, je suis donc fatalement destinée à servir d'amusement à quelque nouveau Robert de Normandie? Voilà votre conclusion, n'est-ce pas?

— Non, car je rêve pour vous un gentilhomme moins brutal, un noble bon enfant comme le sieur Limet, intelligent et de bonne compagnie comme le marquis de Liauzan.

Et le marquis s'inclina avec un geste on ne

peut plus régence. Il était dans la jubila-
tion du chimiste qui a découvert la grande for-
mule depuis longtemps cherchée.

Mathilde ne trouva rien à répondre à cette déclaration audacieuse mais indiscrète. Ce madrigal
anonyme et par procuration n'était qu'un hommage délicatement perfide, dont sa dignité pouvait à la rigueur s'accommoder. Toutefois, après
réflexion, elle pensa qu'on y faisait jouer à son
mari un rôle trop sacrifié, et qu'au moins pour
la forme elle devait protester.

— Il ne me convient pas, monsieur le marquis,
de répondre à votre dernière phrase. Gardez entière la responsabilité de vos paradoxes ; seulement je vous ferai remarquer que vous avez
manqué de courtoisie en y mêlant le nom de
M. Limet.

— Oh ! c'est bien, croyez-le sans intention
d'offense. J'estime beaucoup cet homme, ce tra-
vailleur, ce parvenu, ce guerroyeur des luttes
commerciales, ce capitaine des aventures et des
hasards du crédit. Je le comprends et je l'admire
comme marchand de meubles artistiques ; mais
il me paraît ridicule, absurde, trivial et même
odieux, comme époux et comme amant. Je l'aurais compris acoquiné avec une couturière partie
d'aussi bas et arrivée aussi haut que lui-même.
Leurs esprits n'ayant pas grandi avec leur fortune, ils auraient continué de vivre et de prospé-

rer sous le même niveau. Tandis que votre Limet, je le devine, après la richesse, a rencontré la femme étrangère à ces pénibles filières, ayant déjà des ancêtres, supérieure, sacrifiée plutôt que résignée à ce joug, qu'il s'est néanmoins efforcé de rendre clément et digne d'elle. Il n'a pas réussi à combler l'abîme qui vous sépare. Soyez franche, ai-je raison ?

— Vous n'êtes pas mon confesseur.

— Je n'y aspire point, au contraire... Vous ne voulez ni l'accuser, ni vous défendre. Votre silence est un aveu. Madame, je vous assure que vous n'aimez guère votre mari.

— Puisque les femmes ont le droit de tout dire, permettez-moi de vous répondre que vous êtes un impertinent.

— Continuez, c'est de l'amitié cela.

— Comment faut-il s'y prendre alors pour vous montrer que vos prétendues constatations ne sont que des offenses ?

— Il faut tout simplement entrer dans la voie des aveux.

— Bon, vous voilà devenu juge d'instruction.

— Oui ou non, avez-vous trouvé le bonheur complet, définitif, dans le fameux sacrement ?

— Cela dépend : comment l'entendez-vous ?

— Mais vous savez là-dessus ma doctrine ?

— Je n'ai été ni trompée, ni déçue : il m'a donné tout ce que j'en pouvais espérer ou attendre.

6

— C'est-à-dire que vous vous dérobez ; car ce n'est pas là répondre.

— Que voulez-vous ! la femme a parfois des aspirations que l'épouse désavoue et auxquelles elle sait résister jusqu'à la fin.

— Jusqu'à ce qu'elle ait rencontré la véritable puissance qui, d'un regard et d'un geste, sait avoir raison de ses faibles énergies.

— J'espère que ma destinée me préservera toujours d'une pareille rencontre.

— Qui sait ? Par exemple, si j'étais cette puissance, auriez-vous la force de lutter contre elle ? Pensez-vous que je n'ai pas remarqué, au premier moment, que vous me voyiez d'un autre œil que votre compagnon d'existence ?

— La remarque, monsieur le marquis, est au moins présomptueuse.

— Aussi, a-t-il été assez imprudent, assez banal, ce pauvre diable de mari ! Je ne voudrais ni vous humilier, ni vous fâcher ; mais enfin il est impossible de méconnaître ses bévues de sens commun, seulement depuis hier. Je ne les relèverai point, car vous les avez trop bien ressenties. Or, une femme intelligente peut-elle idolâtrer un être aussi sot ? Non, ma chère, vous ne sauriez avoir ni ce dévouement, ni cette hypocrisie.

— Monsieur de Liauzan ! s'écria tout à coup Mathilde en éclatant en sanglots, vous êtes un séducteur. Je découvre à présent le mobile de votre hospitalité. Un tel calcul est indigne d'un gentilhomme. Ce n'est rien pour vous le déshonneur d'une bourgeoise. La femme du lendemain vous fait oublier la créature de la veille. Le hasard vous envoie Mathilde Limet, et comme toute proie vous est bonne, vous la placez sous votre griffe royale!... Que voulez-vous qu'elle fasse? Qu'elle crie au secours et se défende? Vous savez bien que le déshonneur secret est encore préférable au scandale.

— Je vous le jure, madame, ma conduite à votre égard n'a rien de prémédité. Dans tout ce qui arrive, votre mari est seul coupable. S'il avait eu plus de raison, vous auriez aujourd'hui moins de souci. Ma faute est dans son imprudence. Un gentilhomme est deux fois homme. Vous vous êtes présentée à moi sous les apparences d'une délaissée, et soudain je me suis violemment épris de vous. Je ne pouvais pas ne pas vous aimer. Injurieux ou non, cet hommage est sorti irrésistible et spontané de mon cœur. Maintenant il est trop tard...

— Que voulez-vous dire?

— Que vous êtes à moi!

Par cet aveu brutal et fier, M. de Liauzan avait foudroyé Mathilde Cet homme commandait l'amour sensuel, imposait l'entraînement du cœur comme une servitude inéluctable.

Mathilde n'avait ni assez d'expérience, ni assez

d'empire sur son âme, ni assez de félicité domestique, pour résister à un tel adversaire. Sa vanité
bourgeoise et sa coquetterie de jeune femme
conspiraient d'ailleurs contre elle en faveur de
l'amant distingué qui se présentait.

Pourtant elle réfléchissait qu'une relation,
vieille d'un jour à peine, ne pouvait se dénouer
avec la brusquerie d'une pièce en un acte, les
héroïnes de quelque valeur n'ayant l'habitude de
se livrer qu'après une longue suite de péripéties.
Pour bien des femmes, la chute elle-même n'est
qu'un événement secondaire, illustré par la durée
de la résistance. Combien n'en a-t-on pas entendu
s'écrier, le lendemain de leur défaite : « Que
voulez-vous ? pendant deux ans, trois ans, j'ai
lutté, et à la fin je me suis abandonnée. C'était
fatal, puisque je l'aimais. »

Ainsi raisonnait Mathilde. Elle comptait sans
l'exécrable esprit de suite du poursuivant, qui
détestait les poëmes interminables. Il venait de
dire à Mme Limet : « Vous êtes à moi, » et celle-ci
pouvait être assurée qu'il ne lui accorderait même
pas un jour de grâce pour brûler les vieux papiers
compromettants du mariage.

Comme Mathilde ne répondait rien, qu'elle
semblait interdite et ahurie par la violente agres-
sion de cet assaillant, il lui saisit la main avec
force et l'entraîna avec lui sur un sofa, où elle
s'assit, éperdue de honte, à peine capable de résis-

tance physique, et privée de ces accents d'indignation qui font reculer un instant les plus audacieux.

Non, elle n'était plus Mathilde, la nièce capri-
cieuse et ferme du premier des Pigonnet : elle
était la révolution de Mirabeau, se jetant palpitante et fascinée dans les bras d'un souverain.

— Comment! je suis à vous? murmura-t-elle,
sans oser le regarder. Hier encore, inconnus l'un
à l'autre, et aujourd'hui presque adultères?
Jamais campagne ne fut menée avec plus de
vertige... Depuis quand ne distingue-t-on plus
entre la femme honnête et la fille des carre-
fours?

— Depuis que la vie est courte, depuis que
l'occasion se fait rare, depuis que les maris ne
sont aveugles que pour un temps.

— Enfin, que voulez-vous? qu'exigez-vous de
moi?

— Tout ce que vous avez et que je n'ai point,
tout ce que je désire et que vous pouvez me donner : un mois d'oubli complet, absolu, pendant
lequel vous serez... ma femme.

Un long silence suivit ce dernier effort de la
folie amoureuse du marquis. Mme Limet restait
là, immobile, les yeux noyés et le sein terriblement ravagé par le voluptueux magnétisme de
cette parole insinuante, malgré sa force.

— Monsieur, reprit-elle enfin, avec un ton de

résolution désespérée, si vous continuez à déraisonner, je vais être forcée d'appeler à l'aide.

— Bah! répondit ironiquement le marquis, votre menace est d'un classique qui ne sert presque plus. Vous savez bien que vous n'avez rien à craindre!

— Je n'ai plus rien, il est vrai, à redouter de vos discours, puisque vous avez tout dit.

— Pardon, j'ai encore quelque chose à ajouter : vous m'aimez, et, franchement, vous ne placez point trop mal vos préférences.

Cette fois, Mathilde, courroucée, blessée, quoique toujours subjuguée, bondit sous cette provocation délibérément cynique, et regardant le marquis en face, elle répartit fièrement :

— Votre dernier mot vous a perdu, mais je vous en remercie, car il m'a sauvée. S'ils vous ressemblent, tous les gentilhommes ne valent pas un Limet. A quoi sert l'esprit, lorsqu'il n'est que malfaisant?

— Vous vous méprenez, madame, car c'est l'impétuosité seule de ma passion qui m'a dicté tout à l'heure un langage, dans lequel vous avez relevé une provocation. J'exprimais bien plutôt un désir personnel que je ne constatais chez vous une déroute. Comment me croire, en effet, assez insensé pour faire d'un objet d'ardent amour un sujet d'outrageuse raillerie? Détrompez-vous donc, ma chère, et rendez-moi au moins votre justice.

Mathilde était partagée entre l'hésitation, la colère et l'attrait. Ce dernier finit par l'emporter avec véhémence, et de cette lutte intestine elle sortit avec un torrent de larmes.

— Ah! s'écria-t-elle, je vois bien que je suis perdue !

— Perdue, parce que vous daignez enfin recevoir mes hommages ?

— Vous avez beau atténuer, ma conscience voit autre chose sous vos euphémismes.

— Quoi?

— Vous ne voulez donc m'épargner aucune honte?

— Au point où nous sommes arrivés, pourquoi parler de honte entre nous?

— Eh bien, sous vos euphémismes il y a..... l'adultère de la femme et le déshonneur du mari.

— Et quand cela serait?

— Comment! malheureux! Votre droiture et votre loyauté ne vous suggèrent point d'autre excuse?

— Mon Dieu, si j'étais hypocrite, je n'en manquerais point. Je me lamenterais avec vous sur les conséquences, au moins morales, de notre prochaine faiblesse. Pour mieux vous séduire, je m'armerais du trompe-l'œil des horizons platoniques; je prêterais serment de continence et d'absurde chasteté; je vous promettrais des ailes et vous rassurerais en développant devant vous les doctrines des impuissants, les théories des ennuques...

Ce paradoxe fit errer un bon sourire sur les lèvres de Mathilde, qui comprit par ce dernier trait tout ce que la tactique galante du marquis avait eu jusque-là de brutalité systématique ou de rudesse voulue.

— Vous n'êtes pas Français, monsieur, répondit-elle gaiement, vous êtes Arabe. C'est la femme de ces pays orientaux et non la Parisienne qu'il vous faut.

— Aussi, pourquoi m'avez-vous parlé d'adultère? Je crois peu à ce préjugé.

— Si vous étiez marié, vous y croiriez davantage. Les célibataires sont des esprits forts qui, n'ayant à redouter aucune fraude, se moquent de la psychologie conjugale.

— Ne parlons pas des époux, je vous prie; ils sont stupides et justifient tout le mal qu'on en dit.

— Il en faut cependant, pour avoir des enfants légitimes, dans l'intérêt des grandes et des petites filiations.

— Encore un préjugé, vu l'état d'adultère permanent de toutes les sociétés depuis les temps les plus reculés.

— Vous n'êtes pas flatteur pour vos grand'-mères.

— Eh! madame, les mémoires secrets nous informent que nos grands-pères avaient fort à faire avec elles, et manquaient trop souvent de prévoyance. Je soupçonne qu'ils se vengeaient plus spirituellement de leurs rivaux en leur rendant la pareille... C'est-à-dire que l'adultère me paraît une institution plus ancienne que la loi des Douze-Tables.

— Ajoutez, tant que vous y êtes, qu'il le faut respecter au moins à l'égal du Coran, et qu'il est méritoire d'y succomber.

— Je n'irai pas aussi loin. J'ai néanmoins entendu soutenir cette curieuse proposition : l'homme est la thèse, la femme l'antithèse et l'amant la synthèse.

— Vous avez la maladie de tous les beaux-esprits de l'époque : vous êtes sceptique, frondant tout et ne croyant à rien.

— Permettez : je crois, non à la vertu, mais au charme infini de la femme.

— Et de quel sacrifice seriez-vous capable pour lui faire hommage de cette foi?

— Quels sacrifices? cela dépend du sujet. Il est telles filles d'Eve qui valent à peine quelques heures de constance ; d'autres, au contraire, méritent longues matinées d'amour. Enfin, vous venez, madame, de me faire connaître une créature digne de tenter les fidélités de la passion renouvelée. Pour vous, je suis prêt à allumer un feu qui ne finira point.

— En d'autres termes, vous seriez notre synthèse... Tenez, je n'avais jamais si bien compris qu'on pût à la fois être cynique et manquer de franchise.

— Le reproche me touche, car il n'est pas justifié, répondit M. de Liauzan avec une imperceptible ironie.

— Alors, avouez que ce compliment banal, vous venez de l'éditer pour la centième fois, qu'une foule de malheureuses en ont été ravies avant moi, et que vous avez auprès d'elles une réputation détestable.

— C'est vrai, mais je vaux mieux que cette réputation. Elles ont manqué les premières aux saints engagements. Je ne les ai abandonnées qu'après les avoir convaincues d'imposture.

— Si elles vous entendaient !... Non, vous m'effrayez maintenant, et je ne veux pas donner mon âme au diable.

— N'allez-vous pas m'octroyer des cornes, à présent ?

— Oh ! non, murmura Mme Limet en pensant à ses rivales de la veille... Monsieur de Liauzan, reprit-elle avec conviction, je vous informe que je désire quitter Nice ce soir.

— Cette décision soudaine ne me surprend point. Vous voulez fuir en Italie, où vous aurez la nostalgie de ce boudoir, et d'où vous nous reviendrez bientôt, repentante et implorant notre pardon.

— Je ne discuterai pas vos prétentions absolues; pourvu que je sois demain à Florence, loin des hommes impertinents, et, ma paix retrouvée, je me consolerai rapidement de vous avoir connu.

— Et moi, je me féliciterai de vous avoir brutalement ramenée au bien... Seulement, comment déciderez-vous M. Limet à vous accompagner; il est sous le charme des mélodies tudesques et ne s'attend guère à ce contre-ordre.

— Vous m'y aiderez.

— Avec grand plaisir. Usez de moi comme du plus dévoué de vos complices.

A ce moment, Limet, flanqué de ses deux Autrichiens, parut sur le seuil. La porte, d'ailleurs, était entr'ouverte, et, comme on était entre amis, il n'y avait aucune indiscrétion à pénétrer.

Le notable ébéniste jeta d'abord sur l'ameublement le coup d'œil expert du connaisseur et du marchand; il parut satisfait, car, s'approchant du marquis avec mystère, il lui dit gravement :

— C'est la maison Coquillard qui vous a fourni tout cela; je le reconnais à son style et à son *faire*... Ce n'est pas mal... Combien l'avez-vous payé?

— Ma foi, répondit M. de Liauzan à voix basse, on m'a fait présenter la facture, mais chaque fois j'étais sorti.

— Ah! c'est différent, fit M. Limet, qui ne comprenait pas. Pour moi, la fourniture avec les accessoires, devra se monter, en chiffres ronds, à une vingtaine de mille francs.

— Eh! mes héritiers verront cela plus tard, objecta le marquis négligemment.

— Eh bien! madame Limet, continua l'époux de Mathilde en se rapprochant de sa femme, sommes-nous assez lancés? Si les voisins Barican et Chamillot pouvaient nous voir parmi ces marquis et ces barons qui nous font fête, seraient-ils vexés, tout de même?

— Tais-toi, Joseph, répondit-elle doucement, mais avec impatience. Tu ne vois donc pas que ces gens se moquent de nous?

— Que dis-tu là, folle? répliqua Limet sur le même ton; ils sont très bien, au contraire, et affables comme on ne l'est plus dans notre bourgeoisie.

— C'est pour mieux te tromper, nigaud.

— Quelqu'un me... moi! Limet, négociant de la rue des Francs-Bourgeois, successeur de Pigonnet aîné!... C'est le climat qui t'aura rempli l'esprit de fadaises...

— Non, si tu veux me croire, nous partirons ce soir sans rien dire à personne.

Pendant ce rapide dialogue, M. de Liauzan s'entretenait avec le major et plaisantait avec la baronne sans perdre de vue le couple Limet. Il attendait le moment favorable pour faire sa partie dans leur conversation. Aussi, l'incrédule Joseph ayant exécuté une vive pirouette en réponse aux dernières injonctions de Mathilde, le marquis se tourna vers lui et, avec une bonhomie qui déchira le cœur de Mme Limet :

— Ecoutez donc, mon cher, dit-il, je soupçonne que votre femme s'ennuie parmi nous.

— Par ma foi, monsieur le marquis, on le dirait. Ne vient-elle pas de me proposer de prendre le bateau ce soir même! Je ne la reconnais plus, avec ses subites inconstances de poitrinaire.

— Comment! s'écria le baron désappointé, madame nous ferait le chagrin de nous quitter après nous avoir à peine donné le temps d'admirer ses grâces parisiennes?

— Ce serait une véritable trahison, ajouta Mme de Hunker. Nous la supplions tous de revenir sur sa cruelle résolution.

— Vous le voyez, madame, insista froidement M. de Liauzan, vous mettez ici tout le monde au désespoir.

— Madame Limet, reprit Joseph, me fera certainement l'amitié de m'accorder aujourd'hui ce que je ne lui ai pas refusé hier.

— Je vous en prie, mon ami, supplia presque l'infortunée Mathilde, partons; j'ai de funestes pressentiments.

7

— Parmi nous, que pouvez-vous craindre, madame ? interrogea la baronne, avec une sollicitude féline. Ce n'est pas à Nice, mais au contraire en Italie, que l'on rencontre le regard jettateur, ce mauvais œil dont tant de faibles esprits sont frappés.

— N'importe, madame, insista Mathilde, j'ai peur ici ; il me semble que nous ne sortirons pas de ce cercle enchanté. Je ne veux même pas aborder l'Italie par mer ; la route des falaises est plus belle, plus pittoresque et plus sûre.

— Quelle plaie que votre femme ! murmura le major à l'oreille de Limet ; je vous assure, mon cher ami, que je vous plains sincèrement. Est-ce que vous êtes décidé à respecter ses caprices ?

— Jamais, fit Limet avec force. Vous allez voir.

Et s'adressant à sa femme :

— Madame Limet, reprit-il sévèrement, quand on n'est pas dénué de tout savoir-vivre, on ne fausse pas ainsi compagnie, sous le plus futile prétexte, à des personnes distinguées qui, certes, nous ont fait un de ces accueils dont on ne saurait être que profondément touché. Je vous réitère que Nice nous gardera dans ses murs encore pendant huit jours.

— Vous avez tort, mon cher, répondit M. de Liauzan ; le Code galant édicte des peines sévères contre tout cavalier qui, à tort ou à raison, résiste aux volontés de sa dame. La vôtre a changé d'avis depuis hier, et vous êtes tenu de la suivre sans murmurer.

— Je vous demande pardon, monsieur le marquis : chez nous, on ignore l'existence de ce Code. Nous ne faisons point la part si belle à nos moitiés, et là-dessus, d'ailleurs, elles sont du dernier raisonnable.

— Parce qu'elles savent que la matière ne prête pas, mais elles n'en protestent pas moins ; c'est pourquoi il ne faut point contrarier la vôtre, pour peu que vous fassiez encore quelque cas des joyeusetés conjugales.

— Je ne suis pas de votre avis, objecta M. Limet. Les affaires ne s'accommodent pas toujours avec les caprices ; or, j'ai une forte commande à prendre à Monte-Carlo avant de laisser franchir à ma femme le pas de Vintimille. Elle savait bien, du reste, qu'entre Paris et Vintimille nous aurions plusieurs points de séjour.

— Oui, riposta impétueusement Mme Limet, je le savais, mais la ville de Monaco ne figure pas à l'itinéaire. J'ignorais, monsieur, que vous fussiez devenu un joueur de profession.

— Bon, je parle affaires et elle répond roulette...

— Je dis, insista Mathilde, en regardant le marquis, que si mon mari cède à la désastreuse tentation de paraître à Monaco, nous sommes doublement perdus.

— Mais non, mais non, chère mignonne, répondit maternellement Mme de Hunker. Au reste,
pour tout conjurer, vous n'avez qu'à l'accompagner à ce Kursaal, qui est bien, quoi qu'on dise,
plus funeste aux amants qu'aux joueurs. C'est
un but de promenade charmant, aussi peu dangereux que la route de la Corniche ou la baie de
Villefranche. Voici plus de quinze ans que, trois
fois par semaine, j'accomplis ce pèlerinage, et j'en
suis encore à attendre le premier accident.

— Tu vois, madame Limet, répondit le négociant, fier de cette approbation, il ne faut pas
toujours juger les gens ni les pays sur leur
mauvaise réputation. Si tu veux être bien sage,
tu seras demain de la partie, et l'excellente
Mme de Hunker te servira de cicérone, sans
compter M. le marquis, qui, pour sceller notre ré-
conciliation, se fera un véritable plaisir de mettre
à ta disposition sa cavalerie!...

— De tout cœur, interrompit M. de Liauzan.
Madame sait, du reste, mes sentiments à son
égard, ajouta-t-il en s'inclinant.

— Et pendant que tu risqueras un louis ou deux
à la rouge, je serai reçu en audience solennelle par
les deux souverains régnants du pays : le prince
Grimaldi et le pontife Blanc de Monte-Carlo.

— Puisqu'il en est ainsi, répondit Mathilde,
froide et résignée, je me rends. Et que Dieu nous
protége!...

V

La société qui pullule à Monte-Carlo ressemble
aux personnages fantastiques d'un rêve troublé.
En majorité composée de célébrités de la haute
filouterie interlope, elle a le savoir-vivre des
bohêmes du grand monde et l'apparente grandeur des noblesses déchues dont la garde-robe
n'est pas encore trop frippée.

On dirait que le Casino est une école d'application pour les débutants du robert-macairisme,
en même temps qu'une académie destinée à recevoir les illustrations du monde des flibustiers.
Monaco, ville sainte, capitale, et Monte-Carlo,
lieu sacré où affluent tous les ans les pèlerins
voués au culte du dieu Hasard.

Les honnêtes gens, les paisibles jouisseurs, les
vrais Crésus, y sont en minorité. Monaco foisonne
surtout de déclassés ou de parvenus de la mal-
tote, qui n'ont plus pour vivre d'autre industrie
que l'exploitation du *ponte* égaré dans ces parages.

Ce dernier est terriblement à plaindre, car il

doit suffire à lui tout seul à l'entretien de la banque des jeux et aux besoins insatiables du che-
valier de la roulette.

Les vrais habitués de Monaco se recrutent en
grande partie dans la classe innombrable des décavés du commerce, de la finance, de l'industrie
et même des professions libérales.

A la suite d'un naufrage, ces individus recueil-
lent les dernières épaves de la cargaison et, ar-
més d'un revolver avec lequel ils sauteront, après
la perte du louis suprême, ils vont se précipiter
dans l'engrenage des machines perfectionnées
dues à l'admirable génie de M. Blanc.

Le notaire en délicatesse avec ses clients, le
percepteur en déficit, l'officier en debet, l'avocat
et le médecin sans consultations, le bourgeois à
la veille de la faillite, l'impressario à bout d'ex-
pédients et le gentilhomme dépouillé par une
maîtresse, empruntent et parfois dérobent les deux
ou trois rouleaux d'or qu'ils ne tardent pas à
laisser au tourniquet infernal.

A côté de ces dupes secondaires se montrent
quelques grands seigneurs et des banquiers de
passage qui perdent galamment un million en
une nuit et disparaissent ensuite sans émotion
comme sans chagrin. Ce sont de hardis météores
qui s'évanouissent dans une pluie d'or, après avoir
émerveillé leurs admirateurs et rallumé la cupidité des vagabonds et des écornifleurs.

Ceux-ci se partagent à leur tour en deux caté-
geries bien distinctes : les fripons proprement dits,
comtes brésiliens, barons allemands, marquis
français ou napolitains, majors ou commandants
d'une foule de légions étranges ou étrangères —
et les poursuivants systématiques, les théoriciens
de la pièce de vingt francs quotidienne.

Malheureusement ces deux catégories sont, par
leur cruelle rapacité et les mille tours qu'elles
jouent à l'administration fermière elle-même, les
véritables sauterelles de cette région fortunée.

Or, sur trois cents personnes de tout sexe qui
circulent autour des tables, deux cent cinquante
environ cherchent fiévreusement quelqu'un ou
quelque chose à dévorer.

Le reste est le bétail convoité, surveillé, in-
dubitablement condamné à payer le vivre et le
couvert de ces fainéants et de ces repus, qui sont
les rongeurs de la maison et ne savent ou ne
peuvent plus s'en aller.

C'est en vain que M. Blanc prend, chaque année,
des mesures énergiques contre le retour d'une
telle invasion; elle revient à point nommé, en
quelque sorte à la même heure, avec son même
personnel de mendiants matamores ou de faux
gentilhommes.

Monte-Carlo est un palais de granit, dont les
pieds baignent dans les sombres verdures de
jardins magnifiques; des escaliers somptueux

conduisent à la terrasse, qui est l'une des plus
féeriques du monde, avec son Casino, une merveille de pierre et les horizons grandioses, infinis,
qu'elle fait découvrir.

De cet endroit, l'un des plus enchanteurs de
la terre, combien de décavés ont choisi d'avance
le rocher marin du haut duquel ils se précipite-
ront dans l'onde bleue, ou le coin fleuri de la
vallée dont ils iront rougir les gazons!

Quel accident, quel pli de ce paysage n'a pas
été déjà ou ne sera point ensanglanté bientôt par
les lâches désespoirs d'une victime du treize ou
du vingt-et-un!

Ainsi qu'on l'avait convenu la veille, la petite
colonie de la villa Liauzan arrivait le lendemain
vers cinq heures à Monte-Carlo.

Le marquis donnait le bras à Mathilde, et
M. Limet écoutait attentivement l'explication
d'une martingale infaillible, que le baron recom-
mençait pour la troisième fois, avec une complaisance plus intéressée que méritoire.

Il y avait en ce moment beaucoup de monde
sur la terrasse. Des bandes d'Anglais se prome-
naient sèchement, les regards mélancoliquement
noyés dans les pourpres du doux soleil d'automne
qui allait disparaître à l'horizon. Mais ces insu-
laires sortaient parfois de leurs vagues recueillements pour se livrer à un flirtage cosmopolite

sur les minois rieurs et dissipés d'un groupe de jolies femmes de France et d'Italie, qui sans les suivre les côtoyaient.

Le concert venait de finir, mais on en déchiffrait encore des fragments de mélodie sur plus d'un visage de jeune fille.

Car on rencontre aussi, tout en haut des escaliers de Monte-Carlo, des adolescents des deux sexes qui ont suivi là leurs parents et filent entre eux le lin parfumé des premières amours, pendant que leurs auteurs vont affronter les terribles émotions de la déveine et souvent se faire broyer sous les dents de la roue diabolique.

Ces blondes et ces blondins contrastent par leurs insoucieuses agitations avec les silhouettes allongées et maigres, livides ou lugubres de ces rôdeurs patibulaires, qui attendent les vainqueurs à la descente, comme des brigands au creux du vallon boisé. Fillettes et garçonnets se rangent avec effroi pour laisser passer ces oiseaux louches de la nuit, qui vont et viennent comme des chats-huants en quête d'une immonde pâture.

Ces malfaiteurs bien élevés, que le souvenir des anciennes orgies entraîne malgré eux sur la piste des festins d'autrui, se présentent tout à coup, quand ils ne sont pas attendus, et tendent la main avec une grâce irrésistible, une discrétion souveraine, qui rappellent les façons orgueil-

leusement réservées du blême Chodruc à l'ancien Palais-Royal.

Des amoureux aussi, couples assortis par l'in-
constance ou le caprice sonjugal, déserteurs du
mariage et du foyer, suivaient en se serrant les
rangées de platanes, et s'embrassaient sans se
gêner, derrière les aloës.

Il ne manquait plus, dans cette foule élégante
et sentant toutefois l'exotisme de mauvais ton,
que des prêtres flânant avec des religieuses.
Alors la salade des oranges pourries eût été com-
plète.

Quelle population! Et dire que tous les ans
plusieurs centaines de familles, sévères sur le
point des mœurs, prudentes et prévoyantes à
l'endroit des corruptions qui pénètrent jusqu'à
l'âme, ne se font aucun scrupule d'offrir à leurs
enfants ce lieu d'excursion, où plus tard ils re-
viendront seuls, après avoir réalisé leur part d'hé--
ritage!

Ce spectacle est un drame continuel, dont les
scènes pathétiques ne se déroulent qu'à l'œil
exercé de l'observateur, et dont lui seul entre-
voit presque au début les tragiques dénouements.

C'était l'heure du croupier.

M. de Hunker ne se possédait plus, et sa compagne fidèle marchait d'un pas également fiévreux vers la pagode où le dieu les attendait.

Mais presque sur le seuil, à trois pas du Casino, **M.** Limet s'arrêta court, refusant d'aller plus loin.

— Que diable faites-vous, mon cher ? demanda le major d'une voix brève.

— Non, je l'ai promis, je l'ai juré, et suis homme de parole : je n'entrerai pas là-dedans.

— Vous ne jouerez pas, c'est convenu, insista la baronne. Vous nous regarderez faire ; au moins vous apprendrez à connaître ces machines innocentes, que l'on vous a dit si redoutables.

— Bah ! je n'aurais qu'à être pris de l'envie de vous imiter ! Alors je serais perdu, car j'ai un de ces caractères qui ne font pas les choses à demi. Je vous ai dit mon plan. Je n'en sortirai pas. Allez-y, vous autres, et amusez-vous pendant que je causerai affaires avec le patron.

Le baron, qui voyait s'évanouir un caissier donné par le hasard, était exaspéré.

— Voyez donc, Liauzan, s'écria-t-il, en regardant le marquis, qui causait à l'écart avec Mme Limet, notre ami refuse à présent de pénétrer dans le temple. A-t-on jamais vu pareil original ! On dirait qu'il n'a fait l'ascension de Monaco que pour courir après une courbature.

— Est-ce vrai, monsieur Limet ? interrogea M. de Liauzan.

— Hélas ! oui, répondit le prince des ébénistes, j'aime assez les petits amusements à deux sous la fiche.

— Sans doute, avant de quitter Paris, quelque journaliste envieux vous aura fait des salons de Monte-Carlo un tableau lamentable, car vous paraissez en frissonner encore, déclama le marquis, avec une gouailleuse emphase.

— Dame, moquez-vous de moi et gourmandez mes craintes pusillanimes. Du moment que l'établissement me déplaît, c'est qu'il n'était pas fait pour me recevoir.

— Vous voulez donc rester à la fraîcheur du soir ? insista la grosse mère Hunker, en le regardant avec des yeux qui avaient des chatoiements de couleuvre.

— Eh ! eh ! ajouta le baron, en éclatant d'un rire tudesque, je devine à présent ce qui retient notre Français.

— Quoi ? demanda Limet intrigué.

— Non, ces choses ne se disent qu'entre hommes ; les dames sont ici de trop.

— Allez toujours, mon chéri, répondit l'Autrichienne ; lorsque le cœur est chaste, les oreilles n'ont rien à craindre.

— Et moi aussi j'autorise, intervint Mme Limet.

— Eh bien, reprit le major, notre ami a vu passer tout à l'heure une jeune Américaine qu'il voudrait bien retrouver. Elle a disparu dans les Palmiers, et il serait heureux peut-être de mâcher en sa compagnie quelques fleurs de lotus.

— Comme invention, votre fable laisse à désirer, remarqua M. Limet. Ma femme sait bien que je n'ai aucun goût pour les Yankees. Le genre carotte me laisse absolument froid; n'est-il pas vrai, Mathilde de mon âme ?

— Sur ce point, monsieur Limet, je vous rends hommage, répondit celle-ci. Je sais même qu'une propre descendante de Washington ne vous ferait point accepter le pistil de ses charmes pour le montant d'une traite.

Le marquis se mordit vivement la moustache, et son œil caressa la poitrine de l'époux de Mathilde, comme avec la pointe d'un stylet. Il pressa imperceptiblement la main de la Parisienne, qu'il tenait emprisonnée sous son bras.

— Je pense, dit-il à son tour, qu'il est curieux de voir, à trois pas du saint péristyle, des couples bénits disserter gravement sur leur vertu réciproque... Que diable, mes enfants, rentrez tôt dans vos alcôves, ou épargnez-nous vos conjugales balivernes.

— Il a toujours le mot de la situation, cet admirable Liauzan, ricana le baron. Aussi, qui m'aime me suive. Abandonnons plutôt l'infortuné Limet à son triste sort de commis-voyageur.

— Minute, minute, s'écria Limet, piqué cette fois ; tout bourgeois que je suis, j'ai moins de préjugés que vous, monsieur le baron. Vous avez des superstitions, et j'ai des principes. C'est pour-

quoi je ne me foulerai pas le pied dans un cou-
loir du Kursaal.

— Evidemment, vous êtes libre, répondit le
major. Au moins, permettez à votre femme de
nous accompagner.

— Oui, de grâce, intercéda la baronne.

— Mais, de tout cœur, répondit galamment
M. Limet. Mathilde, c'est différent.

— Alors, nous emmenons Mathilde, minauda
familièrement Mme de Hunker.

— Seulement, demanda le mari bonasse, où
se retrouvera-t-on ?

— A l'hôtel de Paris, dit le marquis, à sept
heures, pour dîner. Il est cinq heures, et nous
avons devant nous six fois plus de temps qu'il
n'en faut pour gagner une ferme en Beauce ou
perdre un château en Touraine. Naturellement,
les gagnants rapatrieront les décavés... Combien
portez-vous de munitions? ajouta-t-il en regardant le baron.

— Mon cher, je ne peux risquer aujourd'hui
que soixante louis.

— Moi, je peux en offrir à peu près autant à la
voracité du vieux Moloch. Voulez-vous associer
nos chances ?

— Volontiers.

— J'ai calculé que nous sauterons en quarante
minutes ou que nous emporterons un fort magot,
quelque chose comme une série de onze cents

louis. Il est vrai qu'il nous faudra pour cela travailler une bonne montante, basée sur le paroli
masse en avant.

Ces deux impénitents parlaient déjà l'argot du
lieu. Limet eut un superbe haussement d'épaules
et les regarda avec stupeur disparaître dans
l'antre des métaux en fusion.

Puis, il alla se promener, rêveur, sous les palmiers, alors à peu près déserts.

Il était trop tard pour demander une audience
au maître des jeux, et il venait d'apprendre que
le prince régnant n'était pas encore revenu de
son château des Ardennes.

Désœuvré, ennuyé, dénué de concept poétique,
il ne trouva rien à admirer dans ce nid merveilleux, tapissé de plaisir et de volupté, que le génie
du lucre insatiable est venu établir parmi les sauvages grandeurs de la dernière des Alpes.

Il errait donc indifférent aux splendeurs du
crépuscule qui commençait, aux réfractions ré-
percutées des lumières de la nuit, qui semblaient
voisines des sommets alpins, et s'annonçaient
comme ayant leurs diurnes repaires, non aux
crevasses du firmament, mais dans les propres
forêts de l'Esterel.

Etonné seulement de se rencontrer là, dans ce
monde qu'il ne croyait rempli que de grands seigneurs, il se disposait à gagner déjà le lieu du
rendez-vous, lorsqu'il entendit, à quelques pas,

derrière un bouquet de lataniers, d'abord comme des plaintes étouffées, et bientôt les mots vibrants d'une conversation animée, violente.

Limet s'arrêta, incertain s'il continuerait sa route ou reviendrait sur ses pas. Comme tous les gens surpris par un incident inattendu, il ne fit ni l'un ni l'autre, et se décida au rôle plus facile d'écouteur indiscret.

C'était un *a parte* d'amoureux, fatigués l'un de l'autre, qui se signifiaient mutuellement une rupture avec congé illimité.

Mais, aux premières paroles de l'amant, il reconnut avec stupéfaction la voix d'un fabricant de bronzes, établi rue des Archives, et en relation d'affaires avec la maison Pigonnet depuis plus de vingt ans.

Comment diable ce parfait négociant, type d'austérité conjugale, avait-il pu échouer sur un rocher aussi mal famé, situé à trois cents lieues du ruisseau de la rue des Archives?

Pour le moment, il s'efforça de surprendre quelques lambeaux de phrase, capables de le mettre au courant de cette bizarre aventure. Quant à la créature qui l'accompagnait, sa voix ne lui rappela aucun souvenir, et il la classa, jusqu'à plus ample informé, parmi les irrésistibles coquines du boulevard parisien.

— Cependant, disait M. Onésime Marcuard (le marchand de bronzes), vous savez bien, Hé-

léna, dans quelles conditions et pour quels motifs je vous ai ravie à votre monstrueux époux.
Votre maison meublée du Bel-Respiro n'allait
plus que d'une aile, car les Américains et les
Russes, éloignés par les cancans de vos rivales,
oubliaient depuis deux ans le chemin de votre
célèbre *Family House*. Poursuivie, traquée par
vos créanciers, et les amants que vous aviez
ruinés vous ayant peu à peu abandonnée, vous
me prîtes comme pis-aller, moi, c'est-à-dire ma
créance, mon lot de pendules, qui se trouva ainsi
payé, acquitté le lendemain de notre première
nuit d'adultère. Mais il vous fallait encore, pour
conjurer la faillite, cent mille francs, sans
phrase. J'étais loin de posséder ce trésor. Je vous
proposai deux coups de roulette à Monaco et
l'offre fut par vous acceptée avec enthousiasme.
Or, après dix jours de désespérantes tentatives,
nous avons perdu dix mille francs, et le hasard ne
nous a souri qu'une seule fois. Me voilà positivement sans le sou. Je vous aime toujours avec
la même passion, mais cela ne saurait vous suffire?

— Que voulez-vous que je fasse d'une passion
en bronze? Est-ce que votre flamme décrépite
sauvera mon honneur de la banqueroute? Télé-
graphiez à votre banquier : il faut que mes enfants n'aient pas à rougir plus tard du nom de
leur mère. Sachez-le : je ne me suis oubliée à

mes yeux et aux vôtres que par dévouement héroïque à ma famille. Tout, même l'infamie secrète, pourvu que ma renommée publique ne soit
pas même soupçonnée... Ah! mes enfants ne
sauront jamais le supplice de ma vie. Pour eux,
je demande à Dieu des amants comme d'autres
lui demandent du pain, et chacune de leurs fantaisies, le moindre de leur besoin, me coûte une
honte ou une torture.

Cette tirade dramatique devait produire un
effet considérable sur l'âme d'un lampiste, car le
malheureux vendait aussi des lampes.

Onésime s'arracha donc une poignée de cheveux gris, car il voyait en ce moment le spectre
de Mme Marcuard, une femme de tête, qui n'avait
pas l'habitude d'égarer les clés de la caisse et savait à un centime près le chiffre du portefeuille.
Il ne pouvait donc demander des fonds à son
banquier à l'insu de Mme Marcuard.

Le pauvre homme! il avait Héléna chevillée
au cœur et sentait pourtant qu'elle allait lui
échapper, faute du millier de louis indispensable
pour réparer au moins les brèches les plus ur-
gentes.

— Je suis bien malheureux! s'écria Onésime,
avec un accent désespéré. J'ai une femme qui
est un dragon et une bonne amie qui ne m'aime
point... Oh! si je n'étais pas si lâche, je pren-
drais sur l'heure un parti terrible.

— Ce n'est pas tout cela, répondit la prostituée par devoir : un drame bien machiné ne me sauverait point. Il ne s'agit pas, dans mon cas, de la conservation ou de la perte de votre cervelle, mais de la découverte d'un moyen rapide et décisif qui me tirera d'embarras. Vous avez un crédit considérable, puisque vous négociez annuellement pour plusieurs millions d'affaires. Si donc vous éprouvez pour moi l'affection que vous annoncez, ce n'est pas une misère de cinquante ou cent mille francs qui pourrait vous gêner... Que parlez-vous de Mme Marcuard? Est-ce qu'un mari a peur de sa femme quand il s'agit d'une bonne œuvre, d'une œuvre pie?... M'aimes-tu toujours, Onésime? ajouta-t-elle en l'enveloppant d'un regard magnétiquement fascinateur.

— Tu le sais si je t'aime, malheureuse! glapit l'infortuné fabricant de bronzes, c'est-à-dire que je serais capable d'un crime si tu consentais à tout quitter pour moi, si tu m'apportais la bonne nouvelle que nous allons nous expatrier et vivre ignorés, mais heureux, à Florence, à Zurich ou ailleurs. Alors, je liquiderais la Société Marcuard et Ce; je vendrais le vieux fonds à l'encan, à vil prix; je placerais Mme Marcuard à la Maison des vieillards d'Auteuil, et nous partirions ensuite pour les pays inconnus confondre nos rêves, mêler nos extases et réunir à jamais nos destinées... Que veux-tu, continua-t-il avec une

croissante hystérie, à mon âge, l'illusion est
soupçonneuse; on veut être aimé pour soi, et
l'on devine que la maîtresse, la compagne si tu
veux, n'adore que votre fortune et ne compatit
à vos rhumatismes qu'avec la certitude de chaus-
ser les souliers du mort.

— Je t'ai pourtant prouvé, Onésime, qu'après
mes enfants je ne faisais pas d'autre réserve
pour toi dans mon cœur. Aussi m'as-tu profondément blessée tout à l'heure, lorsque tu m'as
brutalement reproché l'éphémère. intimité de
quelques personnes qui me voulaient du bien...
Eh! mon Dieu, pour un avocat, pour un journaliste et pour un huissier qui m'ont vainement
fait leur cour, et dans les bras desquels je me
suis à peine oubliée le temps nécessaire à un renouvellement ou à une négociation, suis-je donc
si coupable et si déshonorée?... Non, Onésime,
vous êtes trop sévère pour une femme abandonnée qui s'est confiée à vous dans toutes les naïvetés de son inexpérience.

— Faut-il que je vous croie, Héléna? Ne me
trompez-vous point encore? Oh! je pense souvent
à cet officier ministériel qui fut mon prédéces-
seur!... Jure-moi que tu l'as oublié, au point
d'ignorer jusqu'à son adresse.

— Marcuard, la jalousie vous aveugle. Vous
savez si je vous suis fidèle, puisque vous me sui-
vez comme l'ombre.

— Oui, à Nice, à Monaco. Mais nous ne sommes ici que pour un temps!... Encore vous avez su me fournir au moins des prétextes.

— Franchement, vous deviendrez insupportable avec vos doutes maladifs.

— Pourtant, je vous ai surprise, l'autre soir, au salon de conversation, en causerie très animée avec le jeune Russe qui venait d'obtenir un refait de soixante-quatorze mille francs.

— C'étaient de simples compliments de banalité internationale. Nous avions été ses voisins de taille pendant plus de trois heures. Ce n'est pas certes avec un Cosaque de cette épaisseur que je pourrais avoir l'idée de tromper un galant homme.

— Tu m'as pourtant bien fait souffrir, Héléna, soupira l'imbécile. Aussi, je tremble et me désole en pensant qu'à Paris, loin de mes yeux, il te serait si facile de manquer de... probité.

— Il faudra pourtant rentrer à Paris, répondit la logeuse du grand monde. Vous savez, Onésime, que de toutes les religions, celle de la maternité ne m'a jamais trouvée infidèle ou lâche. Voyons, que décidez-vous?

Marcuard réfléchit pendant quelques instants et se cacha le visage dans les mains, avec une angoisse effrayante.

M. Limet n'osait plus bouger. Vivement ému par le dialogue qu'il venait de surprendre, il res-

pirait à peine, et, toujours caché derrière les lataniers, il brûlait de connaître le dénouement
de cette situation.

Marcuard se redressa lentement, et regardant
sa couleuvre avec des yeux follement égarés, il
reprit :

— Je te dois toute la vérité : une démarche
auprès du banquier sera infructueuse et remplie de périls, Mme Marcuard ayant pris la singulière habitude de signer à ma place les bor-
dereaux de toutes les valeurs escomptables. Une
demande de crédit, parafée de ma main et adres-
sée de Nice, lui paraîtrait donc suspecte, et il en
référerait aussitôt à mon redoutable porte-cu-
lottes...

— Que faire alors ? interrompit Héléna avec
une sombre désolation. Je suis irrévocablement
perdue si, avant huit jours, je n'ai pas distribué
à mes créanciers pour trente ou quarante mille
francs au moins d'à-comptes. Puisque je suis
votre esclave, et que vous ne pouvez néanmoins
libérer mon passé, je vous somme de me rendre
la liberté. Je prendrai ce soir le rapide, et, de retour à Paris après-demain, j'aurai encore le temps
de me retourner, de voir...

— De voir qui ? interrompit Onésime avec colère, l'avocat, le journaliste ? tous ces panés, en
un mot, dont vous n'avez obtenu jusqu'à ce jour
que des signatures de complaisance ?

— Sachez, monsieur, que s'ils n'étaient point
assez riches pour payer mes dettes, ils me recom-
mandaient au moins avec chaleur à de sérieux
capitalistes.

— Je savais bien que vous ne les oublieriez
jamais, ces beaux messieurs sans le sou, qui vivent par le mensonge du travail des autres. Vous
aimez les phrases par-dessus tout, et les journalistes vous servent des compliments imprimés.
Vos avocats vous défendent avec insolence des
justes revendications des créanciers, et M. l'huissier s'arrête devant vos sourires, recueillant sur
vos lèvres la récompense de ses trahisons aux
intérêts qu'il devait poursuivre... Un honnête
négociant ne pourrait lutter de séduction et d'a-
mour avec des hommes de cette sale espèce.

— Ne soyez pas amer, mon pauvre Onésime :
cela ne sied ni à votre âge ni à votre tempérament.

— C'est cela : reprochez-moi aussi mon front
chauve, ma barbe grise et quelques autres pec-
cadilles qui ne compromettent pas cependant une
virilité.

— J'en conviens, monsieur Marcuard ; mais,
dans l'espace qui s'écoule entre le soleil levant
et le soleil couchant, il y a place pour d'autres
devoirs dont vous vous acquittez moins bien...
Il faudrait pourtant décider ce soir si vous serez
ou non mon libérateur. Puisque le banquier de

la maison Marcuard est tout entier à la dévotion
de votre femme, ne pourriez-vous trouver autre
chose ?

— Ecoutez, mignonne, j'aurai, je l'espère, le
bonheur de négocier à Marseille une traite de
vingt mille francs que je tirerai à trente jours
sur notre maison.

— Vous savez bien qu'à cause des retards,
cette somme est devenue insuffisante ?

— Il sera pourtant difficile d'obtenir davantage. Encore cette négociation portera-t-elle un
coup fâcheux à mon crédit, car la place de Paris
sait que les Marcuard n'ont pas l'habitude d'emprunter.....

— Non, vous ne ferez jamais cela, s'écria Limet, en se montrant tout à coup. L'honneur du
Marais avant tout. Il ne faut pas qu'une maison
fondée en 1806 soit exposée à une pareille humiliation. Le Marais n'emprunte point : il prête.

L'intervention si imprévue du marchand de
la rue des Francs-Bourgeois faillit plonger Marcuard dans une syncope mortelle.

— Eh bien, quoi ?... C'est vous, Limet ? Vous
ici, sur la terrasse de Monaco ?... Est-ce que je
rêve ?...

Le regard d'Héléna allait, surpris et fiévreux, de
Limet à son amant, muette et déjà tressaillante
d'un vague espoir.

— Oui, c'est moi, pour vous servir et vous sor-

tir d'embarras, répondit Limet, sans ostentation.
Pardonnez mon indiscrétion. Le hasard seul en
est cause, et à présent je m'en f élicite, puisque
je peux vous éviter une grosse sottise.

— Alors, vous savez tout?... interrogea Marcuard, honteux et humilié.

— Tout, mais je ne juge rien... Mon cher Marcuard, vous êtes amoureux d'une personne malheureuse, et cela explique bien des choses. Je
vous répète que je suis à votre service.

— Quel noble cœur ! murmura Héléna, en essayant d'allumer dans l'âme du nouveau venu
un commencement d'incendie.

Naturellement Limet ne broncha point. Toutefois, il constata que cette femme était remarqua-
blement belle, et qu'elle justifiait peut-être les
folies de son voisin. Bientôt même il éprouva
quelque trouble, en la voyant dans ses désespoirs
recueillis.

— Avant de vous remercier, reprit Marcuard,
laissez-moi donc vous demander ce que vous êtes
venu faire dans un pays où vos sages habitudes
ne me laissaient point espérer de vous rencontrer
jamais ?

— Ma femme et moi, nous allons en Italie.
Nous accomplissons notre voyage de noce.

— Si je ne me trompe, vous avez pourtant quatre ou cinq années de mariage ?

— Vous pouvez même y ajouter deux enfants.

8

Que voulez-vous, nous avions renoncé à notre promenade de lune de miel, lorsque des contrariétés survenues avec la belle-mère me l'ont subitement rappelée. D'ailleurs, c'est une excursion de plaisir et d'affaires, que je réalise. Si vous me rencontrez sur cette plate-forme, c'est que j'avais décidé de présenter à M. Blanc mes offres de service.

— Toujours pratique, ce diable de Limet. Et votre femme donc, où l'avez-vous laissée ?

— Mathilde ? Elle est au Casino avec des amis, des gens comme il faut, du reste, auxquels je pouvais la confier sans crainte.

Cette particularité intrigua fort l'intelligente Héléna, qui devina bien des choses, dont le mari crédule ne semblait concevoir aucun soupçon.

— Alors, reprit Marcuard, vous allez continuer votre voyage ?

— Pas avant une huitaine de jours. Nous sommes descendus à la villa Liauzan, et l'accueil tout gracieux que le marquis nous a fait nous oblige à reconnaître son hospitalité en passant une semaine encore auprès de lui.

— Vous connaissez donc des noblesses ? fit de nouveau le marchand de bronzes, avec une nuance d'envie.

— M. le marquis est mon client, répondit ce vaniteux Limet.

— Et puis, insinua Héléna timidement,

Mᵐᵉ Limet sera devenue l'amie de la marquise ?

— Pas le moins du monde, répondit le bon Joseph : M. de Liauzan est garçon, tout ce qu'il y a de plus garçon.

La logeuse venait d'apprendre tout ce qu'elle désirait savoir. En femme vertueuse, elle devina que Mathilde était déjà ou deviendrait bientôt la maîtresse du marquis, et que, dans cette conjoncture, l'ébéniste, à peu près délaissé, serait une conquête facile pour l'aventurière qui oserait l'entreprendre.

Au reste, ce Limet, homme simple et primitif, dont le cœur était sans doute vierge, malgré les rosées du mariage, ne pourrait se défendre avec vigueur contre certains artifices, ni résister long-temps aux tragiques prestiges d'une femme qui saurait aller droit à sa corde sensible.

Et puis, l'honorable négociant montrait encore les instincts généreux de celui qui n'a eu ni le temps, ni l'occasion d'abuser de cette faculté précieuse. De sorte qu'un tel sujet constituait une véritable trouvaille, un filon inexploité dont il serait possible d'extraire sans peine d'abondants trésors.

— Eh bien ! reprit Marcuard, j'ai néanmoins un scrupule, mon cher voisin. Ces trente mille francs que vous me proposez ne vous feront-ils pas défaut?

— Non, acceptez et je m'arrangerai toujours.

J'ai des lettres de crédit sur Lyon, Marseille, Nice et toutes les grandes villes d'Italie. Je pourrais au besoin réaliser en trois jours une somme de huit cent mille francs environ. Que voulez-vous? J'opère au comptant; on fait ainsi d'excellentes affaires. Vous voyez que j'aurai le plaisir de vous être agréable sans me gêner en rien.

— Alors, j'accepte avec empressement. A notre rentrée à Paris, nous règlerons cette bagatelle.

Héléna était littéralement éblouie. Ce petit père tranquille, auquel on n'aurait pas prêté cinq sous sur sa mine, pouvait donc d'un coup de baguette réaliser près d'un million, et au besoin constituer gardienne de ce trésor la charmante créature qui aurait su chloroformer ses esprits.

Jamais, dans son boudoir souillé de la rue du Bel-Respiro, elle n'avait entrevu une telle aubaine, ni évoqué le rêve d'une aussi fructueuse victoire. En intrigante de génie, elle improvisa sur-le-champ les préliminaires de l'assaut qu'il fallait livrer à courte échéance.

— J'ai réfléchi, dit-elle, en regardant son amant. Votre ami, mon cher Onésime, ne me connaît point, et comme c'est pour moi que vous empruntez, je refuse d'accepter le prêt, bien qu'il ne soit consenti que sur votre aval. Malgré le triste état de mes affaires, j'ai un sentiment de haute délicatesse qui me défend de profiter d'un

hasard où les apparences me font jouer un rôle
fâcheux.

— Je ne comprends pas vos scrupules, répondit Marcuard avec surprise. Puisque je suis em-
prunteur et que je rembourserai mon brave ami
dans quelques jours?

— C'est vrai, riposta Héléna, en jetant au malheureux un regard d'auguste compassion; vous
ne comprenez pas la pudeur d'une femme, qui,
placée entre la ruine et une situation équivoque,
sait, quand il le faut, se résigner à la ruine...
Mais je suis persuadée, ajouta-t-elle en s'inclinant vers M. Limet, que votre ami a déjà ap-
précié mon inquiétude et donné raison aux ré-
pugnances de ma dignité.

— Certainement, madame, répondit Limet
galamment; mais il ne faudrait rien exagérer.
Quoi de plus naturel, au contraire, qu'un homme
auquel vous êtes attachée par des liens dont j'estime la quasi-légitimité, soit désireux de vous
venir en aide? Après cela, vous n'avez pas, je
pense, à vous préoccuper des moyens qu'il em-
ploie pour y réussir. Enfin, veuillez croire que
je suis la discrétion même, et que je respecte sincèrement l'affection que vous avez inspirée à
M. Marcuard, et dont vous me paraissez digne.

— Oh! monsieur, que vos paroles me font du
bien! Hélas! les hommes ne m'avaient pas ha-
bituée à tant d'indulgence...

8.

— J'irai même plus loin, interrompit l'honnête Joseph, je connais les déboires domestiques de notre ami et je comprends à merveille qu'il ait cherché au dehors les compensations qu'il a si heureusement trouvées auprès de vous, madame.

— Merci, monsieur, pour vos délicates assurances. Vous savez avec un art charmant doubler la valeur du service. Je me laisse donc faire violence, et j'accepte avec gratitude la somme que vous avez si spontanément offerte à M. Onésime.

M. Limet commençait à éprouver une vive sympathie pour les grands airs, la grâce touchante et l'éloquence facile de cette femme de trente-quatre ans, dont les charmes ne semblaient encore que légèrement fourragés.

Ainsi, tous les genres de corruptions intestines l'envahissaient à la fois, et secrètement commençait dans son cœur ce travail de dissolution morale, qui triomphe toujours des plus vertueux instincts.

Il fut donc convenu que, le soir même, à Nice, la somme de trente mille francs serait remise à l'aventurière, au nom de M. Marcuard, qui rembourserait sans intérêt à soixante jours.

Les trois interlocuteurs se levèrent, et machinalement s'engagèrent dans la direction du Casino. Mais, en route, M. Marcuard s'arrêta tout à coup, et se tournant vers le marchand de meubles, qui cherchait à la dérobée le regard d'Héléna.

— Et nous n'avons pas réfléchi à une chose, mon cher voisin.

— Laquelle? fit celui-ci, dérangé dans son persil solitaire.

— C'est que, dans la situation irrégulière où je suis, vous ne pouvez d'une part me présenter à Mme Limet, et que, d'autre part, je ne saurais manquer d'être reconnu par elle.

— Diable, diable... murmura Limet, avec une véritable contrariété.

— Il y aurait peut-être un moyen d'arranger cela, intervint la dame du Bel-Respiro : Mme Marcuard est-elle reçue chez Mme Limet?

— Nos femmes ne se sont jamais rencontrées, répondirent à la fois les deux négociants.

— Rien alors n'est plus facile, continua Héléna.

— Je comprends, reprit vivement Joseph Limet : je présenterai tout simplement à ma femme, Mme Marcuard !

— Comme vous y allez? protesta Marcuard. Doucement, je vous prie.

— C'est vrai, répliqua Héléna fâchée : il serait plus vraisemblable de me faire passer pour votre fille.

— Non, chère amie, ce n'est pas cela, insista celui-ci. Seulement, les hasards de Paris sont si

bizarres qu'un jour la vraie Mme Marcuard pourrait se rencontrer dans une maison amie avec la
femme de notre aimable créancier. Tu vois d'ici
le quiproquo.

— Bah! Il est peu présumable qu'un tel incident de comédie se produise jamais, répondit le
déjà coupable époux de Mathilde. Ainsi, c'est
entendu, je commence par présenter moi-même
mes hommages à la respectable Mme Marcuard..

Et nos trois acolytes bourgeois se livrèrent à
un rire immodéré, tout à fait désobligeant pour
les épouses absentes. Peut-être qu'au même
instant Liauzan et Mathilde offensaient plus gravement encore par d'injustes représailles la
sainteté des contrats.

Ce que c'est pourtant que de nous!

Parvenus à quelques mètres seulement de la
grande entrée du Casino, les Marcuard, suivis de
Limet, tournèrent à droite et pénétrèrent dans
les magnifiques salons de l'hôtel de Paris, pendant que sept heures sonnaient.

Exacts et ponctuels comme des militaires, nos
deux paires de joueurs faisaient également leur
entrée quelques minutes après.

Liauzan et le baron venaient de perdre cent
louis environ ; la taille les avait à peine favorisés
deux ou trois fois.

Les femmes avaient été plus heureuses : Mathilde gagnait soixante-dix louis, et pourtant elle

n'avait mis qu'une fois sur le treize. Mme de Hunker avait à peu près récupéré la perte de son mari.

Il fallait néanmoins que le marquis eût la promesse de compensation d'un autre ordre, car il ne paraissait point marri de sa perte, et laissait même éclater une joie indécente. Seulement, lorsqu'il aperçut Héléna qui se dissimulait derrière son protecteur, il eut peine à retenir un cri de surprise. Celle-ci, à son tour, avait reconnu le marquis...

— C'est donc si facile que cela ! s'écria Limet enchanté, en apprenant le gain de sa femme.

— Je te dis qu'on gagne à tous coups, répondit Mathilde, encore enivrée des emotions de son début. Vois-tu, la roulette n'est qu'un jeu de combinaison, dont le hasard n'est que l'obéissant moteur. Or, tu sais ma force en arithmétique... J'y reviendrai chaque jour, et nous rapporterons à Paris une véritable fortune.

Limet sentait l'enthousiasme de sa femme le gagner, et commençait à se dire que Monaco n'était redoutable que de loin. Il se promit donc d'y accompagner au moins sa femme et de pénétrer bravement avec elle dans le sanctuaire du louis d'or.

— A propos, reprit Limet, en saisissant la main de Marcuard et de sa pseudo-compagne : Je te présente, ainsi qu'à tous nos amis, mon camarade M. Marcuard et sa ravissante femme.

— En effet, murmura Mathilde, cette créature est tellement jolie qu'elle en deviendra inquiétante.

Et elle lança au marquis un regard soupçonneux, déjà brillant de jalousie. Quant à Héléna, elle avait mesuré d'un coup d'œil savant les dangers et les profits de la situation ; elle lut dans le cœur de Mathilde comme dans un livre, et à la fin du dîner, lorsqu'on eut pris le train de Nice, elle fit comprendre au marquis qu'elle désirait avoir avec lui un long et secret entretien.

VI

— Ah ça ! que signifie cette comédie? demanda Héléna lorsqu'elle se fut retrouvée seule avec le courtisan de Mathilde. Depuis quand, je vous prie, M. le comte Gustave de Saint-Clair se fait-il appeler le marquis de Liauzan?

— Depuis que la petite Anglaise, miss Clara, votre pensionnaire lorsque j'habitais rue du Bel-Respiro, me poursuit partout avec le dessein formellement arrêté de m'assassiner. En voilà une femme gênante! Je vous en voudrai longtemps de l'avoir jetée dans mes bras.

— Ecoutez, mon cher, quand on a séduit, dans mon hôtel, toutes les locataires passables, et jusqu'à ma femme de chambre, on est mal venu de se plaindre d'une quenouille des Cornouailles, qui ne s'est pas aussi vite résignée que les autres.

— Savez-vous si, par hasard, elle aurait retrouvé ma piste?

— Elle est rentrée chez moi depuis quelques jours, et je sais qu'elle ne soupçonne pas le lieu de votre retraite. Elle s'imagine même que la crainte de ses obsessions et les poursuites de vos créanciers vous ont décidé à fuir au bout du monde, à Saint-Pétersbourg. Mais vous pensez bien qu'il suffirait d'une simple indiscrétion, d'un télégramme de trois mots, pour que vous la vissiez accourir.

— Je devine que vous avez besoin de mon concours, et que je n'ai plus le droit de vous le refuser.

— Je n'hésite pas à vous en faire l'aveu. Vous m'êtes indispensable.

— Avant tout, serait-il indiscret de vous demander quelle est la tempête qui vous a rejetée sur nos plages ?

— Je suis venue à bord du bateau *le Déficit*, et c'est le vent de la faillite qui m'a poussée vers cette Californie, où vous me paraissez avoir découvert une mine.

— Quelle est donc cette estimable potence que vous traînez à votre suite ?

— Mon maître d'équipage, monsieur le comte, un vieux loup de mer qui a du bon, mais étonnamment dur à la détente.

— Comment! vous n'aviez donc pu vider ce mollusque à Paris, et il vous fallait le conduire ici pour l'achever ?

— Il me semble, monsieur, que vous ne parlez plus en gentilhomme. L'air vif de ce golfe influe sur votre dictinction native, et vous fait prendre des allures de matelot. Miss Clara, elle-même, vous trouverait méconnaissable.

— Et vous, vous serez donc toujours la femme masquée, que j'ai tant de fois et si cruellement dévisagée? riposta le marquis, avec une fureur soudaine. Faites donc un signe à miss Clara, qu'elle arrive ! La baie de Villefranche n'est pas loin ; j'aurai vraiment plaisir à vous y plonger toutes deux dans un bain de silence éternel.

— Nous sommes trop intelligents, vous et moi, pour que vous soyez obligé d'en venir à cette pénible extrémité, minauda ironiquement la fausse Marcuard : je sais que tout conspire à nous faire ennemis, mais un intérêt commun nous unit, et ce n'est pas l'antipathie qui sourdement nous divise, dont les répulsions pourraient nous séparer. Vous ne croyez pas à ma vertu, à mes dévouements de mère, coupable seulement par héroïsme, parce que vous seriez humilié de me voir supérieure à vous. Je renonce donc à une estime que, du reste on me prodigue ailleurs. Je n'ai pas besoin de vos respects, car, dans la fange où je suis descendue, il ne me faut que des complices. Quand j'aurai terrassé l'épreuve, je saurai remonter seule à mon niveau et nul

9

n'osera m'accuser, entendez-vous?... Pas même vous, monsieur de Saint-Clair.

— Aussi, je prends les devants... Vous n'êtes qu'une vulgaire femme de plaisirs, une espèce de religieuse évadée du cloître avec son chapelet, une prostituée sous une sainte, un Basile en jupons, une folle de pieuse vanité et d'horrible luxure. C'est pour vous seule que vous intriguez; vos enfants ne sont qu'une guitare dont vous pincez fort agréablement... Tenez, vous avez eu honte de *plumer* à Paris le négociant, et vous êtes venue l'écorcher ici, entre deux rochers... A présent, je vous écoute?

— A la bonne heure, reprit Héléna, tranquille et fière, comme si elle avait entendu un madrigal : vous voilà redevenu un homme supérieur.

— A merveille, continuez.

— Je suis déshonorée, perdue, si, dans un mois au plus tard, je n'ai pas rencontré un associé ou un simple usurier...

— Ou un amant, interrompit M. de Liauzan.

— Qui soit susceptible de jeter cent mille francs environ dans le gouffre effroyable de ma banqueroute.

— Et ce bipède grisonnant, le Marcuard, comme vous l'appelez?

— Il est sous puissance de dragon. Il a une femme impossible. Pas le sou : c'est à peine s'il a réuni cinq ou six cents louis pour tenter, chez

Blanc, un coup qui, d'ailleurs, a piteusement
échoué. Il n'est plus pour moi qu'un embarras,
car il m'ennuie avec ses protestations, et aujour-
d'hui je l'ai trouvé particulièrement insupportable.

— C'est la rencontre de M. Limet qui aura sans
doute produit ce phénomène, répondit le marquis
avec un féroce naïveté. Je vous préviens qu'il a
le sac, un gros sac, une sacoche lourde comme
un parc d'artillerie; mais il est le Cerbère de ses
propres sequins. Avec lui, ni printemps ni
femmes vaporeuses. Il ne prête qu'aux hommes
et ne donne jamais rien aux filles.

— Pourtant vous ne semblez pas le cultiver
avec soin.

— L'heure n'est pas encore venue, répondit
cyniquement le marquis.

— Cela fait honneur à la vertu de sa femme.
Au surplus, elle est une bourgeoise assez fade.

— Que voulez-vous dire?

— Que vous n'avez pas encore eu raison de ses
dernières résistances.

— Vous avez donc perdu le respect de tout ce
qu'il y a de plus sacré ici-bas?

— Il vous est donc revenu, à vous, mon cher
comte de Saint-Clair?

— Je vous défends de me parler sur ce ton de
la petite Limet.

— Je vous ai connu moins susceptible. Vous

savez bien, du reste, que je ne suis pas une rivale ?

— Non, mais vous regrettez de n'avoir pas la main dans cette intrigue, dont vous auriez voulu être l'entremetteuse.

— Encore moins. Vous êtes de ces hommes qui savent se passer d'intermédiaire et n'aiment pas à payer les frais de commission. Bref, vous êtes amoureux de cette femme.

— Je l'avoue. Elle m'a donné dans l'esprit, et je crois que la maladie gagnera bientôt le cœur. A quoi puis-je donc vous être utile?

— Mon Dieu, à tout, car si vous chassez la femme, moi je chasse le mari. Vous voyez déjà l'importance du concours que nous pouvons mutuellement nous offrir.

— Et c'est une passion irrésistible que vous ressentez pour ce météore de l'ébénisterie? demanda Liauzan avec un gros rire narquois.

— Vous pouvez juger de la sincérité de la mienne par l'ardeur de la vôtre.

— Avec cette différence que je ne veux satisfaire qu'un caprice de gentilhomme, et que vous aspirez, vous, à assouvir une gloutonnerie de roturière.

— Il est possible qu'au début vous ne convoitiez d'abord que les charmes du Marais; mais, avec la satiété, le caprice changera d'objectif. L'heure positive sonnera bientôt, et vous ne serez pas fâché qu'une créature prévoyante ait déjà attendri pour vous les écus du bonhomme.

— Vous êtes profonde comme la mer et noire comme le Styx... Voyons, exprimez-vous clairement : c'est la coalition des appétits et des intérêts que vous me proposez ?

— Croyez-vous que j'ai accompli un si long voyage pour vous menacer simplement de miss Clara ou pour veiller avec sollicitude sur la sciatique du seigneur Marcuardini ?

— En ce cas, j'accepte le *convenio*. Quel est votre plan de campagne ?

— Il se réduit à presque rien : Limet doit vous gêner beaucoup, et sa femme ne m'embarrasse pas moins. En un mot, nous nous facilitons...

— Expliquez, expliquez.

— Autant que possible, vous accaparez la femme pendant que je me saisis de l'époux; vous excitez adroitement les susceptibilités de Mathilde en lui laissant deviner que vous ne seriez pas éloigné d'avoir du goût pour moi. De mon côté, en montrant pour vous un attrait irréfléchi, j'agiterai fortement les inquiétudes de Limet avant de m'en servir. Afin de précipiter le dénouement que je souhaite, vous seriez habile de parler de moi à cet homme avec un de ces enthousiasmes contenus qui déciderait de ses dernières irrésolutions.

— C'est infernal et simple ! s'écria Liauzan

convaincu. A vous la caisse, à moi la caissière.

— Et même, à titre de restitution anonyme, vous recevrez à la liquidation la juste moitié de mon butin. Il s'est flatté devant moi de pouvoir réaliser, en quarante-huit heures, une somme de huit cent mille francs.

— Quant à cela, il me déplaît d'y arrêter ma pensée, fit le marquis avec un regard chargé de convoitise. Néamoins, je déclare que j'accepterai vos cadeaux.

— Soyez tranquille, il ne s'élèvera pas entre nous de contestation.

— A propos, et l'aimable poussif de Marcuard, que deviendra-t-il dans tout cela?

— Nous lui donnerons de l'occupation. N'auriez-vous pas sous la main, parmi vos connaissances, un sujet un peu mûr, de bonnasse et voluptueuse apparence, capable de bercer une vieillesse encore active et de la savoir endormir? Par exemple, une étrangère, dont la nouveauté séduirait plus vivement ce saule pleureur, dont l'ombre me poursuit encore. La vanité de cet amour d'arrière-garde saurait encore retrouver des ailes pour cueillir sur la bouche de l'inconnue son sourire moqueur. Le voyez-vous ce type qui conviendrait à l'humeur cabriolante de mon importun?

—C'est étrange! Vous venez de tracer, sans le connaître, le portrait d'une Autrichienne, la baronne de Hunker, une femme de quarante ans, qui m'obéit.

— Elle est seule ?

— Et libre, avec une simple apparence de mari, un compère habile, sous sa bêtise systéma- tique, un faux conjoint, qui sait à merveille aller fumer un cigare au cercle, lorsque sa femme a besoin de solitude.

— Mais c'est le couple allemand avec lequel nous avons dîné à Monte-Carlo ?

— Juste. Ils habitent à l'étage inférieur.

Il sonna, et aussitôt un garçon, malgré l'heure avancée, accourut prévenir Mme de Hunker que M. de Liauzan l'attendait.

Celle-ci achevait sa toilette de nuit, pendant que le baron savourait son dernier londrès. Elle se précipita sur les pas du domestique, et en quelques secondes elle fut auprès du marquis. Le viveur la fit asseoir sans façon, et après l'avoir mise rapidement au courant des principaux dé- tails de l'affaire, il continua en ces termes :

— Il va sans dire, ma chère enfant, que vous n'avez pas été oubliée dans la distribution des rôles.

Mme de Hunker s'inclina vers Héléna, en bal- butiant un compliment de banale gratitude. Au premier coup d'œil ces deux femmes s'étaient comprises, et l'Autrichienne ne protesta que pour la forme.

— C'est égal, dit-elle en souriant, au marquis, vous traitez les femmes comme si elles avaient perdu toute pudeur. Je ne me dissimule pas que vous m'embarquez dans une conspiration où la morale me paraît fort maltraitée.

— Si le vieux Metternich, répliqua le marquis, vous avait entendue, il vous aurait inscrite sur ses tablettes, comme une curiosité de l'ordre naïf. Nous faisons de la diplomatie, voilà tout.

— A moins que ce ne soit de la police corrompue et corruptrice? insista la baronne, qui, avant de se rendre, avait voulu jeter cette gaze grossière sur ces cyniques nudités.

— Vous serez donc, continua de Liauzan, la folie agissante de ce vieil amour de Marcuard.

— Convenez que mon lot n'est pas le plus brillant... Je reconnais qu'à mon âge, ajouta-t-elle, avec une feinte modestie, on doit avoir la spécialité des tâches ennuyeuses.

— Au moins ne sera-t-elle point au-dessus de vos forces, objecta le viveur en riant aux éclats.

— Les fils ont souvent tort de diffamer leurs pères, fit la baronne avec un air capable; ceux-ci les font quelquefois rougir. J'admets cependant que les apparences leur sont contraires, et c'est même de quoi je me plains dans la mission que vous me confiez.

— Vous savez bien, baronne, qu'entre nous il n'y a place que pour la politique des résultats.

Si l'on vous confie un cheval de course, ce n'est que pour le faire trotter. Avec le prix qu'il vous remportera, vous achèterez, s'il le faut, un superbe attelage.

— C'est bien ainsi que je l'entends, répondit sentencieusement l'Autrichienne. Pourvu qu'il soit fastueux, prodigue, nous saurons au besoin lui créer des distractions qui le divertiront.

— Quant à son bon cœur, s'empressa de répondre Héléna, il n'est pas du premier titre et ne procède point par manifestations spontanées. Le bonhomme ressemble à ces armes à feu, excellentes d'ailleurs, qui ont la détente un peu dure. Puis, sa femme, une Xantippe insupportable, trône et règne chez lui en papesse schismatique. C'est une grande tsarine, à laquelle il ne manque qu'un Potenkin. Onésime tremble à son aspect. Mais, à cette distance, le charme est rompu et n'oubliez pas, quoi qu'il arrive, qu'une fois donnée, sa signature vaut deux cent mille francs.

— Vous êtes étonnante, chère madame, répartit la baronne : puisque cette hypothèque est si assurée, pourquoi y renoncez-vous à mon profit ?

— Le marquis vous l'a fait pressentir et votre expérience vous l'expliquera mieux encore : le règne tout-puissant de la femme n'a que la durée des premiers désirs de l'homme qu'elle a subjugué. Si, pendant cette éphémère domination, elle n'a pas su obtenir des chaînes d'or, elle peut y

9.

renoncer ensuite, car elle ne recevra plus désormais que d'insolentes aumônes. Telle fut mon erreur avec Marcuard. Il a donc besoin qu'une intervention nouvelle lui change ses habitudes et fasse prendre l'air à sa riche collection de vieilles monnaies. Or, je vois, madame la baronne, que, si vous daignez vous emparer du sujet, il sortira de vos mains comme un vieux coq après la flambée.

— Sans compter, ajouta Mme de Hunker, le plaisir de vous délivrer d'une ganache dont Nice et Monaco vont pourtant faire leurs délices ; car, depuis que les Ottomans ne donnent plus, l'absence du Turc commençait à se faire sentir. Marcuard-pacha sera lancé dans un tourbillon qui l'emportera. J'y mets toutefois une condition.

— Accordé, firent en même temps Héléna et le marquis.

— Le baron, madame, est déjà habitué à cet excellent M. Limet, qui lui manquerait fort pour sa partie de whist ou de bouillotte, trois fois par semaine. Je sais que vous allez nous le prendre en un tour de main. Jurez-moi que vous nous le rendrez au moins deux fois par semaine, et que nous aurons encore la surprise de le retrouver avec vous à la roulette.

— Mais, madame, répondit Héléna, je n'entends former avec vous qu'une espèce de société en participation.

— Vous y gagnez du reste, fit observer l'Autrichienne, de dépister plus sûrement les soupçons qui pourraient venir à Mme Limet... Quant
à vous, mon cher Liauzan, ajouta-t-elle, en se
tournant vers le marquis, vous plongez déjà
cette pauvre Mathilde en des bouleversements si
profonds qu'il ne lui restera plus assez de liberté d'esprit pour s'occuper des gestes de son
volage époux. Quel enjôleur!

— Que voulez-vous, la femme d'un ancien
fournisseur!... Il faut que les grands soient po-
pulaires avec les petits.

— Surtout lorsque les petites ont des minois
de duchesse. Voulez-vous mon idée là-dessus?
Il est à croire que la mère de Mathilde fut
un jour chargée par son mari de présenter à
quelque duc récalcitrant une facture à acquitter,
et celui-ci se vengea en homme d'esprit du procédé incivil. Malgré certains vices d'éducation
bourgeoise, cette créature tient évidemment à la
noblesse. Il y a des jours où je ne la renierais
point pour ma fille, et si le rôle de belle-mère
n'était pas si ridicule, je vous appellerais volontiers mon gendre.

— Gardez-vous en bien, car ma femme ne tar-
derait pas à devenir jalouse de sa mère.

— Malheureusement, Mme Limet n'est qu'une
fauvette de passage.

— Qui sait? n'a-t-elle pas, dites-vous, gagné soixante-dix louis à la roulette?

— Vous savez par quel procédé. Conformément à vos instructions, j'ai habilement profité de son ignorance pour transformer sa perte en bénéfice, au moyen de la poignée d'or que vous m'aviez remise pour corriger le hasard. Aussi, le Casino l'attire invinciblement, et Limet ne résiste plus à affronter le dieu de M. Blanc lui-même. Vous voyez donc qu'ils risquent fort de ne jamais connaître l'Italie. Une fois sérieusement engagés dans l'engrenage, ils y seront écrasés, avec Marcuard par-dessus le marché.

— Il faudra pourtant veiller, remarqua Héléna, à ce que la banque de Monte-Carlo n'engloutisse pas tout ce numéraire.

— Parfaitement, chère, fit l'Autrichienne. Nous avons pour cela deux grappins de la dernière solidité : l'emprunt sous ses formes les plus diverses et le baccarat à domicile. Le baron est un terrible adversaire : je sais que M. Blanc lui compterait cinquante mille livres de rente pour se délivrer de sa concurrence. Mais comme nous gagnons quatre fois au moins cette bagatelle, nous faisons la nique au vieillard de Monte-Carlo...

— Vous me rassurez, reprit Héléna, livide de plaisir et les yeux étincelants de convoitise...

Cela me fait penser que je n'ai pas été présentée au baron. Quelle rare intelligence !...

A ce moment, trois coups familiers furent frappés à la porte, qui s'ouvrit brusquement pour livrer passage au major de l'armée autrichienne.

Il portait à la main son bougeoir allumé et souriait assez béatement à la vue de la surprise produite par sa présence inattendue.

— Pourrait-on me donner des nouvelles de ma femme ? dit-il, en se dressant comme un point d'interrogation railleur.

— Depuis quand, répondit la baronne, les enfants se permettent-ils d'avoir des insomnies et de se promener la nuit comme des noctambules ?

— Je t'ai toujours dit, Lisbeth, que tu avais manqué ta vocation. Tu aurais dû entrer chez les chanoinesses d'Inspruck... Voyons, est-ce un concile d'évêques que vous tenez ici, ou simplement une assemblée d'actionnaires ?

— Nous causions seulement de nos petites affaires, murmura le marquis.

— Quoi ! pas même une table de whist ? Autant dormir alors. Moi, j'ai gagné ce soir dix-huit cents francs à Limet. Il me va, ce Parisien. Son honnêteté me plaît, ses airs timides me subjuguent. C'est chez vous, marquis, que ce duel a eu lieu. Mathilde vous attendait et semblait assez contrariée de votre absence.

— Tant mieux, fit Liauzan : après une journée
d'agitations, la femme a besoin de se recueillir
pour désirer. Ce que celle-ci a maudit, ce soir,
son mari, pendant que vous lui donniez une
fructueuse leçon de baccarat, est incalculable.
A la fin d'une telle épreuve, l'amant n'a qu'à paraître, pour qu'on le reçoive avec un véritable
soupir de soulagement... Et puis, l'arrivée d'un
nouveau pingouin sur nos côtes vient d'être si-
gnalée, et comme il nous appartient déjà moralement, nous dissertions ensemble à quelle sauce
il conviendrait de le manger.

— En fait de pingouin, répondit finement le
major, jusqu'à présent je n'en vois pas d'autre
que le... protecteur de madame.

Et il salua ironiquement la respectable Héléna.

— Grâce à la bonté de Mme la baronne, répliqua celle-ci, me voilà déjà émancipée de sa pro-
tection.

— Eh ! eh ! vous allez vite, vous autres ! reprit
le Viennois, sans émotion ni surprise. Comme
je suis de moitié dans toutes tes charités, ma Lisbeth, il me semble que j'aurais dû être informé
le premier de cette petite révolution conjugale.

— Comment l'aurai-je fait, geignit naïvement
la baronne, puisque je ne l'étais pas moi-même ?

— Alors , toutes mes excuses. Pourvu qu'il
consente à se laisser passer la main par Limet, et

souffre avec la même patience mes séries de
bancos, je serai bon époux et discret rival... C'est
donc que Mme Marcuard a rencontré dans nos
parages un poursuivant plus avouable ?

— Oui, mon ami, dans notre intimité : M. Limet.

— C'est-à-dire que madame entre tout simplement dans notre famille. Puisque c'est par ma
femme que vous êtes introduite, soyez la bien-
venue ; nous n'exigerons pas de références. Nous
sommes tous de la caste sacerdotale de Mercure,
et on peut le dire sans orgueil : nous formons
une jolie société... Vous avez eu des malheurs,
sans doute ? acheva-t-il, en regardant la fausse
Marcuard.

— Oh ! oui, et beaucoup, monsieur le baron.

— C'est comme nous, ma chère enfant, continua le cynique. Mais on se résigne bravement à
corriger le sort, et si parfois il résiste, eh bien !
on n'hésite pas à lui jeter à la figure quelques
atouts supplémentaires qui soudain le rendent
meilleur. Si vous ne vous appelez ni Eliacin ni
Agnès, vous n'aurez pas à vous repentir des petites opérations que nous ferons ensemble.

— Je suis prête à tout, répondit Héléna, pour
justifier votre confiance et mériter vos sympathies.

— Or ça ! que vais-je devenir moi-même, sans
ma compagne et presque sans Limet ?

— Sois tranquille, dit la baronne, toutes les réserves sont faites, tu n'auras jamais été ni plus ni mieux entouré.

— Vous le savez, mes enfants, je ne suis pas difficile : on n'est plus jeune, et à mon âge l'on commence à penser aux faibles provisions de la vieillesse. Gagnons beaucoup d'or, afin de pouvoir nous introduire bientôt dans la peau d'un honnête chrétien. Moi, je voudrais mourir bourgmestre et laisser ma femme fondatrice ou patronnesse d'une maison de filles repenties...Vous, marquis, lorsque, dans dix ans d'ici, vous aurez séduit assez de miss ou de ladies, et convenablement réparé les brèches de vos châteaux, vous présiderez une Société de tempérance et adopterez, par passe-temps, une orpheline, qui finira par vous donner un fils... Quant à vous, madame, ajouta-t-il en regardant Héléna, il m'est avis que vous serez bientôt une de ces veuves élégantes et redoutables dont les vieux colonels deviennent éperdus...

— As-tu fini, avec tes horoscopes ? se récria l'Autrichienne, en se renversant sur sa causeuse.

— Oui. En attendant, travaillons, mes amis, travaillons. Soyons sérieux avec mystère. Notre noble profession de joueurs ou d'aventuriers a des charmes mêlés de périls. Le meilleur grain ne va pas sans ivraie. Audace et philosophie, telle est ma devise. Gloire au prince régnant et longue prospérité à notre seigneur Blanc, qui est la Providence de ces cantons.

— Encore un mot... demanda Héléna au baron.

— A vos ordres, madame.

— J'ose espérer que, pendant mon rapide séjour, vous me ferez admettre dans quelques salons de Nice. Seulement, comme je suis ici incognito, je craindrais d'y paraître sous mon véritable nom, qui est du reste vulgaire et ne pourrait qu'humilier mes parrains. Je m'appelle Héléna Jordanet.

— C'est vrai, dit le marquis, autant s'appeler Colas ou Campiston.

— Si je prenais, par exemple, le pseudonyme de comtesse de Saint-Clair ?...

— Impossible, interrompit Liauzan avec aplomb, ce nom est porté par une très honorable famille de ma connaissance.

— Vous plairait-il, répondit le baron, de prendre le titre assez ronflant de princesse Régina de los Carabachos ?

— Non, je préférerais une finale en ski, avec une simple couronne de comtesse.

— Alors, j'ai votre affaire. Pour tout le monde vous serez la comtesse Roblinski.

— Délicieux ! sonore ! admirablement trouvé ! s'écria Héléna au comble de l'enchantement.

— A présent, reprit le major, il ne reste plus

qu'à arrêter le programme de demain. Que fe-
rons-nous de nos riches négociants?

— Mais nous les conduisons au Kursaal, répondit Liauzan. La promenade me paraît naturellement indiquée. Tout le monde déjeûne à la
villa, et, après les libations d'usage, nous filons
en droiture sur Monaco.

VII

Il faisait cette chaleur lourde d'automne, qui, sous les latitudes méridionales, est encore plus féconde en insolations que l'ardent soleil des jours caniculaires.

C'était après le déjeuner. D'un commun accord, Mathilde et Héléna avaient quitté le salon, où l'on étouffait et avaient peu à peu gagné les charmants bosquets de lauriers-roses situés derrière la villa et donnant sur la mer, dont les fraîches brises venaient de se lever.

Ces dames se voyaient pour la seconde fois; mais concitoyennes de la même ville et compatriotes du même quartier — du moins ainsi le croyait Mathilde — une véritable sympathie d'origine les attirait l'une à l'autre et les rendait expansives.

— Vrai, madame Marcuard, dit Mathilde étourdiment, lorsqu'elles furent arrivées à l'extrémité des bosquets, vous me paraissiez plus âgée. Soit dit sans vous fâcher, votre mari n'est pas de première jeunesse.

— C'est la vérité, soupira la simili-marchande de bronzes, et je ne le sais que trop. Il a eu cinquante-neuf ans à la Chandeleur et il en paraît au moins soixante-cinq. Il en avait quarante-huit lorsque mes parents songèrent à lui pour assurer, comme on dit, mon avenir.

— Ce n'est donc pas par inclination que...

— Soyez juge, ma bonne ; j'achevais à peine ma vingtième année et n'avais d'yeux que pour un cousin de Polytechnique, lorsqu'un matin d'implacables parents m'informèrent, sans préambule, que j'allais être livrée à M. Onésime Marcuard. Je protestai en pleurant, mais, comme le prétendant m'acceptait sans dot, on fut inflexible. Voilà dix ans que dure ce martyre de la rose comprimée, foulée ! Quel drame intime, madame Limet ! Et dire que j'ai pu néanmoins rester vertueuse.

— Vous a-t-il donné des enfants ?

— Dieu m'en préserve ! Il n'y aurait plus manqué que ce surcroît... Ah ! si j'avais eu, comme vous, un mari jeune, complaisant et bon, je n'aurais eu qu'un désir, la maternité. Marcuard, du reste, connaît mieux que moi les véritables causes de ma stérilité.

— Vous me semblez en effet bien malheureuse, madame Marcuard, et je comprends que la fidélité à un pareil homme doive être un lourd fardeau.

— Jusqu'à présent je l'ai assez vaillamment supporté. Mais aujourd'hui je commence à faiblir. Mon cœur succombe à des besoins qu'il ne se connaissait pas, et je m'oublie à des rêves qui se réaliseront peut-être. Après dix ans d'ombre et d'austérité, je sors de cette humide rue des Archives comme d'un tombeau où j'aurais été enfermée vivante. Cet air, ce soleil de Nice, ces senteurs inconnues me donnent une singulière ivresse, et ce monde élégant, distingué, illustre, me rend frémissante et me rajeunit. Que vous êtes heureuse, vous, de connaître et de savourer tout cela depuis longtemps !

— Jusqu'à présent, nos destinées, répondit Mathilde, ont été plus semblables que vous ne pensez. A mon mariage, j'étais une enfant, et bien que mon mari fût encore un jeune homme, il ne m'a accordé aucune des douceurs que j'ai convoitées depuis. Nous sommes ici entre nous ; je veux vous confier mon secret : J'ai rencontré à Nice l'homme fatal que la Providence aurait dû me montrer avant M. Limet.

— Quel phénomène que cette terre de Provence ! On n'a qu'à fouler ce sol vibrant pour sentir tout à coup dans le cœur fleurir des amours qui n'y avaient même pas germé. Dans le mien aussi, et depuis hier même, a soudainement poussé un lys sanglant qui me déchire. Confiance

pour confiance : je suis tombée amoureuse du
baron de Huncker...

— Tiens! fit dédaigneusement Mathilde, vous
m'étonnez : vous avez, il est vrai, un cheval
aveugle, mais le baron n'est plus guère, aujour-
d'hui, qu'un cheval borgne.

— Quand on a doublé la trentaine, on n'a plus
le droit d'être aussi exigeante. Il a si bon genre !
C'est un baron autrichien, ma chère!... Et puis
je n'aurais point osé porter mes vœux sur le marquis. Il ne doit pas manquer, sans doute, de
femmes qui l'adorent. M. de Liauzan est un
homme privilégié, n'est-ce pas, madame Limet?

Mathilde ne répondit pas, et, n'osant affronter
le regard de sa nouvelle amie, ses yeux errèrent
fébrilement dans la direction de la haute mer.

— Je soupçonne même, reprit Héléna implacable, qu'il ne vous est pas indifférent. Hier au
soir, pendant le trajet de Monaco à Nice, vous le
regardiez avec des extases, et lorsqu'il s'est pen-
ché une fois pour vous parler à l'oreille, ce contact vous a donné un violent frisson. Enfin, il
vous a installés chez lui comme des hôtes de la
première volée. Les gentilshommes ne reçoivent
pas ainsi leurs fournisseurs, et, malgré la considération dont il jouit, ce n'est pas M. Limet qui
a inspiré cette haute courtoisie. Soyez assurée,
madame Limet, que votre amphitryon ne vous a
offert ses boudoirs que pour avoir le droit de

vous y venir surprendre parfois lorsque, votre
mari cherchant l'écrevisse aux bords du Paillon,
vous reposez dans le demi-jour des gazes et des
lianes de la vérenda.

— Nous n'en sommes pas encore là, soupira
Mathilde, mais je tremble que cette catastrophe
n'arrive.

— Vous la redouteriez? Il ne faut jamais avoir
peur du plaisir. Le bonheur est comme l'occasion,
il n'a qu'un cheveu. Puisque vous avez du goût
pour M. de Liauzan, c'est que M. Limet a tort ;
qu'il expie sa conduite par ces amours passagères,
qui ne seront, en réalité, que de justes représailles.

— Madame, vous êtes une précieuse conseillère, s'écria Mathilde dans une fougue de passion. D'autant que j'ai remarqué qu'à l'occasion
mon mari saurait être sans scrupule. Je vois, en
effet, à certains indices, que Mme de Hunker lui
agréerait assez. Heureusement, la baronne a
passé l'âge des folies, et je crois que s'il s'oubliait
à lui tenir certains propos, il trouverait à qui
parler.

— Vous avez peut-être trop bonne opinion de
la baronne. Les femmes du monde n'abdiquent
que fort tard, et celle-ci me paraît avoir conservé les anciennes ardeurs d'un tempérament
fort libertin.

— Comme vous avez vu cela tout de suite,

vous ! En effet, la baronne l'entretient volontiers,
à l'écart, et ensuite, lui, paraît tout confus. Il ne
s'est pas encore inquiété de mes longues absen-
ces avec le marquis, preuve qu'il a intrigue en
tête. Je ne peux pourtant pas le suivre, encore
moins le surveiller.

— Sans doute, puisque vous êtes vous-même
entraînée ailleurs.

— Mais cela ne veut pas dire qu'il doive m'aimer moins, et me négliger pour une autre.

— C'est juste. Aussi, autorisez-moi à l'entourer de ma sollicitude, et il sera bientôt si em-
pêtré dans mes importunités, que la baronne et
lui auront du mal à se réunir pour tondre de
votre pré même la largeur d'une langue.

— Oh! je vous accorde tous mes pleins pou-
voirs. J'approuve d'avance ce que vous ferez. Di-
visez-les sans les séparer. Faites échouer leur
complots, sans les dévoiler. En un mot, que
votre présence triomphe sans discours des combinaisons de l'adultère.

— Oui, je lutterai au besoin de coquetterie
avec la baronne, et cette tactique même, dont
vous profiterez, ne me nuira pas, au contraire,
dans l'esprit du baron.

— Je crains seulement, objecta Mathilde, que
vous ne puissiez mener de front l'aveuglement
de votre mari, la surveillance du mien et vos
secrètes relations avec M. de Hunker.

— Je ne manque pas de souplesse et d'activité. Je porterai allègrement ce triple masque, et
personne ne s'avisera de voir en moi l'agent
secret d'une jalousie, ou une transfuge du mariage. Et puis M. Marcuard m'est tellement indifférent qu'à la rigueur, pour sauver votre
mari, je n'hésiterais pas à le jeter sur les pas de
la baronne.

— Vous seriez à ce point détachée des habitudes et des décences conjugales?

— Vous y viendrez vous-même ; après quatre
années de mariage, vous me paraissez, du reste,
en assez bon chemin....

La smala au grand complet arriva donc à
Monte-Carlo, par le train ordinaire qui dépose au
pied de ce rocher les voyageurs pour la roulette.

Cette fois, M. Limet n'éprouvait aucune hésitation. Fort des quatorze cents francs gagnés la
veille par sa femme, et légèrement échauffé par
les vins du déjeuner, il attendait impatiemment
le moment de se mesurer avec le monstre.

En route, Marcuard lui avait emprunté cent
louis, avec la certitude de se refaire. Il en avait
prêté à peu près autant au marquis. Le baron
avait trouvé plus pratique de lui gagner, la veille,
en quelques parties d'écarté, l'argent qu'il venait
risquer.

Bref, avant même d'avoir affronté le hasard du
cylindre, il s'était déjà découvert de sept ou huit

10

mille francs environ. Mais il pensait que, pour la
première fois qu'il s'amusait, sa bonne fortune
lui avait donné des partenaires choisis dans une
compagnie de garçons spirituels et extrêmement
distingués. Rien de Marcuard.

Au surplus, par les gains inévitables qu'il
comptait réaliser, il rentrerait facilement dans ses
débours, et s'établirait ainsi, à bon marché,
une brillante réputation de Lucullus parisien.

Enfin, vivement excité par la présence de la
maîtresse de Marcuard, dont les doux yeux et la
bouche ineffable le criblaient d'irrésistibles provocations, il voulait se montrer à elle avec cette
rondeur impertinente et cette fastueuse élégance
qui font la principale séduction des gentilshommes.

Qui sait? Peut-être gagnerait-il en un tour de
main le prix d'un riche collier d'émeraudes,
qu'ensuite il s'empresserait de lui offrir, en y
joignant ses timides, mais ardentes déclarations.

Et lui aussi était viveur !

A Nice, tout est permis. Personne à Paris
n'en serait instruit, et, après quelques jours de
fredaines, il y pourrait rentrer, vainqueur de la
beauté, sans avoir terni sa réputation d'homme
sérieux et considérable.

C'est que les élections consulaires approchaient, et sa qualité de notable commerçant lui
permettait d'aspirer à l'honneur d'un siége. Alors

quelle intime satisfaction de devenir tout à coup
un austère magistrat, après avoir assez légèrement caressé la brune!

Pendant que ces papillons érotiques folâtraient
dans le cerveau de Limet, Marcuard était mélancolique et sombre. Les savantes agaceries de la
baronne ne parvenaient pas à le distraire; il n'y
répondait qu'avec les froides prévenances de
l'homme soi-disant bien élevé.

Pour lui, Héléna était de glace, se refusait à
toute explication et suivait tranquillement son
chemin, comme une femme que nul ne saurait
détourner. La transition était brusque, et il en
souffrait déjà comme d'une espèce de phthisie
galopante.

Il éprouvait une vague humiliation, car il dé-
vinait les motifs de ce changement inopiné; au
grief si souvent reproché de ses flammes sans
chaleur, venait s'ajouter celui d'une radicale
pénurie. A Monaco, vieux et pané, voilà pour un
homme le pire destin.

Or, Héléna n'avait le mépris si insultant que
depuis qu'elle avait vu M. Limet lui ouvrir sa
bourse avec une si généreuse compassion.

Il roulait dans sa tête les plus sinistres projets.
Pour reconquérir cette femme, il y emploierait
au besoin sa fortune et ne reculerait pas devant
le scandale de sa ruine, car il voyait Héléna per-

due, et aucun sacrifice ne lui coûterait désormais pour la ramener.

Toutefois, les attentions de la baronne le consolaient un peu; son amour-propre sénile se réjouissait presque d'une recherche qu'il n'avait point provoquée et dont la persistance le rassurait sur ses mérites.

Une foule plus nombreuse qu'à l'ordinaire grouillait dans les salons du Kursaal, lorsque la demi-tribu fit son entrée. Il régnait dans ces grandes pièces mauresques, — ainsi nommées parce que la décoration en est du style godiche, — une chaleur et une agitation insupportables.

Des bandes de cols-cassés et de roussâtres chevelures allaient et venaient, comme des fauves dans une cage d'or dont le parquet aurait été chauffé à blanc.

A première vue, tout y semblait demi-monde, tentures, meubles et gens. Et quel demi-monde !

Il y avait là des d'Artagnans de la foire au pain d'épice, des collections de Macaires, déguisés en sportsmen, des Bertrands vêtus comme des tailleurs en vacance et d'énormes bouquets de femmes stylées jadis par Grévin, et justiciables à présent du crayon de Gil.

Trois générations à peu près se coudoyaient, se bousculaient, se piétinaient dans cette en-

ceinte, à laquelle le remue-ménage des poussières
vivantes donnait des aspects fumeux, comme une
perspective de brouillard au travers duquel une
éclatante lumière aurait péniblement tamisé ses
rayons.

Toutes les odeurs, tous les parfums, depuis
l'ambre jusqu'à l'ail, depuis le musc jusqu'à la
violette, s'y mêlaient ou s'y combattaient, s'y ou-
trageaient ou s'y caressaient, dégageant tour à
tour, contre le nerf olfactif de chacun, des bouf-
fées de puanteurs et des douches de narcotisme.

Des créatures sans nation ni domicile, belles
comme des cabotines de province, effrontées
comme des figurantes, s'appuyaient indécem-
ment au bras de leurs protecteurs, — de jeunes
Alphonses, jolis dans le dos, à cause de leurs
vestons, mais sordides de visage, hideux, et dont
la dégoûtante fatuité provoquait jusqu'aux bot-
tines des honnêtes gens.

Le spectacle le plus écœurant était encore celui
des vieilles femmes de tous les mondes et de
tous les pays, auxquelles les cheveux blancs don-
naient des airs infâmes, dont les regards remplis
de luxurieuse convoitise semaient sur cette foule
d'abjectes excitations.

Décolletées sous leurs faux diamants, elles faisaient rougir les croupiers eux-mêmes, de cette
honte horrible que l'on pourrait éprouver à la
vue d'une Phrynée célèbre, un instant ressuscitée

10.

et sortie de son tombeau pour recommencer pendant une heure ses anciennes impudeurs.

Quels tableaux vivants ! Cythère, Lesbie, Sodome avaient envoyé là leurs représentants attitrés et Mercure déguisé en grand seigneur, les guidait, les poussait, les inspirait, les agitait ! O tourbe de luxueux fainéants ! O vil troupeau d'exploiteurs, d'impuissants et de fourbes ! C'est le bataillon des coulissiers de ce temple unique, dont le péristyle a ses fondements dans la mer, dans cette mer bleue des poétiques fictions, que tant de héros ont fièrement caressée, et où les cocotes et les escrocs viennent maintenant se baigner !

Tout dégénère : je préfère les anciens pirates.

A présent, ce sont de vulgaires filous qui viennent sur cette plage, cherchant partout une table recouverte d'un tapis vert et sur ce tapis quelques pièces d'or à écumer. Et le beau soleil de ce pays, soleil d'Attique et même de Syrie, lumière éblouissante et douce, éclaire et réchauffe ces coquins blafards qui, mêlés aux gens naïfs, aux honnêtes touristes, aux touchants valétudinaires, les volent et les dépouillent sans combinaison et sans péril, sans ruse héroïque et sans grandeur.

Et le Monégasque, homme primitif, patriarche et presque à demi-pasteur, regarde défiler ces illustrations du vice et du crime civilisés, trop fier pour leur parler, mais trop ami du gain pour les dédaigner. On lui fait des routes, des chemins de fer; on lui achète ses produits agricoles; il devient riche, marie ses garçons et ses filles, en donnant à chacun une bonne *légitime*, et se moque du reste. M. Blanc lui a procuré l'aisance, et après Dieu, M. Blanc est sans égal.

Ce magicien des légendes, arrivant de Hombourg en droite ligne, a touché ce rocher de Monte-Carlo avec sa baguette de Merlin; aussitôt un palais massif mais grandiose, des terrasses et des promenades, des hôtels et des restaurants, plus beaux, plus confortables et moins chers qu'à Nice, sont sortis des fentes de l'immense bloc, se sont élevés du sein des broussailles et des cactus sauvages.

Tout lui appartient là-bas, sur les pentes et au sommet du cube tronqué qui fait face à Monaco.

Tout ce qui s'y vend et s'y achète est à lui, tout jusqu'aux cigares, jusqu'à la boîte d'allumettes, jusqu'au cure-dent du joueur qui, après avoir gagné, va faire ripaille et est servi dans la vaisselle marquée au chiffre du richissime potentat.

Ce rocher représente dans le passé et le présent une fortune de cent millions au moins, cent millions à un seul ! Pas d'actionnaires; à peine deux ou trois associés bénévoles, qui sont plutôt les ministres du souverain Crésus que ses copartageants et ses égaux.

Tout pour lui : il est le banquier, le grand, l'inépuisable, l'insatiable banquier, le Plouto-crate de cette région suspendue entre ciel et terre, son hôtelier, son fournisseur, son industriel, son pourvoyeur et son multiple négociant.

Mille canaux alimentent sans cesse ce trésor, qui ne contiendrait plus dans l'ancienne *Zecca* de Venise, et rivalisera bientôt avec celui des tom-beaux de la Mecque...

De Liauzan et le baron poussèrent instinctive-ment Limet et Marcuard dans la salle du trente-et-quarante, pendant que les dames, arrêtées à la roulette, se disposaient à tenter la fortune dans l'une des trente-sept cases de la roue. Quittons un instant celles-ci pour accompagner ce pauvre Limet, qui marche un peu comme un coupable entre ses deux gendarmes. Nous avons d'ailleurs pour nous guider à travers ce dédale du trente-et-quarante une excellente monographie et, grâce à elle, nous ne pourrons pas nous égarer (1).

Le trente-et-quarante consiste en une grande table ovale, dont le tapis vert est divisé en deux couleurs. Au milieu de la table règne un fer-à-cheval, dans lequel quatre employés sont assis deux par deux et vis-à-vis. L'un d'eux montre un paquet de cartes dont il fait des rangées qu'il aligne devant lui : on l'appelle le *tailleur*.

---

(1) *Rien ne va plus*, par M. des Perrières.

Cet estimable fonctionnaire retourne les cartes une à une, en les additionnant selon leur valeur relative, les figures pour dix, les as pour un, etc., de façon à ce que le total dépasse trente et s'arrête au chiffre quarante, maximum infranchissable. Les cartes sont établies sur deux rangées ; la première compte pour noir et la seconde pour rouge ; or, c'est le plus petit point qui gagne.

Lorsque nos deux négociants pénétrèrent dans ce sanctuaire, une quarantaine de personnes étaient assises autour de la table ; mais une foule énorme se tenait debout derrière et suivait avec une anxiété sans égale les diverses péripéties de la *taille*.

Il régnait dans ce salon, autour des joueurs, un silence étrange, comme un murmure lointain de guerre civile.

Chacun, du reste, accompagnait avec son tempérament particulier la progression et les incidents notables des additions.

On eût dit que cette foule émue et mystérieusement convulsée était dans l'attente de quelque événement extraordinaire.

Elle regardait avec des fascinations assassines l'or et les billets lourdement ramenés par le râteau, et personne ne répondait lorsque le tailleur s'écriait au milieu de cette solitude haletante :

— Faites le jeu, messieurs. Le jeu est fait. L'or

va au rouleau. Tout va aux billets ; tout va à la masse. Rien ne va plus !

Et le tailleur, toujours indifférent et grave, annonçait ensuite les deux points :

— Huit ! quatre ! Rouge gagne, couleur perd.

Et, après cette annonce, les râteaux ramenaient les piles de louis, qui tombaient sur le tableau gagnant.

Le trente-et-quarante est peut-être le plus passionnant des jeux de hasard, une machine à émotions croissantes et continues. C'est là que les joueurs endurcis, les décavés incorrigibles reviennent toujours, invinciblement attirés par les secrets prestiges de cet engrenage du *refait*, qui est le gouffre sans fond où chaque matin tombe un nouveau cadavre !

Limet regardait tout cela depuis une demi-heure, sans rien comprendre, mais ébahi, émerveillé, et perdant de plus en plus ce sang-froid des prudents, qui donne aux faibles l'auréole des forts.

— Eh bien ! fit brusquement le marquis en touchant Limet à l'épaule, en place pour le quadrille. A notre tour à présent. Jetez vingt-cinq louis à rouge, et j'en parie autant qu'ils seront payés.

Limet s'exécuta.

Au bout de quelques minutes, se tournant vers le baron, Liauzan reprit :

— Quelle taille, mon cher, voyez donc ! Sept

noires, quatre rouges et huit intermittentes.

— Et la précédente! répondit l'Autrichien, dix-huit coups de tiers et tout, plus une série de cinq.

— Pourtant, l'autre jour, j'ai perdu là-dessus, fit observer le marquis. Au lieu de continuer en tiers et tout, j'ai filé en taille de côté, croyant trouver des accolés.

— Je me le rappelle : le tailleur vous avait donné pas mal d'intermittences et de coups de deux.

— Que voulez-vous ! j'ai eu peur du coup de trois sec. Je ne peux m'habituer à rentrer à la série..... A propos, que faisons-nous? ajouta-t-il en regardant Limet.

— Mon Dieu, monsieur le marquis, jusqu'à présent nous perdons trois cents louis, répondit Limet piteusement.

— Aussi, observa le baron, pourquoi vous acharnez-vous sur une série mauvaise? Passez à noire et conjurez au moins le *refait* de la banque en prenant l'inverse de votre combinaison.

Ce qui fut exécuté. Ils se refirent par un tiers et tout boule de neige. Limet recommença à respirer : il rentrait dans ses déboursés, et gagnait encore une centaine de louis. De hardi qu'il était il devenait audacieux.

— Faites masse à noire, murmura le baron, jetez cent louis et continuez la série. Vous êtes

en pleine veine : chauffez-moi ça, et en route
pour la conquête du trente mille. Vous pouvez
jouer le tiers et tout sans crainte : part à trois
dans le gain.

Le bourgeois suivit machinalement l'indication
et alla jusqu'au bout de la série. Le tailleur avait
ramené pour lui six cents louis. Joseph tenait
déjà le collier d'Héléna. Il était ivre de bonheur,
et voulut risquer encore une centaine de louis
pour offrir au moins à Mathilde un bijou d'une
valeur équivalente. Il se félicitait d'avance d'un
procédé qui lui permettrait de se montrer magnifique à bon marché.

Quatre cents louis furent le prix de ce nouveau
coup d'audace. Dans l'espace d'une heure il avait
rançonné Monte-Carlo d'une somme de vingt
mille francs.

Il eut peur.

D'ailleurs c'était assez pour un jour. Ses associés se partagèrent la moitié de son butin, le
lancèrent follement sur le tapis et le perdirent
jusqu'au dernier louis.

Pendant ce drame, tour à tour heureux et
sinistre, Marcuard n'avait ouvert ni son porte-
monnaie ni sa bouche.

Il n'avait pas voulu s'associer à la veine de
Limet, pour ne la point contrarier.

Le moment de la retraite était venu et les quatre compagnons passèrent dans le salon de la

roulette, rempli de femmes et d'Italiens, convulsivement, mais froidement engagés dans des
parties énormes. C'est là que la baronne, Mme Limet et Héléna jouaient avec une verve endia-
blée et perdaient ou gagnaient avec une ardeur
illuminée.

La table de roulette se compose de deux tapis
verts, sur lesquels tous les numéros sont inscrits.
Ces tapis sont séparés par une roue enclavée à
leur centre, et devant laquelle quatre croupiers,
leurs râteaux à la main, sont assis en se faisant
face.

L'un de ces messieurs jette alors une boule
dans la roue, divisée en trente-sept cases, et d'une
voix sonore annonce le numéro dans lequel cette
boule s'est fixée. Aussitôt après, les râteaux cou-
rent sur le tapis et râtissent avec une merveil-
leuse prestesse billets de banque et argent mon-
nayé.

Ce jeu n'est au fond qu'une véritable loterie,
en dépit des puériles combinaisons des fanatiques
du treize ou du vingt-et-un. La boule n'obéit jamais qu'aux capricieuses impulsions du hasard,
et les professeurs de martingales, qui enseignent
là-dessus des systèmes, ne sont que de verbeux
escrocs.

Cela représente, dans un cadre plus riche et
plus distingué, les mécaniques des porcelainiers
forains.

11

Néanmoins, les abrutis de Monte-Carlo se livrent en grand nombre à un effrayant calcul des probabilités, avant d'exposer un louis.

Dans cette catégorie de compteurs forcenés se rencontrent beaucoup de vieilles femmes, espèces de *pontes* pétrifiés, dont la grande affaire consiste à noter les séries de numéros le plus souvent sorties, et à prophétiser ainsi les cases fréquentées de préférence par la boule du croupier. A la fin, leurs propres boules succombent à ce travail absorbant, et ces ignobles grand'mères ne quittent Monaco que pour aller bientôt mourir à Ville-Evrart ou à Charenton.

C'est à la roulette que les grandes dames russes perdent de préférence des millions de roubles. La princesse S... y engloutit une fois, dans une après-midi, huit cent mille francs de notre monnaie et repartit gaiement pour Nice, où elle donnait le soir même un grand dîner, suivi de réception et de bal masqué. Elle fut ravissante de bons mots, de diamants et de soieries, dansa toute la nuit, figura au cotillon, et le lendemain, à l'ouverture des portes, elle pénétrait la première dans le Kursaal.

On dit qu'elle a laissé plus de trois millions dans les coffres de M. Blanc. Néanmoins elle ne s'est pas ruinée à ce petit jeu d'enfer; mais, hélas! ses charmes, moins superbes et plus accessibles que sa fortune, se sont à peu près évanouis.

Comme la première fois, Mathilde jouissait d'une veine d'enfant gâté. Elle était plus heureuse encore que son mari. Touchant symptôme des prochaines et réciproques infidélités ! Vous savez le proverbe.... Mais les proverbes parlent toujours à contre-sens et ne sont vrais aujourd'hui que pour mentir demain.

En ce moment, Mathilde faisait sensation : elle avait amené trente-quatre fois de suite le vingt-sept, une série qui ne se renouvelle pas deux fois en six mois, et gagné quarante-huit mille francs.

Chose étrange, elle ne desserrait pas les dents et regardait à peine les piles de louis qui s'entassaient autour d'elle. On commençait à chuchoter que ce ponte redoutable avait dû faire un pacte avec le diable.

L'avant-veille, un Anglais avait râflé quatre-vingt mille francs sur le ving-cinq. Il est vrai d'ajouter que vingt-quatre heures plus tard il les reperdait sur le dix-sept, en laissant en outre au vingt-et-un soixante-onze mille francs de sa fortune personnelle.

Limet faisait à sa moitié des signes désespérés de lever le siége ; mais celle-ci avait le vertige et poursuivait frénétiquement le cours de ses abracadabrantes aventures.

Fatiguée de toujours gagner au vingt-sept et de marcher ainsi à la remorque de la chance,

elle eut l'audace de soumettre la veine à son caprice ; elle se mit à jouer sur le numéro représentant le nombre total des années de ses deux
enfants.

Elle gagna encore ! La fortune devenait effrayante. Cinquante mille francs ! et la roue ne
cessait pas d'obéir !

Cette constance du destin la mit comme hors
d'elle-même. Tant de bonheur irritait son système. Elle se leva tout à coup, courut comme
une folle à l'une des fenêtres du salon, l'ouvrit,
et, après avoir jeté avec furie une poignée d'or,
elle reprit la série, mais sur le numéro trente-
quatre, représentant le nombre des années de
son mari.

Déveine !

Elle perdit, perdit, descendit de cinquante-
neuf mille francs à cinquante-deux, puis à quarante et un, puis à trente, puis à vingt-six, puis
à quinze, puis à neuf, puis à trois. Bientôt les
derniers louis de son gain disparurent.

Mais elle, furieuse cette fois, plus acharnée encore à la déveine, garda le trente-quatre, ponta
et reponta cinq fois, dix fois et, après la dispa-
rition de son dernier billet de banque, fiévreuse,
écumante, elle appela Limet, le somma de livrer
son portefeuille, s'en saisit, le dépouilla et, lorsque tout fut fini, après avoir laissé sur le tapis
quinze cents louis du propre bien des Pigonnet,

elle se leva, les yeux rouges, flamboyants, les
pommettes injectées, les lèvres crispées et, se
penchant à l'oreille de son époux, elle lui murmura avec une sanglante ironie :

— Vous ne m'avez pas porté bonheur, monsieur, votre regard chasse la veine, et votre
chiffre est un maléfice qu'on ne peut conjurer.

Limet, interloqué, ne sut que répondre. Il se
sentait profondément atteint, mais ne comprenait pas encore la raison secrète de cette subite
et véhémente amertume.

— C'est égal, fit cauteleusement le marquis en
s'approchant : je ne prendrai pas désormais le
trente-quatre.

— C'est l'âge de mon mari, répondit simplement Mme Limet.

La décave de Mathilde plongeait Héléna dans
les délices d'une joie discrète. Avec son instinct
de la psychologie des passions, elle avait deviné
les fatalités du drame. Elle voyait à présent
M. Limet formellement rejeté par sa femme, qui
lui imputait les caprices de la roue, et trouvait
dans cette sentence du hasard la sanction de l'arrêt déjà rendu par elle contre le rival légitime
de M. de Liauzan.

Limet serait donc bientôt délaissé, solitaire,
délivré de toute surveillance conjugale, et la
femme qui saurait combler le vide énorme de

ses soirées aurait facilement raison de ses résistances et de ses remords.

Le moment était proche où, après s'être emparée de l'esprit de l'abandonné, elle pourrait verser à pleine mains, dans le gouffre toujours béant de ses vanités et de ses désordres, la plus grosse part de cette fortune de Nabab.

Sans doute, les Hunker et le marquis exerceraient sur ce pillage un droit de reprise, mais elle saurait réduire leurs prétentions.

Et puis, il leur restait Marcuard, une bonne nature vierge, regardant avec les familiers, mais fort accessible aux impérieux prestiges des inconnus.

Mais les Autrichiens se livraient absolument aux mêmes calculs. Le baron n'avait pas l'habitude de glisser ses atouts dans le jeu d'autrui, et s'était fait une règle constante de ne tricher que pour son compte.

Il ne voyait donc dans son entourage que des dupes plus ou moins faciles à dépouiller, sans même en excepter ses complices. Héléna ne trouva pas grâce devant sa rapacité; il résolut de s'en servir auprès de Limet et de Marcuard comme d'un appât dont le charme lui avait paru plus irrésistible que les agaceries un peu mûres de sa femme.

La grande affaire était surtout la ruine de Limet.

— Mon cher ami, dit-il à Limet en lui serrant la main avec une compatissante effusion : si je ne me trompe, votre femme vient de vous perdre trente mille francs. C'est un denier sérieux. Il faut rattraper cela au plus vite, en le décuplant. Il se joue, ce soir, chez moi, une partie de bouillotte monstre. La banque sera tenue par le commodore Jakson, un richissime armateur de New-York ; deux autres Américains de même fortune seront nos partenaires, plus le comte d'Olgorouki et la princesse Della Gatina. J'espère que vous serez des nôtres. Le diable vous offre cette occasion unique de vous refaire et même de réaliser un gros bénéfice. Apportez juste l'équivalent de la perte du jour : c'est une superstition qui m'a toujours réussi.

— Diable, murmura M. Limet : j'apporterais donc trente mille francs ?

— Parfaitement. Si même vous avez prêté quelque chose à vos amis, ajoutez encore cette bagatelle.

— Mais savez-vous, baron, répliqua l'autre effrayé, que c'est au moins deux mille louis qu'il s'agit d'extraire de ma valise ?

— Extrayez, extrayez toujours. Le véritable joueur porte constamment sur lui tout son avoir liquide. Vous verrez, à nous deux, nous allons enfoncer l'Amérique, la Pologne et l'Italie.

— Que Dieu vous entende, soupira Joseph ; je

suis en débet et veux corriger le hasard par le hasard.

La baronne, qui n'avait pas perdu un mot de la conversation, s'approcha alors vivement, et avec un sourire des plus engageants :

— Mon ami, dit-elle en s'adressant au major, nous n'avons pas encore retenu une seule fois à dîner l'excellent M. Limet. C'est impardonnable, et je veux qu'il soit des nôtres ce soir. Nous avons justement M le commodore Jakson et quelques autres notabilités de la colonie étrangère. Nous le présenterons.

— Ma femme a raison, répondit M. de Hunker en interrogeant du regard l'ébéniste millionnaire. M. Limet ne peut résister à une si aimable invitation.

— C'est pourquoi j'accepte sans façon, dit Joseph, déjà préoccupé de la perspective qui s'ouvrait devant lui de recompléter ses effectifs... Seulement, que va devenir Mme Limet?

— N'en soyez pas inquiet, répondit Mme de Hunker. Votre femme et la Parisienne que vous nous avez présentée m'ont confié leurs petits projets. Elle vont au théâtre, et le marquis, toujours galant, les accompagne. On donne la *Traviata*, et il paraît que votre femme en raffole.

— Oui, Mathilde adore, en effet, cette pièce mélancolique... Chacun son goût : moi, cela m'ennuie profondément, et, ce soir surtout, je ne suis

guère disposé à écouter des propos de poitrinaire.

A ces derniers mots, la baronne quitta ses interlocuteurs et, s'approchant d'Héléna, elle lui
parla à l'oreille. Celle-ci courut aussitôt à Mathilde,
qui causait avec le marquis, et leur dit furtivement :

— La baronne et moi avons disposé de vous à
votre insu. Vous êtes libres ce soir, car M. Limet
dîne chez la baronne et ne rentrera que fort tard.
On l'a prévenu que vous alliez au théâtre...
Quant à moi, ajouta-t-elle d'un ton significatif
qui fut compris de Mme Limet, je passe également
la soirée chez les Hunker.

Mathilde et M. de Liauzan se regardèrent avec
étonnement, mais la confusion et un secret plaisir les empêchèrent de protester.

On reprit ensuite le train de Nice, où l'on débarqua vers sept heures et demie.

VIII

Comme on l'a supposé, au lieu de se rendre à la *Traviata*, Mathilde et M. Gustave de Liauzan rentrèrent à la villa où le marquis ordonna que le dîner fût servi, pour deux personnes seulement, dans le propre boudoir de madame.

Mathilde était à la fois honteuse et désolée d'avoir perdu quinze cents louis sur le trente-quatre. Limet devenait pour elle un homme néfaste et achevait de perdre à ses yeux le peu de prestige qui lui restait.

Après l'avoir vu grand par ses mérites, par son courage dans les luttes de la vie, et s'être donnée à lui comme la récompense de ses précoces vertus, elle le découvrait à Nice, dans cette société élégante et spirituelle, petit et vulgaire. Elle ne ressentait plus pour lui qu'un mépris farouche et une répulsion impitoyable.

Les souvenirs de l'oncle Pigonnet l'humiliaient et la remplissaient d'une sourde colère ;

elle en voulait à cette mémoire, qui ne lui rappelait plus que son mariage avec un simple commis, que l'association hybride de deux capitaux.

Elle n'avait donc joué qu'un rôle d'Iphygénie,
sacrifiée à la perpétuelle prospérité de la maison
Pigonnet, dans la personne d'un jeune parvenu,
dont on s'était exagéré les qualités domestiques
et commerciales.

Mathilde pensa donc qu'elle avait assez fait
pour son mari en lui aliénant sa liberté, et
qu'elle n'était plus tenue de lui continuer le don
volontaire de ses fidélités, en lui sacrifiant encore
ses perspectives d'affection extra-conjugale.

Sans doute, la maternité lui imposait certains
devoirs de convenance auxquels elle ne pouvait
manquer sans déshonorer le nom de ses enfants.
Mais elle ne voulait pas devenir une femme galante, affichée; il lui suffisait, pour être heureuse, d'avoir désormais ce que les euphémismes
des salons appellent un *ami*, un compagnon,
dont elle ferait ses délices dans le secret et les
chastetés relatives de l'intimité.

C'est ainsi qu'au fond de son cœur elle remplissait de roses son paradis solitaire et fécondait les champs encore incultes, mais profondément sillonnés, de son triste héritage. Liauzan
pouvait-il être cet ami délicat et muet dont elle
avait besoin pour commencer, sans scandale, les
prémices d'une vie nouvelle?

Non : ce bruyant vainqueur ne convenait pas au joug des plaisirs tranquilles, des joies uniformes. Il lui fallait sans cesse l'éclat des fêtes, les assauts résonnants de l'esprit, les conquêtes hautement avouées, les changements soudains, suivis d'outrageux délaissements.

Par nature, cet homme dédaignait de s'arrêter longtemps aux fleurs discrètes, aux humbles splendeurs des reines du vallon. Si, par hasard, il consentait à les cueillir après les avoir foulées, il les porterait audacieusement à sa boutonnière et ne les montrerait dans le monde que pour les y faire insulter.

Malheureusement elle avait été séduite, subjuguée par ses grands airs de noblesse, ses beaux jurements de gentilhomme, ses audaces et ses insolences d'aristocratique prétendant; il lui avait menti avec un si charmant cynisme et l'avait même dédaignée, insultée avec tant de franchise et de passion, qu'elle l'aimait avec dépit et s'attachait déjà moralement à lui, comme au premier artisan de sa délivrance.

Elle ne le choisissait pas : il s'imposait; elle n'offrait ou ne défendait rien, car il avait tout pris et tout conquis. Désormais sans force pour lui résister, elle serait également sans énergie pour réparer une première défaite.

Il passerait sans doute comme l'ouragan pour aller renverser, coucher d'autres pervenches,

mais elle se résignait d'avance à ce destin. Puisqu'au fond le marquis n'était que l'accident nécessaire de ses romanesques débuts, elle ne l'inscrirait même pas sur la liste de ses bonheurs
où, plus tard, elle retrouverait à peine la trace
de ce lointain souvenir.

En attendant, elle allait apprendre à son école
l'art de discerner les hommes et surtout de s'en
défier. Elle verrait par celui-ci ce qu'il est humainement possible d'espérer des autres.

Déchirée d'avance par les regrets d'une séparation qu'elle savait inévitable, elle irait en
quelques jours jusqu'au fond des ardentes voluptés et des robustes inconstances de ce jouisseur, qui ne gardait pas plus longtemps une
vierge qu'une courtisane, et devait revenir même
plus souvent et plus vite à la fille qu'à la femme.
Elle épuiserait au moins sa violente fantaisie de
nouveauté et s'abandonnerait à ses léonines caresses avec la fiévreuse insouciance d'une bohême
volontaire.

— Savez-vous que vous êtes ce que nous appelons un beau joueur, fit tout à coup le marquis,
lorsque la petite table volante du dîner eut été
enlevée.

— Vous trouvez?

— C'est-à-dire qu'il est impossible de rencontrer une femme d'un tempérament plus impé

tueux dans la conduite d'une bataille contre le
destin.

— Plaignez-moi plutôt; j'étais folle!

— Non, votre intelligence, au contraire, paraissait illuminée. Vous ressembliez à un général
en chef regardant de loin, avec un sang-froid
hautain, les mouvements de ses troupes, et calme,
malgré le carnage successif de ses bataillons,
envoyant de nouveaux régiments avec l'espoir
sublime d'arracher enfin la victoire.

— Marquis, vous faites des phrases; or, la rhé-
torique n'était pas dans vos habitudes; je me
demande quelle bataille vous livrez vous-même
en ce moment?

— Bataille d'amour, Mathilde, répondit Liauzan,
les yeux enflammés, la voix tremblante et tor-
tillant sa moustache avec frénésie.

On eût dit que, lassé d'attendre et d'espérer,
cet homme allait devenir ravisseur ou assassin.
Placée sous les efforts de cette fascination éro-
tique, Mathilde résistait avec une vaillance lan-
guissante, car les excitations de l'après-midi et
les perfides condiments du menu avaient soufflé
dans ses veines des poisons de volupté qui boule-
versaient ses pudeurs. Mais un faible instinct la
retenait encore au-dessus de cet abîme, et, confiante en son destin plus qu'en sa force, elle résista encore, comme le noyé qui se débat, en fer-

mant les yeux, contre les premières ondes dont les profondeurs vont l'engloutir.

— Vous êtes invraisemblable, dit-elle; vous revenez toujours à vos moutons.

— C'est à nos amours que vous devriez dire.

— Un amoureux, vous?

— Je le jure sur la calvitie du baron.

— Un libertin, un affamé de plaisirs nouveaux, voilà vos amours.

— Je ne le nie point. Mais j'imite les oiseaux et les autres animaux de la création. Je me rapproche de la nature. Les sensations civilisées sont des hypocrisies, et leurs manifestations des mensonges raffinés. Dieu fit l'homme mâle et femelle. Je n'ai pas voulu dénaturer son œuvre, et avant tout, je suis resté mâle.

— Je vous comprends : vous ne voyez ainsi dans la femme que la femelle?

— L'éléphant, qui est le plus chaste de tout le bétail créé, ne tient pas cependant de longs discours à sa belle et lui impose tous les quatre ans le glorieux fardeau de la maternité. D'ailleurs, avant qu'il nous prescrivît de nous aimer les uns les autres, l'Être suprême nous avait ordonné plus formellement encore de croître et de multiplier.

— Alors, d'après votre système, il nous faudrait marcher à quatre pattes pour nous mieux rapprocher de la grandeur et de la vérité de nos origines.

— Que sais-je?... Je n'en suis pas absolument certain, surtout quand je vois des foules qui ne semblent avoir un visage que pour l'incliner vers la boue.

— Vous ne seriez donc qu'un sauvage élégant?

— Oui, avec des mœurs policées qui me gênent. Les navigateurs parlent d'une île de la Polynésie où les naturels sont demeurés... si nature, qu'au besoin ils rendraient des points aux bêtes qui leur servent de nourriture. A ne rien céler, je voudrais être roi de ce petit pays fortuné.

— Quelles extravagances!

— Si jamais nous faisons naufrage ensemble et que le flot généreux nous vomisse sur cette côte, soyez assurée que nous y coulerons d'heureux jours. Je m'emparerai du souverain pouvoir; puis, fortifiant la tradition et l'usage, loin de les modifier, je réunirai en ma personne les tempéraments si réussis de Sardanapale et de Salomon. Que diable! notre siècle et notre monde sont égoïstes et ne préparent point assez l'avenir. Trop de *malthusiens*.

— De quelle matière avez-vous donc été formé, monsieur, pour que d'aussi abominables idées puissent germer dans votre cerveau?

— Avec quelle indignation vous dites cela, chère madame! Vous n'avez pas mis plus d'ardeur à perdre en quelques tours de roue trente mille francs de votre patrimoine.

— Je me consolerais bien vite, monsieur, de
cette part sacrifiée au feu, répartit tristement
Mathilde, si l'incendie que vous avez allumé
pouvait être à cette condition étouffé !

— Eh ! appelez le pompier.

— Qui ça ?

— L'honnête et tranquille Limet.

— Ah ! marquis, je n'ai pas souffert de lui en
quatre ans la moitié de ce que vous me faites en-
durer depuis huit jours.

— Est-ce ma faute si, contre tout courage et
tout bon sens, vous avez résisté à mes instantes
prières comme à vos propres sympathies? J'étais
prêt, comme je le suis encore, à vous conduire
au temple secret où des prêtresses légitiment
les plus étranges liens. Vous avez hésité, voulant savourer le remords avant la chute, et à
présent vous vous plaignez d'un complice, qui
n'a recueilli de ce crime idéal que les amertumes
d'une longue attente.

— Vous exigiez de moi sans doute les complai-
sances soudaines de la femme de rue, les oublis
professionnels de la vivandière. Une bourgeoise
ne doit pas se consulter avant de succomber à
un gentilhomme. Du moment qu'il déroge, il
devient un Jupiter visitant une mortelle.

— Ma chère amie, je vous l'ai déjà dit : La
vie est courte et ne comporte pas ces bagatelles
qui retiennent et rendent inutilement impatients.

Il vaut mieux supprimer les préambules. Encore une fois, je hais la diplomatie et ne m'intéresse guère aux diplomates que pour les plaindre. La guerre ou la paix, sans déclarations d'aucune sorte. La sottise seule a besoin de discours; les gens qui savent ce qu'ils veulent, meurent ou triomphent avant même que leurs entours aient connu leur résolution. C'est ainsi qu'en moins de dix années j'ai pu explorer les cœurs et les attraits d'une légion d'étrangères.

— Je ne serais donc qu'une nouvelle recrue, monsieur le colonel? interrogea Mathilde indignée.

— Vous êtes trop clairvoyante pour ne pas être sceptique, répondit le marquis. Et quand cela serait, ne vous resterait-il pas ensuite, comme à moi, la ressource d'un autre amant?

— Monsieur, les femmes comme Mme Limet n'ont pas dans leur vie deux sigisbés.

— C'est vrai; elles en ont vingt.

— Pardon, vous parlez peut-être pour la baronne, qui me semble, en effet, avoir connu pas mal de sujets, et aspire à prendre ses invalides après son vingtième et dernier.

— Certes, je ne réponds pas de la vertu de Mme de Hunker, elle est ce qu'elle veut, car son mari ne compte qu'à table et ne figure à la dépense que pour n'y pas contribuer. S'il y met tant de discrétion, c'est par délicatesse et sentiment de haute dignité, voulant laisser à sa femme l'occasion de réparer pécuniairement le tort qu'elle lui fait conjugalement. Hunker est philosophe.

— Je vous assure que M. Limet goûterait peu cette philosophie.

— Il y a aussi beaucoup d'hommes qui sont philosophes sans le savoir.

— Oh ! le mien s'en apercevrait bientôt.

— Bah ! avec des précautions ; en lui donnant, par exemple, un os à ronger ?

— Lequel !

— Celui d'une maîtresse maigre, ou même corpulente, selon ses aspirations routinières. Je crois, à ce propos, que la baronne ne le trouverait pas longtemps inflexible.

— C'est également mon avis ; mais on les surveille. Ma récente amie, Mme Marcuard...

— Qui ça, Héléna ? interrompit étourdiment le marquis.

— Tiens, fit Mme Limet avec surprise, vous connaissez donc la Marcuard dans l'intimité?

— Je ne l'avais jamais tant vue, je vous le jure. C'est son gâteux d'époux, qui a déjà pleuré deux fois dans mon gilet sur les écarts de sa moitié. Et, franchement, il est naturel qu'à son âge on ne soit plus sans inquiétude sur le compte d'une créature qui, entre nous, me paraît fort secourable. J'avoue même que, si j'étais encore libre, je solliciterais ses fers, et que, si par ha-

sard vous brisiez ceux qui m'attachent à vous,
j'irais les déposer à ses pieds.

— Déjà traître! murmura Mme Limet, mordue
par le vipereau des naissantes jalousies.

— Savez-vous, ma chère, qu'elle a déjà fait
son choix dans notre petit monde d'amis ?

— Comment! parmi nous ?

— Certes, et je vous le donne en mille.

— Parbleu! c'est sans doute au marquis de
Liauzan qu'elle a jeté le mouchoir, répondit-elle
naïvement.

— Vous en êtes à soixante-quatorze mille
lieues.

— Serait-ce M. Limet ?

— Encore moins, s'il est possible, bien que
votre prince époux n'ait pas l'air désagréable.

— Pauvre Marcuard! s'écria tout à coup Mathilde, avec une comédie d'étonnement très bien
jouée, il a, cette fois, un baron pour rival.

— C'est-à-dire qu'ils s'aiment stupidement et
qu'ils ont même marché beaucoup plus vite que
nous. Ce fat de baron en est absolument toqué;
dans son enthousiasme, il donnerait sa femme
pour rien, et ajouterait même quelque chose.

— Oh! le vieux débauché! fit Mme Limet
avec une nuance de dégoût. Pourvu qu'à présent
la baronne ne s'empare pas de mon Joseph... Eh
bien! ajouta-t-elle, en guise de conclusion, si le
monde en général ne vaut pas mieux que celui-

ci, on peut affirmer sans crainte que notre société est entièrement pervertie.

— Pourquoi ? Parce qu'on s'y amuse ?.....
Mais amusez-vous donc à votre tour.

— Oui, vous avez raison, s'écria cette fois Mathilde avec exaltation, je veux m'amuser, m'étourdir, vous surpasser par des excentricités inconnues.

Le marquis considéra cette pauvre femme qu'il
avait réduite à ce triste état, et son âme de bronze,
un instant amollie, compatit aux hystériques
effarements de la malheureuse. Il l'aima avec
ces chastes recueillements, qui sont les indices
des grandes affections. Il n'avait pas encore rencontré créature si belle, d'expression si enthousiaste ni si pure, au plus fort de la crise des sens.
Il la plaignait et la considérait avec respect. Pour
la première fois il eut comme un regret d'avoir
sorti des vertueuses ornières cet honnête véhicule
de maraîcher, habitué jusque-là à porter, sans
se plaindre, la charge des déceptions comme des
espérances domestiques.

Il était vraiment embarrassé pour répondre à
cette impétueuse invite d'une intelligence pres-
sée de déchoir, après avoir longtemps résisté.
Redoutant les suites d'une séduction qui lui avait
d'abord paru sans conséquence, il s'imagina
qu'une telle maîtresse lui serait fatale et venge-
rait sur lui toutes celles qui l'avaient précédée
dans la perdition.

Pour un viveur endurci, ce remords était assurément bizarre.

Le Parisien du boulevard est un homme sans
fibres accusées, se nourrissant au physique aussi
bien qu'au moral de choses sophistiquées, insa-
pides, qui allanguissent les facultés. A trente
ans, le fin soupeur de chez Bignon a déjà perdu
en général la vivacité des conceptions nobles,
et son cœur a revêtu la triple cuirasse des égoïstes
indifférences.

M. de Liauzan était de Tortoni et non d'ailleurs.
Il venait d'atteindre l'âge de ce dégoût physiolo-
gique qui ne pardonne pas et affaisse l'esprit
sans l'étouffer. Il prenait de vicieuses velléités
pour les sourds grondements des appétits vierges
et, fuyant les premiers symptômes de la satiété,
il se réfugiait avec terreur dans le libertinage à
outrance. Cet estomac rompu aspirait à la faim du
pauvre et se troublait à la pensée que bientôt la
source même du plaisir serait tarie.

Aussi, éprouvait-il une joie superbe et mal-
saine, en constatant qu'une femme jeune encore
avait fait épanouir quelques fleurs de mal là où
ne poussaient même plus des ronces. Il lui sentait un gré infini de cette floraison inespérée, et,
pour la récompenser de la surprise, il avait juré
de la perdre en lui ouvrant un crédit d'au moins
trois semaines d'amour.

Mathilde ne comprenait rien à cette organisation placée si en dehors de la sienne. Elle en admirait les puissants artifices, mais, trop inférieure pour en décomposer le singulier mécanisme, elle entrevoyait à peine une brute dans celui qui n'était plus qu'un monstre.

Gagnée, réduite, affolée par les réparties de cet homme, qui scintillaient comme des coups d'épée, elle se disait qu'il était d'essence supérieure, et que si elle le comprenait peu, c'est qu'il n'était compréhensible sans doute que pour les esprits élevés.

De part et d'autre le choc devenait donc inévitable, et, malgré la radicale divergence de leurs raison d'aimer, ils ne pouvaient que s'enlacer dans la prodigieuse folie d'une fièvre également partagée.

Pour le quart d'heure, Liauzan était stupéfait, car le succès de ses philtres violents passait son espérance ; avide jusqu'à l'anxiété, il fut comme importuné de son bonheur, tant il en conçut d'enivrement.

Elle venait de pousser un cri de détresse amoureuse, en faisant éclater en elle une autre femme : la courtisane ! Il n'avait plus qu'à dépouiller lui-même cette chrysalide pour surprendre à sa naissance le premier regard, le premier mouvement, l'éclosion de la prostituée qui se donne d'abord et ne se livrera que plus tard. Quel charme pour un libertin de voir le point précis, mystérieux, tragique où l'honnête femme finit et où la fille commence !

— En d'autres termes, répondit Liauzan, vous voilà déjà dans le tourbillon des cascadeuses, des petites femmes qui font la noce et vont s'éteindre ensuite sur un grabat de la Salpétrière ?

— Est-ce que cela vous déplairait ? interrogea Mathilde avec un air de défi.

— Pour le quart d'heure, oui. J'abhorre les soupeuses, les créatures de carnaval que l'on rencontre à la porte des restaurants de nuit. Je consens à vous y conduire, mais seulement le jour où je souhaiterai vous égarer dans la foule, au second quartier de la lune rousse.

— Pour vous défaire de moi ?

— Vous l'avez dit.

— Et c'est là, sans doute, ce que vous appelez lancer une femme ?

— Lancer n'est pas exact : c'est *lâcher* qu'il faut dire.

— Vous avez de jolis principes.

— Pourquoi nous obligez-vous à les appliquer ?

— Pourquoi nous entraînez-vous dans des voies de perdition ?

— Pourquoi nous y suivez-vous si complaisamment ?

— Parce que nous sommes sincères et crédules. Nous apprenons, toujours trop tard, que l'homme

qui parle est un homme qui ment, que le séducteur qui soupire et promet est un mauvais cabo-
tin qui récite des tirades de comédie.

— Pauvre Mathilde, je vous plains!...

—Votre compassion est tardive, et mêlée d'ailleurs de beaucoup trop d'ironie pour qu'elle soit
vraie.

— C'est, au contraire, tout ce qu'il y a de plus
franc. Je vous demandais votre cœur, et voici
qu'après me l'avoir refusé, vous le jetez par-dessus
les moulins, à peine enveloppé dans un bonnet
de Suzon. Je me complaisais à trouver en vous
une maîtresse rougissante, au lieu de la viveuse
impatiente que j'entrevois. Vous êtes une de ces
ardentes recrues qui, pour leurs débuts, doublent
la seconde étape après avoir brûlé la première.
Tout, même l'infamie, a un commencement.
Arrêtez-vous donc une minute au prologue. Le
plaisir n'est pas dans les orgies que vous rêvez :
il est dans les étreintes d'un homme qui, après
avoir abusé des sens, a néanmoins gardé assez de
jeunesse pour goûter les charmes novices. Je vous
assure, Mathilde, qu'il y a plus d'amour que de
luxure dans les désirs que vous m'inspirez.

— C'est, en effet, toujours ainsi que cela commence, fit observer Mᵐᵉ Limet.

— Et que cela pourrait durer, si vous le vou-
liez, ma chère, répondit le marquis.

— Comment cela, je vous prie ?

12

— C'est bien simple : renaissez chaque jour, pendant dix ans.

— C'est-à-dire, soyez une immortelle, ayez *tous* les dons de Protée, conservez à la volupté ses premiers aiguillons et faites qu'un inconstant ne se rassasie plus des mêmes jouissances dont il est déjà repu.

— Ce n'est pas aussi difficile : aimez le marquis de Liauzan comme il vous aime.

— De la sorte, en effet, je serais moins déçue.

— Je vous jure, Mathilde, répliqua le marquis en lui prenant les mains, qu'avec vous je serai sans caprice et que vous aurez les plus longues fidélités dont je suis capable.

— Des serments d'une semaine ?

— Mieux que cela !

— Bah! vous vous moquerez de moi avec vos amis. Vous leur direz avec fatuité : « Mon avant-dernière, celle de Nice, s'appelait Mathilde. Elle n'était pas mal, dit-on, pour une bourgeoise. Qu'est-elle devenue ? Connaîtriez-vous, par hasard, son nouvel amant ? » Voilà ce que vous faites des maîtresses que vous n'avez plus.

— Quelle clairvoyance!... La femme inexpérimentée est encore supérieure à l'homme le plus roué.

— Vous voyez que j'ai rencontré juste ; vous en convenez malgré vous. Et dire que je n'ai pas le courage de renoncer à vous, de vous oublier, de rompre avec vos prestiges, de vous mépriser ou de vous haïr !...

— Sans compter que je partage absolument votre lâcheté. Mais j'y ai moins de mérite, parce que je vous aime sans arrière-pensée.

— Ah ! vous avez l'art d'ajouter encore à mes naturelles crédulités. Malgré mes défiances, quand vous affirmez, je crois.

— Bon, voilà que vous tombez dans l'élégie. Il ne vous suffit plus d'être mon idole, il faut que vous deveniez encore mon revenant! Mais, ma chère, l'amour n'est pas une déchéance, et vous avez tort de pleurer ainsi sur les ruines de je ne sais quel déshonneur.

— Gustave, je voudrais être votre femme.

— C'est qu'alors Mlle Pigonnet serait marquise de Liauzan et continuerait la généalogie de huit siècles de noblesse prouvée.

— Vous me supposez donc des visées aussi malsaines ?

— Diable, un tel rêve n'a rien de malsain. Il est regrettable que votre oncle n'y ait pas songé.

— Hélas ! il a craint d'envisager plus loin que Limet! Je suis bien malheureuse, allez.

— Parce que vous ajoutez aux contrats une importance qu'ils n'ont plus. Le mariage n'est qu'un pavillon protecteur. Le monde épie jusqu'à un regard de jeune fille, tandis qu'il écoute à peine un soupir de femme et compâtit à ses chagrins, en lui suggérant au besoin le moyen de les consoler... Vous avez un jeu rempli d'atouts.

— Il est vrai que vous y comptez un roi, mais j'y vois à côté un valet, dont je suis la femme, et dont le regard attristé me fend le cœur.

— Franchement, vous n'êtes pas comme nos marquises.

— Cela provient sans doute de ce que la femme bourgeoise n'est ni assez peuple, ni assez noblesse pour se montrer cynique impunément.

— L'hypocrisie serait alors le devoir essentiel de votre condition. Cela me rappelle, en effet, que Tartufe n'était pas gentilhomme.

— S'il ne l'était pas, répondit Mathilde avec colère, soyez persuadé qu'il le sera devenu. Aujourd'hui, il est impertinent comme certains grands seigneurs de ma connaissance.

— En tout cas, vous lui rendrez cette justice, objecta de Liauzan, qu'il ne s'agenouille plus aux pieds des femmes, et leur dit encore moins comme l'ancien : « Cachez-moi ce sein-là que je ne saurais voir. »

— Que justice lui soit rendue, car il demande justement le contraire.

— Vous conviendrez également que ses serments ne sont pas plus éternels que ceux des souverains.

— D'accord. Et c'est pourquoi les marquises me semblent inexcusables de se livrer à des promesses si incertaines, et une telle légèreté ne prouve que leur dépravation.

— Pourtant, les faveurs d'une fille des croisés valent, je pense, les furtives privautés d'une descendante de M. Prudhomme.

— Elles valent même davantage. Aussi, je m'étonne que vous ne les préfériez point.

— Parce que vous avez, Mathilde, un charme supérieur, un attrait hors classe. Il ne serait pas généreux, à vous, de vous en trop accroire.

— Non, Gustave, c'est vous seul, ce sont vos propos calculés qui me rendent tour à tour arrogante et méchante. Vous voilà devenu le mobile de mes impressions et de mes sentiments les plus divers. Par quelles voies de mystérieuse infamie voulez-vous donc me conduire?

— Ce sont les bizarreries de nos caractères qui ont imprimé à notre relation ces heurts soudains, chaque fois suivis de regrets spontanés. Nous sommes deux contradictions sympathiques indispensables l'une à l'autre. Seulement vous me faites languir; vous m'exaspérez avec vos raisons et vos déraisons; en affection surtout je n'aime pas le temps perdu, et vous me devez compte déjà de toutes les minutes dépensées à vous attendre... Je veux, continua-t-il d'une voix plus forte, et en se penchant avec audace sur son

12.

visage, je veux, Mathilde, que tu sois bien péné-
trée de ceci, qu'à partir du moment où je parle,
tu n'es plus Mme Limet. Tu vois bien, d'ailleurs, qu'il te délaisse à présent, et pourquoi?
Pour les yeux chassieux de la baronne et les
prestidigitations malhonnêtes du major, à la
bouillotte ou au baccarat! Conçoit-on cela? Un
enfant perdu, un bâtard de la famille industrielle, légitimé par un mariage et abandonnant
ensuite sa femme à la merci du premier venu ?...

— Ne soyez pas sévère, Gustave, je vous en
supplie, répondit Mathilde effrayée, en remarquant que trois heures du matin venaient de
sonner à la pendule du boudoir, et qu'en effet
son mari n'était pas encore rentré.

Où était-il donc et que faisait-il?

On se rappelle qu'il devait dîner chez les Hunker, en compagnie du commodore Jackson, de
quelques Anglais et de plusieurs Russes de
marque. Ce prétendu commodore, aussi bien que
les autres étrangers de distinction, n'étaient que
de simples compères, des grecs émérites, répon-
dant à l'appel du baron, chaque fois que celui-ci
avait amorcé une riche capture. Ils imitaient
d'ailleurs à la perfection l'accent anglo ou russo-
français, et un Parisien plus exercé que Limet se
serait laissé prendre à cette contrefaçon exotique.

On l'avait placé à table à côté du commodore,
attention qui le flattait beaucoup, car il n'avait

jamais vu d'aussi près un officier général de l'une des premières marines du monde. Au reste, ce diable de commodore avait un esprit d'enfer, menait la conversation avec un entrain militaire et marquait beaucoup de sympathie pour Limet. Au dessert, il lui avait déjà persuadé qu'il était assez puissant pour lui faire obtenir de la Maison-Blanche la fourniture exclusive de tous les mobiliers administratifs de l'Union.

Et Joseph n'osant offrir une commission à un si grand personnage, confus et gêné, mais palpitant de la joie cupide du négociant, s'y était pris de toutes les façons les plus délicates pour lui faire accepter quelques-uns des chefs-d'œuvre de ses magasins, primés aux expositions.

Enfin, M. le commodore daignait s'entretenir familièrement avec l'industriel parisien, et celui-ci ne se sentait plus de vanité.

Au surplus, au moment du café, pour achever de l'étourdir, Mme de Hunker prit Joseph à part et mystérieusement lui dit :

— Vous ignorez peut-être que cet homme dont vous avez fait si heureusement la conquête est le premier dignitaire des Etats-Unis, après M. Grant. A la prochaine élection, il sera élu président, c'est certain. Pendant la guerre de sécession, il a détruit, à lui tout seul, la flotte du Sud et fait trembler les grands monitors d'An-

gleterre, qui n'approchaient plus qu'en tremblant des eaux américaines...

— Ah! il est si distingué que cela? interrompit
niaisement M. Limet.

— Oui, et les deux jeunes Américains assis à
droite et à gauche du baron sont ses aides de
camp : des fils de famille qui lui ont été confiés,
afin d'avoir le droit de dire plus tard qu'ils ont
navigué sous les ordres et sous les yeux mêmes
du célèbre Jackson.

— Vous avez donc voyagé en Amérique? demanda le marchand de meubles.

— Point, mais M. de Hunker est son allié,
l'amiral ayant récemment épousé une de ses cou-
sines.

— Sapristi, c'est qu'alors vous êtes tout à fait
bien ensemble. Quelle chance d'avoir des parents
si huppés! J'espère que vous me recommanderez
chaudement. Il m'a promis une grosse fourniture, mais il pourrait avoir besoin qu'on lui ra-
fraîchît la mémoire. Veuillez croire que je ne
serai pas ingrat.

— Vous savez que nous sommes entièrement à
votre disposition... A propos : obligez-moi donc
de cent louis pour deux jours. Mon courrier de
Vienne est en retard et je serais désolée de ne
pas reparaître demain au Kursaal. Or, je n'ose
demander cette somme au baron.

Joseph fit une grimace, mais, par stupidité

d'amour-propre, il n'osa point refuser les cent louis. D'ailleurs, on l'appela presque aussitôt pour tenir le jeu du commodore.

La baronne prit alors, sans plus de façon, le bras de l'honnête Marcuard, qui errait un peu comme une âme en peine, et, l'entraînant dans une pièce voisine, elle lui dit tout à coup, avec l'impétuosité de la femme vaporeuse et ennuyée :

— Je vous en prie, monsieur, dévouez-vous : ces hommes sont insipides avec leurs cartes et leurs jetons. J'ai besoin de respirer les humides brises de la nuit. Suivez-moi, conduisez-moi, allons, sortons ; prenons n'importe quel sentier dans le voisinage de la mer.

Le bonhomme qui ruminait, en pleurant des larmes intérieures, les inexplicables et cruels délaissements d'Héléna, fut abasourdi par cette rapide et énergique provocation. L'œil lubrique de la baronne étincelait de passion, et produisait sur la peau du malheureux l'effet d'une carde sur la croûte rebelle d'une laine matelassée. Oné- sime ne croyait encore qu'à Héléna, et soudain, dans son ciel ténébreux, une autre vierge, il est vrai couleur lie de vin, lui apparaissait souriante et provoquante.

Cette fortune inespérée lui donna un vertige de volupté, une audace entreprenante et jeune qui rallumèrent ses pauvres flambeaux, et lui firent trouver un irrésistible attrait aux charmes d'une femme qu'il avait à peine remarquée jusqu'alors.

Il appela donc à la rescousse les vieux restes d'illusion qu'il gardait encore pour l'amoureux service de l'hôtelière, et s'enhardissant tout à coup, il répondit à l'Autrichienne :

— Mais oui, parfaitement, sortons. Moi aussi, j'étrangle. Allons dans la nature, et dans une petite voiture fermée, aspirer les poésies de tous ces rivages qui, en votre compagnie, me paraîtront charmants.

— C'est que vous êtes poétique, monsieur Marcuard, répliqua Mme Hunker, moitié riant, moitié sévère.

— Vous savez, dans la partie des bronzes, nous voyons beaucoup d'artistes, et ces gens-là vous débitent un tas de phrases étranges, que l'on finit par s'approprier malgré soi.

Ils arrivèrent sur la place Masséna, à l'entrée de laquelle un vieux carrosse leur ouvrit vénérablement ses portières et les charria entement à travers les chemins déserts de la banlieue niçoise.

Le fabricant de bronzes était fort embarrassé pour donner à ses discours ce ton enjoué, discrètement libertin, qui est le prélude ordinaire des entreprises galantes.

Au surplus, la baronne, pudiquement tapie au fond de la voiture, se gardait d'exciter sa verve

de vieux pierrot de la soixantaine. Mais, comme
elle n'était pas précisément une sylphide, ses
opulences occupaient dans le coche une place
plus que raisonnable, et, à la faveur d'une demi-
obscurité, ces deux bolides d'inégale envergure
devaient fatalement se rencontrer.

C'est ce qui arriva : bientôt le hasard voulut
que, grâce à un soubresaut du véhicule, la
main du négociant se rencontra dans la main de
l'aristocratique viennoise. A ce contact, l'homme
gémit et la femme frémit. Onésime chassa la vision d'Héléna et se penchant comme malgré lui
à l'oreille de la baronne, il lui dit en tremblant :

— Madame, excusez du peu, mais j'ai l'honneur d'être amoureux fou de votre personne.

La baronne tressaillit au contact de cette bouche sénile, dont l'haleine, déjà miasmatique, ne
pouvait exciter que les ivresses du dégoût. Et
puis, quelle outrageuse vulgarité! Les caresses
d'un gorille eussent été moins répugnantes.

Elle se fit violence, néanmoins; sa mission de
flibustière l'obligeait à comprimer ses répulsions,
car il s'agissait non d'ébaucher un roman, mais
d'ajouter quelques milliers de florins à l'actif de
la société Hunker et C⁶.

— Vous êtes inconvenant, monsieur, répondit-elle, sans dégager, toutefois, sa main des
moites étreintes du négociant. Je me croyais
avec vous en toute sûreté, ne soupçonnant guère

qu'il vous restât encore le moindre charbon. A
qui donc se fier, puisque les cheveux blancs ne
sont eux-mêmes qu'un piége tendu à la confiante innocence ?

— Que voulez-vous, madame, ne sommes-
nous pas à Nice ? Vous n'êtes plus une jeune
fille, et j'avoue que depuis un an je porte un
râtelier de la maison Philippe Deschaux. Mais
je suis jeune quand même, et j'ose prétendre que
bien des amants de la quarantaine ont déjà dis-
persé les trésors dont j'ai au moins conservé le
fonds.

— Oh ! je ne prétends pas, monsieur Marcuard, que vous soyez pour une femme libre un
galant à dédaigner. Pain rassis n'est pas pain
moisi. Seulement, vous oubliez que vous parlez
à la baronne de Hunker, soumise au joug d'un
mari, dont elle n'a pas trop à se plaindre.

— Je ne vous proposais, du reste, qu'un agréable passe-temps. Moi, aussi je suis le serviteur
d'une estimable personne, dont je n'ai pas précisément à me louer, bien qu'elle soit irréprochable
du côté des mœurs.

— Peut-être sa beauté a facilité sa vertu ?

— C'est vrai : elle est acariâtre et laide. Mais
excellent comptable, tenant les écritures comme
personne, et sans pareille comme ménagère.

— Oui, intérieur commercial, existence bornée
d'un côté, par le coffre-fort, et, de l'autre, par

le grand-livre. Voilà un passé qui ne rappelle pas des souvenirs d'une gaieté folle.

— C'est exact et net comme une facture. Aussi, n'ayant jamais été jeune, je ne sais plus consentir à devenir vieux. Je vous jure, madame, que j'ai au plus quarante-cinq ans et un cœur disposé aux plus luxueuses reconnaissances.

— Ceci constitue une tentative d'excitation à la débauche. Si je consentais à vous aimer, monsieur Marcuard, ce serait avec le pur désintéressement qui distingue les Allemandes.

— Vous ne pourriez m'empêcher, cependant, de vous témoigner ma gratitude par ces charmantes surprises que l'amour excelle à suggérer.

— A propos : cette dame qui vous accompagne n'est donc pas votre femme ? M. Limet nous l'avait pourtant présentée sous le nom de Mme Marcuard.

— Ce brave ami s'est trompé. Il voulait dire ma nièce. Elle est veuve depuis six mois, et ma femme a bien voulu me permettre de distraire son chagrin.

— Je crois qu'en effet le marquis s'occupe à la divertir et qu'il y réussit assez. De telles nièces me semblent suspectes et ressemblent plutôt à ces maîtresses décentes qui opèrent fort habilement dans les milieux les moins interlopes.

— La pauvre fille est bien innocente, je vous assure. Qu'elle ait, comme tout le monde, ses

13

petites passions, je n'en serais pas surpris ; mais on sait les contenir.

— Bref, vous affirmez qu'elle n'est point votre maîtresse ?

— Juste Dieu, baronne, nous n'avons pas dans la partie des bronzes des penchants aussi raffinés. Possible qu'elle ait un amant ; mais je ne suis que son oncle, je le jure.

— Je suis rassurée, car je crois à votre parole, cher monsieur Marcuard.

— Ah ! je vous rassure, chère madame, interrompit Marcuard. C'est donc que...

— Cela ne signifie rien du tout, reprit la baronne, sinon que vous n'êtes pas aussi pervers que je l'aurais supposé.

— Vous avez pourtant beaucoup insisté pour savoir si Héléna était ma maîtresse ?

— Vous saurez, monsieur, que je ne reçois dans mon salon que des gens comme il faut, et qu'avant de vous en interdire le seuil, je devais savoir si la prétendue Mme Marcuard n'était pas une de ces intrigantes dont les émules ne sont pas rares sur ce littoral.

— Quelle déception !.... Madame, vous me désespérez. Je donnerais tous les chefs-d'œuvre dont Barbedienne m'a vendu la propriété pour avoir de vous des aveux plus consolants.

Du fond de l'obscurité, la baronne dardait sur Onésime des yeux triomphants. En un tour de

main elle avait accompli son œuvre : le bronze
lui était déjà soumis.

Ce ridicule Siméon ne voulait plus mourir
avant d'avoir au moins entrevu les... paraboles
de cette beauté grisonnante. Il était prêt à tous
les sacrifices, disposé à toutes les extravagances,
pour obtenir la permission de tutoyer une baronne autrichienne et de déposer sur sa bouche
le secret de ses impressions.

— Vous ne répondez pas? demanda-t-il timidement, après un assez long silence.

Celle-ci s'obstina dans son mutisme, mais elle
se laissa serrer de plus près et tressaillit à peine
lorsque le vieux serpent, encouragé par son iner-
tie, se mit à ramper sournoisement autour de sa
taille et la baisa au visage.

Elle se borna à feindre une émotion qu'elle
n'éprouvait point, et la ponctua de gros soupirs
qui donnèrent au vieillard la certitude d'une pos-
session prochaine.

— Onésime, laissez-moi, murmura-t-elle à la
fin, comme allanguie et obsédée. Ceci est une
trahison et vous n'êtes pas le galant homme que
je croyais.

— Non, petit poulet de grain chéri. A côté de
vous je sens les vigueurs de l'aigle sur le sein
de Léda, ce beau sujet de pendule qui a fait une
partie de la fortune que je dépose à vos pieds.

— Vous êtes insupportable, mon cher, fit la

baronne en se redressant, après s'être dégagée de l'étreinte de M. Marcuard. Vous m'aimez, dites-vous, et vous n'avez pas seulement songé à vous nantir de la moindre parure pour me l'offrir à cette heure solennelle.

— Parlez, ô rhumatisme de mon âme, que souhaitez-vous ?

— Laissez-moi... vous êtes comme la plupart des hommes : avide des plaisirs qui ne coûtent rien ; disposé à tout promettre, mais résolu à ne rien tenir.

— Encore une fois, avouez votre caprice, votre convoitise du moment, et tu verras, ô mon ange, si je recule devant la dépense.

— Vous seriez si généreux ?

— Essayez-en.

— Il faudrait me résigner, monsieur, à une confession, et j'ai trop de dignité pour y consentir.

— Je vous aiderai, baronne, tout en vous écoutant d'une oreille indulgente.

— Eh bien, puisque vous m'y contraignez, sachez que le baron m'a rendue la plus malheureuse des femmes. L'aveu est, il est vrai, assez commun.

— Qu'importe, votre mari est un misérable. Je sais que ma femme en dit autant de votre serviteur ; mais j'ai l'excuse de son abominable caractère. Tandis que vous, baronne, vous êtes un ange... Enfin, M. de Hunker vous taquine?

— S'il n'y avait que cela! Il me prive du nécessaire, monsieur; oui, du nécessaire. Les trois
quarts de notre revenu sont engloutis au jeu et il
consacre le reste à vivre en sybarite. Plaignez-
moi, mon ami, car il m'abandonne au plus trois
mille francs pour ma toilette et mes bonnes
œuvres.

— Vous pratiquez donc la charité?

— Quoi de plus doux que de soulager ceux qui
souffrent!

— Cependant vous me repoussez?

— Ne marivaudez pas ainsi, le sujet est grave
et veut être traité sérieusement.

— Auriez-vous contracté, par hasard, des dettes
de charité?

— Justement, cher monsieur. J'ai, à Vienne,
une fondation de bienfaisance que je ne saurais
abandonner sans déshonneur; j'ai emprunté,
pour la soutenir, plusieurs centaines de mille
francs dont je n'acquitte même plus les intérêts.
J'ai un arriéré de plus de soixante mille francs
qu'il faut absolument éteindre et pour lequel je
n'ose solliciter mon cruel époux.

« Diable! pensa Marcuard, celle-ci ressemble
étrangement à ma défunte Héléna. Aù moins
elle est baronne et mérite quelques sacrifices de
plus. »

— Et vous seriez, pour si peu, en mortel souci?

s'écria-t-il avec une philosophie de Crésus.

— Vous en parlez à votre aise; mais, quand on est embarrassé, on a l'esprit moins dégagé. J'ai quatre annuités de dix mille francs chacune à acquitter sans délai, non compris une dizaine de mille francs en frais de renouvellement, de commissions et de pourboires. Vous le voyez, trois mille louis environ suffiraient à solder cet arriéré.

— C'est-à-dire soixante mille francs de notre monnaie, observa Marcuard rêveur. C'est un chiffre, cela, savez-vous.

— Oui, pour un homme vulgaire, un égoïste dédaigneux de racheter à ce prix modique l'honneur d'une femme... Il faut, monsieur, que vous ayez l'âme bien vénale pour oser supputer, en présence d'une personne de mon rang, ce que valent, en francs et en centimes, les trois mille louis d'une dette sacrée.

— Ne vous offensez pas, petit pigeon chéri, d'une réflexion qui n'était que le résultat d'un calcul de mes ressources. Il faudrait être Rothschild pour accepter sans examen une pareille créance. D'autant que Mᵐᵉ Marcuard détient le cher trésor de la communauté.

— Puisque vous êtes sous puissance de Némésis, pourquoi cherchez-vous ailleurs une amie dont il vous est impossible de soulager les maux? Quand on n'a point l'esprit de sacrifice ou qu'on est empêché de lui donner carrière, on devrait rester chez soi, car on s'expose à passer pour un pique-assiette de l'amour.

— Quelle salade aux œufs durs vous me servez là, madame, pleurnicha le pauvre Marcuard, humilié de son inconvenance de boutiquier. Vous vous trompez si vous croyez que pour vous je ne saurais pas dompter une épouse rebelle. Vous aurez donc, et pas plus tard qu'après-demain, vos trois mille louis... Etes-vous contente, à présent, chère minette sacrée ?

— Mon ami, répondit gravement l'Autrichienne, je retire mes sévérités et vous demande pardon. Je n'accepte d'ailleurs votre avance qu'à titre de prêt. Je vous remettrai une cédule qui vous conférera un droit privilégié sur mon hôtel de Vienne, situé au plus bel endroit du *Prater*. Seulement, il faut que vous sachiez tout. Pour que mon salut soit complet, vous devriez ajouter encore mille louis. Le tout remboursable dans quatre ans, sans intérêt.

Connaissez-vous l'aiguille-espadon, avec laquelle nos cuisinières recousent les sot-l'y-laisse après les avoir bourrés d'olives ou d'aromates ? A cette nouvelle demande, l'infortuné Onésime ressentit au cœur comme la brutale piqûre de ce stylet vulgaire. Mais, craignant de perdre le bénéfice de sa première générosité, il s'empressa d'y joindre ce complément.

Au surplus, il ne s'agissait que d'un emprunt consenti à une grande dame dont la solvabilité paraissait évidente. Il n'y perdrait que l'intérêt de son argent, et ce n'était là qu'une perte vénielle royalement compensée par les faveurs d'une telle débitrice. A son âge, quatre ans d'amour avec la baronne, c'était l'équivalent des jouissances du paradis.

— A merveille! se hâta-t-il de répondre; ce sera vingt mille francs de plus que je déposerai aux genoux de la beauté.

— Cette fois, s'écria la baronne ravie, je veux vous baiser la première. Onésime, vous êtes, je le vois, un cœur d'or, et vous valez mieux que certains rapports qu'on nous avait faits sur votre compte.

— Des rapports sur moi! Et par qui donc?

— Je vous dois la vérité : Votre nièce vous avait assez maltraité, ne se gênant guère pour vous proclamer pleutre, avare, butor et le reste, tandis que vous méritez d'être l'enfant chéri des dames.

— Ah! elle a dit cela, ma nièce, observa sentencieusement le bronzier. Les plus proches sont toujours les plus injustes, parce qu'ils ont des cupidités qu'un oncle d'Amérique ne pourrait satisfaire.

— Au moins, gardez-vous de tout reproche, insinua la baronne avec compassion. Je ne me pardonnerais pas d'avoir semé la discorde.

— Peuh! Aujourd'hui son affection ne s'inquiète guère de moi. Croiriez-vous que, depuis dix jours que nous sommes à Nice, elle ne m'a pas rendu trois fois ses devoirs de parente ?

— Il est certain que, pour une veuve, elle me paraît avoir joliment oublié ses bouquets d'immortelles... Au fait, elle a rencontré le marquis.

— Vous croyez que M. de Liauzan ?...

— Puisque j'en ai la preuve.

— Eh bien, tant mieux, murmura le vieillard, après un violent effort sur lui-même. Tant mieux pour Limet. Héléna sauvera Mathilde.

— Détrompez-vous, mon cher : si le marquis avait eu du goût pour Mme Limet, la présence de l'autre ne l'eût point sauvée. Heureusement pour elle, il lui trouve des façons trop bourgeoises.

— Il est positif, répondit Marcuard avec un orgueil rétrospectif, que ma nièce a des airs beaucoup plus distingués...

— Je ne partage pas votre avis : elle a beau se dissimuler, la jeune veuve vous a un cachet demi-monde qui ne saurait tromper les gens d'expérience comme moi. Il est même à présumer que, longtemps avant son veuvage, elle se préparait philosophiquement à cette calamité. Elle n'a jamais compris cette fidélité d'hermine, que, nous autres Allemandes, nous pratiquons sans effort.

13.

— Est-ce que j'aurais eu ce bonheur? demanda Onésime, avec une anxiété tout écolière.

— En douteriez-vous, cher trésor? répondit la majoresse, en inclinant sa tête sur l'épaule du bonhomme.

— Quel bail d'amour me signeriez-vous, si je l'exigeais?

— Un bail à perpétuité, grand enfant!...Combien de fois pensez-vous donc qu'une femme puisse aimer en sa vie?

— Je ne l'ai jamais recherché : autant sans doute qu'elle rencontre de visages qui lui sourient.

— Nous ne sommes pas si hospitalières, monsieur, et je vous étonnerais bien, si je vous disais que la plupart d'entre nous meurent avant d'avoir éprouvé ce genre d'émotions.

— Je suis donc un privilégié?

— Homme ingrat et sceptique , vous l'avez dit.

— Et me garantissez-vous qu'au moins pendant quatre ans, je n'aurai pas de co-locataires?

— Ceci est une injure, mon prince, et si vous insistez, c'est le baron qui vous répondra.....

Pendant que M. Marcuard attachait aux tresses de la baronne de si riches papillottes, le gendre des Pigonnet luttait courageusement contre les destins ennemis de la reine de trèfle et de l'as de cœur. Le coup du Commandeur étant trop

universellement connu, on y avait substitué, ce
soir-là, le coup du commodore, afin de retourner impitoyablement les poches du crédule Joseph.

Celui-ci gagnait à peine une levée sur dix et
pourtant il était entouré d'encourageurs et de
parieurs, qui perdaient loyalement avec lui et
contribuaient sans sourciller à la masse de ses
déveines successives.

M. Jackson n'en fit pas moins dix-neuf fois
banco, et à deux heures du matin, il donna tout
à coup le signal du départ après avoir gravement
encaissé un tribut d'environ 125,000 francs, prélevé pour les deux tiers au moins sur la cassette
impériale de M. Limet.

D'ailleurs, Joseph était gris. On avait eu soin
de le saturer de champagne et pendant le combat, le baron s'était appliqué, en lui faisant verser de nouvelles rasades, à le maintenir dans
l'état si propice de la demi-ébriété. Mais, chose
étrange, plus la défaite se changeait en déroute,
moins le malheureux décavé revenait au sentiment lucide de sa périlleuse situation.

Lorsqu'il eut perdu trois mille louis, sa raison
sombrait de plus en plus dans les égayantes fantaisies de l'ivresse. Aussi ne voulut-on pas l'achever, afin de se faire ensuite auprès de lui un
mérite de l'avoir épargné. Si l'on avait pourtant
soupçonné qu'il possédait encore en portefeuille

à peu près l'équivalent de ce qu'il venait de perdre, le duel eût continué jusqu'au jour.

Quoi qu'il en soit, l'amitié du commodore s'affirmait avec un éclat désastreux ; Joseph pouvait la revendiquer hautement, car il ne l'avait point acquise dans les prix doux.

En se retirant, Limet traversa machinalement le salon où la Hunker et Héléna s'étaient oubliées, pendant que Marcuard dormait déjà son sommeil agité.

A la vue d'Héléna, Limet, qui avait définitivement perdu toute retenue, alla droit à elle, et s'asseyant à ses côtés, avec une audace familière, il lui dit :

—Donnez-moi donc, je vous prie, des nouvelles de Mme Limet. Vous étiez ensemble ce soir ?

— Oui, à la *Reine de Chypre*, qui a été au dernier moment substituée à la *Traviata*. Après le spectacle, nous avons soupé, et présentement votre femme repose tranquillement, sans vous attendre.

— Sans m'attendre ?

— C'est que nous avions compris que vous passeriez la nuit avec le commodore.

— Alors, tant mieux, et je m'installe ici jusqu'au jour. Voulez-vous demeurer avec moi, madame ?

— Si cela peut vous plaire, j'y consens volontiers,

— Positivement, je vous en remercie.

A ce moment la baronne se retira sans bruit, et les deux interlocuteurs se trouvèrent seuls.

— Il me semble, monsieur Limet, dit Héléna, que vous jouez ici un bien gros jeu. Prenez garde, nous sommes hors de notre élément. Ce monde aristocratique, dans lequel nous vivons depuis quinze jours, ne nous sacrifie pas ses préjugés aussi facilement. Il veut bien se pencher avec bienveillance au-dessus de nos portefeuilles, pour voir ce qu'ils contiennent et s'en saisir avec dextérité; mais, une fois l'opération terminée, il rentre dans sa morgue indifférente.

— Bah! M. de Liauzan est charmant; il promène ma femme, l'exhibe comme une curiosité; il a poussé la complaisance jusqu'à la faire inviter au bal de la préfecture. Grâce à lui, la princesse Koukounine la reçoit dans l'intimité, et la comtesse Vidanzoff la traite comme sa fille. Quant au baron et à la baronne, ils sont d'une affabilité, d'une bienveillance familière dont nous avons le droit de tirer vanité. Voyez, nous sommes ici dans leur salon comme chez nous : cependant le baron a le titre de conseiller intime de l'empereur. Ils ne reçoivent que des gens blasonnés ou des illustrations politiques et militaires. Pas plus tard que ce soir, ils avaient à dîner un amiral américain, M. le commodore Jackson,

— Lequel vous a sans doute admis à l'honneur
de tailler un bac avec lui?

— Oui, mais il ne voulait pas jouer, et c'est à
l'instante prière du baron qu'il s'est décidé.

— Et combien de dollars a-t-il laissé sur le
tapis en se retirant?

— A vrai dire, il a gagné 128,000 francs. Il
les aurait aussi bien perdus, sans pour cela ma-
nifester plus d'émotion.

— Vous avez reçu là sans doute un bel accroc?

— Hélas! je l'avoue : ce respectable marin
m'a *ratissé* dans les environs de 74,000 francs.
Seulement, chut à ma femme; elle ne compren-
drait pas que, dans le grand commerce, il faut
savoir jouer à qui perd gagne.

— Votre perte de ce soir serait donc une plai-
santerie?

— C'est-à-dire qu'elle était d'avance compensée par une grosse opération arrêtée sur parole.
Vous n'ignorez pas peut-être que M. le commodore a été gouverneur de Pensylvanie, et qu'a-
vant six mois il sera ministre de l'Union. Il est
tellement l'hôte de la Maison-Blanche qu'il y
occupe un appartement chaque fois qu'il se
rend à Washington. Or, il m'a promis la
fourniture des mobiliers de la présidence, des
Chambres et des ministères, car on songe, pa-
raît-il, à les renouveler. C'est une commande de
deux millions au moins. En calculant le bénéfice

sur un pied minimum de vingt pour cent, c'est quatre cent mille francs que je réalise. Le gain de ce soir ne constitue donc pour M. le commodore qu'une faible commission dont je lui ai fait l'avance.

— Et si, par hasard, ce commodore n'était qu'un vulgaire filou? Je ne dis pas que cela soit, mais enfin on a vu des choses plus extraordinaires.

— Comment pouvez-vous admettre une telle supposition?

— Parce que d'abord les commodores sont un légume assez rare dans nos contrées, où ils ne paraissent que pour disparaître aussitôt. Encore se font-ils accompagner d'une escadre imposante, comme récemment l'amiral Feragut.

— A votre avis, le commodore Jackson serait donc...

— Un pseudo-commodore et un faux Américain.

— Vous avez donc entre les mains la preuve de son imposture?

— Non.

— Eh bien alors?

— J'ai connu un beau mulâtre, à peine civilisé, mais vêtu à la dernière mode, qui se donnait pour un général haïtien et même pour le président de cette étrange république. Il m'emprunta des sommes invraisemblables que je lui remis sans compter, pensant que ce chef d'Etat décrèterait au besoin un emprunt pour payer ses dettes d'honneur. Un jour, il disparut de mon hôtel, et c'est alors que j'appris au consulat de son pays que cette aimable nation venait de fusiller son dernier président. Le général en question était un ancien coiffeur de la Camargue. Et dire qu'à son accent, j'aurais pu le deviner!

— Et comme vous avez un président d'Haïti sur la conscience, vous ne seriez pas fâchée de coucher un commodore sur la mienne?

— J'ai le pressentiment qu'un de ces jours, quelque grave scandale viendra me donner raison.

— S'il en est ainsi, pourquoi n'avez-vous pas déjà confié vos doutes à la baronne? Mme de Hunker pourrait vous renseigner là-dessus, puisque le commodore est son parent.

— De quelle bouche tenez-vous donc ce renseignement?

— De celle de la baronne elle-même.

— Cette fois, je m'incline, et tiens M. Jackson pour le plus commodore des commodores passés et présents.

— Je ne vous remercie pas moins, madame, pour le zèle avec lequel vous défendez mes intérêts.

— Votre spontanéité à obliger M. Marcuard dans un de mes pressants besoins ne pouvait me dicter une autre conduite. Depuis lors, monsieur Limet, votre destin ne m'est pas indifférent, et, j'ose le dire, votre personne m'inspire une irré-sistible sympathie.

— Vous me faites éprouver un sentiment iden-tique, et, pour être franc, je confesse que j'au-rais obligé Marcuard avec moins d'enthousiasme, s'il ne s'était pas agi de vous.

— Monsieur, je l'ai compris sur l'heure, c'est pourquoi ma gratitude ne s'est pas égarée. Aussi, lorsque j'ai vu la déveine de M{^me} Limet à Monte-Carlo et son acharnement à recueillir les souf-flets de la fortune, j'ai souffert vos mêmes an-goisses et je vous ai plaint comme une sœur.

— Ma femme est une étourdie, une pension-naire. Fort mal élevée par sa mère, elle me con-traint aujourd'hui à dévorer en silence ses bé-vues ou à la désavouer. D'ailleurs, l'air de Nice lui est contraire, ainsi qu'à moi : il nous donne le vertige.

— Parce que vous y manquez d'un cicérone ou d'un mentor, capable de vous conduire hon-nêtement à travers ce dédale de corruptions et de perfidies.

— Dieu merci pourtant, nous ne sommes pas seuls.

— J'en conviens. Mais vous vous trompez en bonne et nombreuse compagnie. Le baron, le marquis et vous n'avez pas encore vu que vous

êtes les dupes de certains fripons anonymes qui,
au Kursaal et à Nice, dans tous les lieux où l'on
s'amuse, vous poursuivent de leurs prestidigitations. Au surplus, dans de tels milieux, une
femme seule peut servir de pilote, car il n'est
donné qu'aux personnes de notre sexe de voir,
prévoir, deviner avec cette sûreté de coup d'œil
et d'intuition qui sont le privilége des natures
nerveuses. Par exemple, la baronne fait exception : elle a trop de primesaut et d'impétuosité
pour s'adonner aux choses de la double vue et
démasquer au passage ces aventuriers dont je
parle, doués d'une habileté idéale.

— Le séjour de Nice est donc plus dangereux
que celui de Paris?

— Sans comparaison. A Paris, on rencontre
encore des gens qui travaillent, succombent à la
peine et se résignent à édifier pendant six ans
une fortune médiocre. Pour n'y coudoyer que
des honnêtes gens, il suffit de ne pas y franchir
certaines frontières fort bien délimitées par les
géographes. L'on y peut vivre ainsi toute la vie
sans avoir à déplorer une seule fâcheuse aventure, tandis qu'ici, c'est différent : Athènes ne
possédait pas autant d'écoles que Nice, Monaco,
Menton, etc., comptent de tripots. Les colonies
volantes se divisent seulement en deux classes
bien tranchées : les mystificateurs et les mysti-
fiés, les exploiteurs et les exploités. Si vous n'êtes

pas voleur, vous pouvez être assuré que vous serez infailliblement volé. Point de catégorie neu-
tre ou intermédiaire. Par exemple, les cheva-
liers d'industrie sont les plus forts, les plus nombreux. On ne remporte pas sa bourse intacte,
si l'on n'est affilié à la bande, à moins toutefois
d'avoir sur toutes les pratiques de ces mécréants
une expérience consommée...

— Mais, enfin, madame, comment savez-vous
tout cela ?

— C'est fort simple : Voici la dixième année
que je viens à Monaco, et les deux premières saisons j'y fus étrillée avec la dernière des rigueurs.
J'y payai mon tribut à tout ce qui respire, et
j'ignore si les ombrages et les bornes des chemins n'exigèrent pas de moi une redevance. Au
moins je fus aguerrie, et les années suivantes je
me vengeai de toutes les avanies dont j'avais été
victime. Je ne suis qu'une faible femme, mais,
aujourd'hui, je défie Mercure lui-même de surprendre ma ceinture. Je navigue en toute confiance et sûreté.

— Vous êtes une femme unique, répondit
M. Limet émerveillé. Pourquoi donc, puisque la
compagnie est si mauvaise, revenez-vous passer
ici tous les ans une partie de l'hiver ?

— Le soin de ma santé, monsieur, à laquelle
les températures rigides sont formellement contraires. De plus, cette fois, le souci de mon hy-

giène était doublé du cruel embarras des affaires.
Je comptais me refaire à la roulette. Je n'ai pas
réussi, malgré le système infaillible que j'ai imaginé et dont tous ceux qui l'ont employé se sont
fort bien trouvés. C'est la faute à Marcuard, qui
est un entêté, et m'a imposé ses combinaisons
baroques... Et vous, qu'êtes-vous venu faire ici ?
Ce n'est pas la moindre de mes surprises que de
rencontrer dans ce lieu assez mal famé un sage
du Marais.

— Ne m'en parlez pas ; c'est une malédiction,
une déveine. Nous comptions passer un jour à
peine dans ce pays du diable, nous rendant en
Italie, lorsque nous avons été retenus par M. de
Liauzan, qui est, il est vrai, l'un des hommes les
plus aimables de France. Ce que cette rencontre
fortuite m'a coûté commence à devenir incalculable. Je ne sais déjà plus comment en sortir. Je
suis à découvert d'au moins cent cinquante mille
francs, en y comprenant le prêt Marcuard et la
commission Jackson, soit cent quatre mille francs,
qui rentreront tôt ou tard. Reste la différence
entre ce chiffre et le total susdit, représentant le
coup de roulette de Mme Limet, ainsi que des
prêts minimes à nos amis. Je suis engagé, en-
grené ; une volonté supérieure me pousse à combler par le jeu le déficit qui en provient. Qu'en
pensez-vous ?

— Il faudrait pour vous répondre que je

fusse beaucoup moins inquiète et moins préoccupée.

— Quels chagrins avez-vous donc, chère madame ?

— J'ai, que la faillite conjurée pour huit jours seulement, commande mon retour à Paris. Ces huissiers au cœur impitoyable préparent déjà contre moi de nouveaux exploits. Que Marcuard soit maudit ! Il pouvait tout arrêter, et, par son égoïste indifférence, il a tout précipité.

— C'est égal, vos finances me paraissent furieusement obérées. Quel tonneau sans fond que votre caisse ! A quel chiffre s'élève donc votre déficit général ?

— A cent mille francs au bas mot.

— Ce n'est pas une bagatelle. Que dit le banquier des désespérés ?

— Quel banquier ?

— Le père Blanc.

— M. Blanc fait à chacun la même réponse : Consultez la roulette, mes enfants, ou le trente-et-quarante et fichez-moi la paix.

— Qu'a répondu la roulette ?

— C'est l'infâme Marcuard qui l'a interrogée. Or, elle a tout pris et n'a rien rendu. J'avais pourtant, vous le savez, une combinaison superbe, une martingale magnifique, un système à faire sauter la banque de cet implacable patron du Kursaal. Mais il fallait pour cela de la ré-

flexion, du calcul, de la liberté d'esprit et des
louis; quatre choses que le misérable vieillard
me refusait impitoyablement.

— Vrai, vous avez un moyen infaillible d'a-
morcer les billets de mille, de les pêcher comme
à la ligne sur le tapis vert?

— Parfaitement, j'ai le coup inévitable de la
série. Rien d'aussi routinier que le hasard; il n'y
a qu'à le suivre patiemment dans ses diverses
manifestations, les noter avec soin, et l'on peut
ensuite jouer à coup sûr. On change chaque fois
la série; voilà tout le mystère...

— Voyons, fit tout à coup M. Limet, fasciné
par le vertueux aplomb d'Héléna : Voulez-vous
que nous tentions ensemble la fortune? Nous
allons joindre nos différences et nous associer
pour voir à les couvrir. Je fournirai l'apport so-
cial tout entier, mais seule vous affronterez le jeu.

— Je n'ose plus; mes récentes défaites m'ont
rendue malgré moi circonspecte et superstitieuse.
Jouer pour autrui m'est impossible; j'aurais trop
de crainte. Nous avons désormais l'un et l'autre
un trop grand besoin de refaits, pour que j'apporte à cette besogne le sang-froid nécessaire. Si
encore vous étiez seul en cause, peut-être n'hési-
terai-je pas à m'y risquer. C'est là, je le sais, une
superstition, mais qu'y faire?

— Nous ne pouvons cependant rester dans
cette situation douloureuse. Je sacrifierais vo-

lontiers l'équivalent de mon déficit pour essayer
de le combler. Je ne saurais décemment rentrer
à Paris, pour accuser à mon associé des pertes
déshonorantes. Plutôt me ruiner de fond en
comble et me brûler ensuite la cervelle.

— Puisque vous êtes à ce point décidé, cher
monsieur, je vais vous parler sans artifice :

— Je suis tout oreilles ; allez :

— Si vous n'aspirez qu'à reconquérir avec une
exactitude mathématique les cent quarante-six ou
cinquante mille francs, dont vous portez le deuil,
soyez assuré que vous ne les rattraperez jamais.
La roulette ne sourit qu'aux ambitieux ; les autres, elle les dédaigne. Elle veut qu'on lui jette
des poignées d'or sans hésiter ; qu'on lui commande impérieusement. Demandez-lui des millions, sinon elle refusera de tourner pour vous.

— C'est qu'alors il faudrait lui offrir en pâture
des centaines de mille, remarqua judicieusement
Joseph Limet.

— Qu'importe ! si vous les décuplez en quelques heures. Ne vaut-il pas mieux opérer sur une
large échelle et multiplier ainsi les chances ordinaires, que perdre misérablement, sou par sou,
une somme supérieure à celle qui, en trois bonds,
vous a fait épuiser le Pactole ?

— Alors, à votre avis, quels fonds convien-
drait-il d'exposer ?

— Vous savez ma théorie : viser modestement .

dix coups au maximum, le temps d'épuiser deux ou trois séries. Or, pour mener rondement une telle affaire, il importe d'avoir des munitions.

— Quel chiffre?

— Cent cinquante mille francs au moins.

— Diable! murmura Limet épouvanté. Vous n'en pouvez rien retrancher?

— Pas une roupie. Je suis tellement assurée de mon système, mais seulement dans ces conditions grandioses, que je n'en livrerai pas le secret pour dix fois cette somme.

— Malheureusement, cette somme, je ne l'ai point. Sachant que je ne séjournerais pas à Nice, je ne m'étais pas muni de lettre de crédit pour cette ville. Notre argent de poche était plus que suffisant, d'ailleurs, pour aller jusqu'à Gênes, tout en réalisant des achats au comptant. Me voilà à peu près dépourvu. Mais je vais écrire à Marseille et me présenter au besoin de ma personne à Gênes, à Naples et à Rome pour voir les correspondants de notre maison. Vous allez arranger avec le marquis une excursion dans les Alpes niçoises, et ma femme vous accompagnera, afin de lui cacher mon voyage de trois ou quatre jours.

— La chose est facile, et pour m'être agréable Liauzan m'obéira sans discuter.

— C'est vrai, répondit Limet en la regardant d'un air de convoitise et d'envie, M. le marquis vous a vue d'un œil favorable, et vous avez été extrêmement flattée de ses attentions.

— Je ne pouvais empêcher M. de Liauzan de me remarquer, répliqua dédaigneusement Héléna. Je crois, en effet, qu'il me trouverait très passable pour une maîtresse de huit jours. Seulement, je méprise de tels amants. Malgré mon instinctif besoin d'aimer, de m'attacher, de me dévouer, je préférerais signer un pacte d'indifférence éternelle, que de consentir à d'aussi fugitives amours.

— Bah! à Nice!...

— Ici comme ailleurs, monsieur, la femme qui a coutume de se respecter ne saurait commettre ni sa dignité ni son caractère. D'ailleurs, M. de Liauzan me déplaît. Ses airs frondeurs et ses façons ironiques me sont antipathiques.

— Vous ne seriez pas éloignée de le haïr?

— N'exagérons rien. Il ne m'a fait aucun mal pour encourir ma haine. J'aurais tort de lui en vouloir. Je dis seulement que sans le mésestimer, il ne m'inspire aucun sentiment troublant.

— Vous vous défendez, ma chère, avec tant de vigueur que, si j'avais un intérêt dans l'affaire, votre défense me paraîtrait suspecte.

— Vos soupçons me causent un réel chagrin.

— Pourquoi?

— Parce que, je vous l'ai dit, vous ne m'êtes pas indifférent. Je sais que vous êtes un parvenu

14

du travail, le glorieux enfant de vos œuvres, et votre passé me remplit d'admiration.

— Mon passé! soupira Limet avec mélancolie. Oui, il est honorable et beau, et j'en suis fier. Hélas! quel sera mon avenir? Ah! père Pigonnet, mon digne maître, pardonnez-moi!...

— Je ne voulais pas vous affliger cependant, et si j'ai rappelé vos titres de noblesse, c'était pour vous en faire hommage.

— Je comprends, mais vous ne pouvez tout savoir.

— Quoi! n'auriez-vous pas dans le mariage tous les bonheurs que vous méritez?

— Dieu merci, je n'ai pas à me plaindre, ma femme est bonne et fidèle; seulement, elle est sotte et vaine. Je fus imprudent de la conduire ici; je lui ai montré des spectacles qu'elle ne devait jamais voir; j'ai le pressentiment que je vais la perdre et me perdre par ma faute.

— Chassez donc ces idées, mon ami, fit l'aventurière en s'approchant de Limet, et en le regardant avec un air de séraphique compassion.

Dans cette pose remplie de grâces austères, avec cette physionomie doucement impérieuse, elle aurait séduit jusqu'au Grand-Lama. Limet subissait son ascendant et succombait à ses fluides mystérieux.

— Non, reprit-il, elle ne saura jamais se conduire, car elle manque de jugement, et voudra désormais briller quand même au premier rang. C'est une coquette. Je vous réitère que je suis un homme perdu.

— Si vous n'aviez pas été un jeune sage, vous ne seriez pas aujourd'hui où vous êtes. Vous avez acquis une grande fortune, une notable considération et vous les conserverez malgré tout, parce que, à l'heure des résolutions décisives, vous n'hésiterez pas, vous serez impitoyable contre les ennemis de votre repos. Ah! si je pouvais être seulement votre Égérie!...

— Et l'ami Marcuard?

— Je crois à sa probité commerciale, répondit froidement Héléna; mais, en dehors de ses sujets de pendule, il ne compte pour rien et n'existe même pas.

— Vous en parlez bien librement aujourd'hui. Le pauvre diable a néanmoins fait ce qu'il a pu.

— Vieillard égoïste et sans élévation; de plus, ombrageux et avare comme un Bartholo. J'ai été dupe de ma bonté naturelle. Son air d'infortune m'avait touchée, et, quoique mon esprit ne fût pas le jouet de ses protestations, il me toucha vivement, parce que ses aventures domestiques m'avaient disposées à la pitié. D'ailleurs, la baronne en a déjà fait son profit. Je suis donc, présentement, déliée de tous les serments possibles.

— Et vous consentiriez, chère amie, à devenir mon Égérie?

— C'est mon ambition présente. Je n'y mets qu'une condition.

— Laquelle?

— Vous n'avez pas deviné?

— Ma foi, non!

— C'est qu'alors vous ne m'aimez pas encore.

— C'est-à-dire que je vous aime depuis que je vous connais. Je vous aime à l'idolâtrie. Mon apparence froide et glacée vous avait caché jusqu'à présent ce secret. Et puis, j'avais de forts scrupules dont je n'ai pas facilement triomphé. Enfin, c'est décidé : avec vous, si vous le voulez, j'irai jusqu'à la fin de la vie !

— Voilà justement ce que j'allais vous demander, s'écria Héléna.

— Moi, voyez-vous, continua Limet, j'ai eu un moment l'ivresse des baronnes et des marquises; il ne m'aurait pas déplu de fouiller de ma main plébéïenne dans ces dentelles aristocratiques, de m'y ensevelir dans leurs roses mystères. Je suis heureusement revenu de ces songes, qui n'étaient que l'erreur de la vanité. Je ne cherche plus dans la femme que le mérite, et comme je l'ai découvert en vous, je vous trouve un charme infini, et votre infaillible bon sens achève ma fascination.

— Merci pour la confiance que vous me témoignez, mon cher Limet. Vous reconnaîtrez encore mieux, plus tard, combien j'en étais digne. Si vous ne m'aviez offert un long bail, j'aurais décliné vos avances ; mais puisque c'est pour la vie, voici ma main...

Et elle s'abandonna dans les bras de Limet, qui la retint longtemps embrassée et la baisa avec transport.

— Ainsi, Joseph, reprit-elle audacieusement, que nous soyons à Nice ou à Paris, vous ne m'oublierez pas ?

— Jamais. Je ne suis pas un esprit futile, moi ; je ne reprends guère ce que j'ai une fois donné. Je vous appartiens comme vous êtes à moi. Nous nous verrons tous les jours, tous les soirs, ni chez vous ni chez moi...

— Où donc ? interrompit Héléna avec une naïveté enfantine.

— Dans un *buen retiro* que je veux orner moi-même, où vous découvrirez partout des témoignages de mon amitié ainsi que de mon bon goût.

— Enfin ! je vais donc être heureuse pour la première fois... murmura la reine des courtisanes honnêtes, en enlaçant de son bras presque nu le cou de sa victime.

— Mon ami, fit-elle de nouveau, j'ai déjà une faveur à vous demander. Je veux vous accompagner dans le court voyage que vous allez faire en Italie.

14.

— Mais l'excursion... comment réussira-t-elle sans vous?

— Oh! les Hunker s'en tireront à merveille. Ils ne rêvent qu'amusements et festins, et saisiront avec empressement une aussi facile occasion de plaisir. Quant à votre femme, ajouta-t-elle avec une nuance de dépit très bien joué, elle ne refusera pas de jouer au touriste en si noble compagnie. Le marquis lui-même partira sur un regard de moi, j'en réponds.

— Mais vous, quel prétexte trouverez-vous pour rester à Nice?

— J'ai une réserve pour le dernier moment : une bonne migraine ou une sérieuse névralgie.

IX

Sur ces entrefaites, un personnage à coup sûr inattendu venait d'arriver à Nice.

Ce personnage n'était autre que la belle-mère de M. Limet, Mme Pigonnet jeune elle-même !

Quel roman d'amour cette femme de quarante-quatre ans poursuivait-elle donc à cette heure, ou quelles circonstances bizarres l'avaient ainsi poussée à cet aventureux voyage ?

Elle s'était fait inscrire à l'hôtel sous le nom de comtesse de Torreviejo et s'était présentée, en effet, au bras d'un vieux monsieur à tournure aristocratique et surtout militaire, d'une verdeur juvénile malgré sa moustache grise, sentant l'Espagnol comme les Provençaux sentent l'ail, et se donnant, en effet, pour un colonel de l'armée espagnole.

Irritée contre le procédé de son gendre, qui avait brusquement enlevé sa femme, pour la soustraire à la fâcheuse influence d'une belle-

mère, Mme Pigonnet jeune avait roulé, pendant
les premiers jours, des projets de vengeance in-
sensés. Elle s'était même rendue auprès d'un
homme de loi pour lui demander des armes lé-
gales, impitoyables.

Mais son conseil lui apprit qu'il n'existait pas
de loi protectrice et auxiliatrice des belles-mères
qui ont besoin de punir et de tourmenter les
époux de leurs filles. Il l'adjura même de mettre
une sourdine à ses ressentiments et de renoncer
à une lutte inégale, où elle ne pourrait que succomber avec ignominie.

M. Limet, du reste, avait une réputation si
établie de droiture et d'honneur qu'il était même
difficile de l'effleurer par des calomnies, tant son
intégrité défiait les inventions et les manœuvres.

Au surplus, Mme Pigonnet n'était pas un de
ces esprits tenaces et clairvoyants qui savent
combiner une défense ou une attaque et s'y ar-
rêtent longtemps. Au bout d'une semaine ou
deux, elle ne sentait plus au cœur qu'un vague
dépit, et si parfois elle pensait à sa fille, c'était
bien plutôt avec le désir de l'imiter qu'avec la
douleur de la plaindre.

Elle réfléchissait que Mathilde était favorisée,
car elle accomplissait le voyage classique des
couples fortunés, tandis qu'elle n'avait jamais
aperçu, elle, que les bois de Romainville ou les
fourrés de Saint-Cloud. Elle ne connaissait en-

core de la France que Paris, et de Paris que le
Marais, avec la colonne de Juillet et le quai de
la Râpée.

. Ce n'est pas, certes, le frère du grand Pigonnet, ce mari retardataire et nul, dont la Providence l'avait affligée, qui aurait eu l'idée de
montrer les Alpes à sa femme, de la hisser parmi les pics merveilleux et de la conduire triom-
phalement, d'auberge en caravansérail, jusqu'aux
dernières limites du monde civilisé.

Elle s'éprit donc d'un violent amour pour les
pèlerinages de la lune de miel, et chercha dans
sa mémoire les derniers vestiges de ses anciennes
leçons de géographie. Bien qu'à partir de Marseille l'univers fût pour elle un inconnu rempli
de mystères, elle conçut une passion ardente
pour cet inconnu et résolut de s'y égarer déli-
cieusement, en compagnie du premier venu
qui voudrait consentir à assumer une partie de
son algarade.

Néanmoins, elle n'avait pas interrompu ses leçons d'équitation et commençait à être d'une
assez belle force. Loin de s'opposer à cette bizarrerie, son mari l'encourageait au contraire,
parce qu'il s'était imaginé que le caractère acariâtre de sa femme gagnerait quelque douceur à
cette distraction, et qu'en ne contredisant pas à
ses caprices, il en obtiendrait au moins certaines
compensations fort prisées des vieux époux,

Mais les dissipations n'avaient rendu la dame que plus farouche sur l'article des félicités domestiques.

De guerre lasse, M. Pigonnet junior s'était si bien résigné aux mélancolies du veuvage anticipé, qu'il ne se préoccupait plus guère de sa femme et s'informait à peine si elle était encore de ce monde, lorsqu'il avait passé des semaines sans la revoir. Les affaires l'absorbaient d'ailleurs chaque jour davantage, et s'il lui restait par hasard, à la fin de ses journées, deux ou trois heures désœuvrées, il les passait à suivre, sur les guides, sa fille et son gendre à travers les merveilles de l'Italie, et pénétrait après eux dans les magnifiques surprises de ce pays qu'il ignorait.

Cette rue des Francs-Bourgeois est remplie d'égoïstes et hautains patriarches, célèbres par leur probité commerciale autant que par leur dureté proverbiale, n'aimant ni à recevoir, ni à donner, fiers de leur gain légitime, remplis d'affection pour les leurs, mais n'éprouvant qu'indifférence et dédain pour tout ce qui est étranger à leur caste bourgeoise.

Tel le dernier des Pigonnet. Après la satisfaction d'une grosse traite acquittée à l'échéance, il n'éprouvait pas de plaisir plus grand que celui de se sentir grand-père et d'amuser les enfants, en attendant l'arrivée de leurs auteurs. Cela lui faisait même oublier les fantasques dérèglements

d'une femme qui pourtant était grand'mère depuis quatre ans.

Mme Pigonnet, au contraire, portait fort allègrement ses préoccupations et sa maturité
d'aïeule.

Elle avait été remarquée au manége par ce
Torreviejo, soi-disant colonel en retraite et, en
tout cas, écuyer accompli. Le Castillan s'était
montré si empressé auprès d'elle qu'elle l'accepta
pour cavalier, lorsqu'elle fut reconnue assez amazone pour aller sans danger chevaucher le long
des Champs-Elysées et jusqu'au tour du lac.

C'est au milieu de ces parades, où il déployait
les élégantes souplesses de son torse, que le galant acheva la conquête de ce cœur démodé;
il en ralluma si complétement les feux, qu'il
dut essayer ensuite d'y jeter quelques cendres.

Mais il montait à cheval comme un centaure,
causait avec beaucoup d'esprit : il n'en fallait
pas davantage à cette femme âgée pour idolâtrer
l'homme dont elle se croyait aimée.

Aussi avait-elle parfois, dans leurs promenades solitaires, d'ardentes langueurs, et soupirait-
elle comme une plaintive cornemuse. L'Espagnol
feignait de ne rien comprendre, se gardant d'in-
terpréter les regards remplis de défaillante volupté et même les phrases entrecoupées qu'elle
hérissait de provocations et de désirs.

Cependant une explication était devenue inévitable, et le Castillan finit par s'y résoudre, dès qu'il comprit qu'elle ne se pouvait plus retarder.

Cela se passa d'ailleurs le plus simplement du monde, ainsi qu'il convient à cet âge des bonheurs substantiels. Il serait saugrenu de reproduire ici leurs fadaises automnales. Il nous a toujours paru monstrueux qu'à toutes les saisons de la vie, l'amour parlât le même langage et ne fût, même chez le vieillard, qu'une incorrecte et impuissante déclaration de luxure.

L'hidalgo lui récita les madrigaux de la littérature espagnole, lui fit la cour à la mode de Séville, la traita en Andalouse et la rendit bientôt épileptique de volupté.

Néanmoins la petite mère *Grisonnette* résista stoïquement aux impatiences du séducteur; elle avait des superstitions de dignité qui ne lui permettaient la chute que dans certaines conditions déterminées, au milieu d'un paysage différent de celui qui avait servi de cadre à ses longues fidélités domestiques. Il lui fallait pour l'holocauste criminel une pierre étrangère et des sites inconnus.

Paris ne pouvait recéler ses suprêmes ivresses; le cabinet particulier du restaurant à la mode était indigne de contenir et d'étouffer ses soupirs adultères. Le sacrifice de sa virginité hors mariage méritait mieux que le divan traditionnel des rendez-vous bourgeois. Elle avait la monstrueuse conscience qu'une femme de quarante ans doit apporter à ses abandons une solennelle et presque religieuse discrétion.

Le colonel entendait peu ses scrupules et ne s'inclinait devant ses préjugés que par flatterie. Il se serait gardé de contrarier une compagne qui avait déjà manifesté des intentions d'extraordinaire générosité, et qui, dans ses délires, était fort capable de réparer les brèches de sa fortune espagnole.

Au surplus, elle ne préméditait sa défaite que sur une litière d'or, dont elle acquitterait le montant, et comme elle était assez riche pour s'offrir cette luxueuse excentricité, il n'avait qu'à s'incliner devant ce caprice de grande dame. Peut-être même pourrait-il de cette profusion retirer d'utiles économies. Il ne lui déplaisait pas, du reste, de franchir les fortifications et de voyager gratis sur la liste civile d'une maîtresse.

Elle avait rêvé de poursuivre le bonheur romanesque sur les traces de son gendre, et de dormir en quelque sorte aux mêmes gîtes où sa fille avait reposé ses haletantes fatigues. Nice était, avant l'Italie, la première étape de ses confusions successives, et elle n'aspirait qu'à aborder au plus tôt ces champs de bataille où son aimable ennemi était assuré de la vaincre.

D'après les prévisions les plus vraisemblables,

15

le couple Limet devait se trouver présentement en Lombardie, après avoir réalisé les trois quarts de son programme circulaire. On ne s'exposerait donc pas à le rencontrer à Nice, et l'on pourrait hardiment reprendre en sous-œuvre un itinéraire dont il accomplissait les derniers chapitres. Et puis, il serait original, pour une belle-mère, de recommencer, à quelques jours de distance, et d'éprouver de nouveau les sensations dont le gendre avait dû se pénétrer.

Mme Pigonnet informa donc son mari qu'elle allait passer quelques jours à Blois ; celui-ci, joyeux, lui accorda même un congé illimité, tant il aspirait à cette perspective d'un repos non troublé, sous le toit de la communauté.

C'est ainsi que les tourtereaux arrivèrent à Nice, avec la confiante sécurité du crime qui a su s'entourer de toutes les précautions, et sûr de se reposer loin des surprises d'une légalité soupçonneuse.

Ces deux vétérans de la passion avaient encore gardé tant de désirs qu'ils passèrent les premiers jours, seuls, dans les impuissantes saturnales de leur idéal concupiscent. Le colonel se dévoua militairement à ce devoir obligatoire, qui étayait ses ambitieux projets. Mme Pigonnet, insatiable mais désintéressée, perdit pour un moment la notion exacte des pudeurs réservées et des impudicités excusables.

Mais ils descendirent bientôt dans la rue, poussés par ce besoin de locomotion et d'instinctive curiosité qui est au fond de tous les bipèdes.

Or, voyez la fatalité : à leur première sortie, l'unique tête de connaissance qu'ils rencontrèrent fut celle de Joseph Limet en personne, qui les heurta sans le vouloir, leur marcha littéralement sur les pieds, comme un étourdi de vingt ans.

— Dieu ! murmura Joseph stupéfait, cette femme est ma belle-mère ou un incube qui lui ressemble terriblement.

Et il repoussa vivement du coude Héléna, qui l'accompagnait.

— Oh ! fit avec effroi Mme Pigonnet, que vais-je devenir ? Cet homme est mon gendre.

Et ils demeurèrent un instant immobiles et pétrifiés. Le colonel et Héléna ne comprenaient rien à cette attitude ; ils démêlaient seulement que le hasard les faisait assister aux fortuites retrouvailles de deux amants qui se revoyaient pour la première fois depuis longtemps. Ils eurent bientôt le mot de l'énigme.

Joseph, recouvrant le premier son sang-froid, résolut de payer d'audace :

— Que vois-je ? s'écria-t-il gaiement. Ma belle-mère en ces lieux ?

— Elle-même, mon gendre, répondit celle-ci décidée à ne reculer devant aucune honte. Cela vous surprend peut-être ?

— C'est-à-dire que la présence du choléra serait moins invraisemblable que la vôtre.

— Que voulez-vous, mon cher, la vie est féconde en surprises. Tout arrive. J'ignorais moi-même, il y a quatre jours, que je serais présentement à Nice, et que j'aurais le plaisir de vous y retrouver.

— Dites plutôt le désagrément.

— Si vous avez quitté Paris pour fuir mon influence, ce n'était pas assurément avec l'espoir que j'irais vous rejoindre.

— Je ne vous cacherai pas que votre présence ici m'étonne et me scandalise.

— Je ne vous dissimulerai pas que l'absence de Mathilde à vos côtés me donne des soupçons que cette dame (montrant Héléna) n'est point chargée, sans doute, de dissiper.

— Dites donc, belle-mère, je n'aperçois pas M. Pigonnet. Où donc est-il?

— Où est Mathilde? A Paris, on vous croyait déjà dans le Trentin, parmi les paysans du Tyrol. On en était si certain que vos dernières lettres portaient l'empreinte de la poste autrichienne. Or, j'ai à présent quelque doutance que vous n'avez pas un moment quitté Nice... Enfin, où est Mathilde?

— Elle est à la montagne avec des amis. Partie ce soir, elle ne rentrera que dans trois jours.

— Et cela vous va, de laisser ainsi vaguer votre femme?

— Pourquoi non? Mon beau-père ne laisse-t-il pas courir la sienne?

— Mon gendre, M. Pigonnet sait, à n'en pas douter, que son épouse a plusieurs fois l'âge de raison et qu'elle est incapable d'oublier ses devoirs.

— A sa place, je ne serais pas aussi rassuré que cela.

La prenant vivement à part, et lui montrant l'Espagnol, qui feignait de regarder d'un autre côté, il reprit à voix basse :

— Quel est cet homme?

— Un ami.

— Oui, avec lequel sans doute vous habitez une chambre unique à l'hôtel des Étrangers.

— Impertinent! Vous osez me reprocher mon Espagnol, lorsque je vous surprends avec une créature dont la physionomie respire la passion et l'aventure. Et dire que ma pauvre Mathilde ignore certainement cette rivale!...

— M. Pigonnet sait-il que vous êtes ici avec un vieil Espagnol?

— Oui, répondit la belle-mère avec une assurance troublée.

— C'est au moins douteux. La chose veut, en tout cas, qu'on l'éclaircisse. Quelle que soit l'indifférence justifiée de mon beau-père, je présume que vous lui avez caché votre escapade et son complice. Au reste, je vous mets au défi de me montrer les lettres qu'il vous écrira.

— A votre tour, me direz-vous, pourquoi vous êtes encore à Nice, après avoir quitté Paris depuis plus de cinq semaines?

— Je n'ai nul embarras à vous satisfaire : nous n'avons pas quitté Nice, parce qu'on nous y a fait un accueil charmant, et que Mathilde a refusé d'abandonner un séjour enchanteur.

— Et vous ne songerez pas bientôt à vous en aller ?

— Il est probable que nous achèverons notre voyage sans aborder l'Italie. Est-ce que cela vous contrarie ?

— Oui !

— Je comprends : à cause de l'Espagnol.

— Je vous répète que c'est un ami.

— Votre système de cachoterie est tout simplement inepte. Vous persistez donc à me donner votre guitariste pour un personnage moitié médecin, moitié eunuque.

— C'est par votre faute que je suis ici.

— Il n'y manquerait vraiment plus que cela.

— Oui, votre brusque coup de tête m'a fait sortir de mes habitudes.

— Il me semble que depuis longtemps vous en étiez dehors.

— Vous faites allusion à certaines améliorations raisonnables introduites dans mon existence depuis la mort de mon beau-frère.

— Si vous appelez cela des améliorations raisonnables, c'est qu'on devra désormais chercher les sages à Charenton et les fous à l'Académie.

— Fallait-il pas que je me résignasse à jouer les vieilles femmes, parce que j'avais une fille de vingt ans à marier?

— J'ignore ce qu'exigeaient de vous vos quarante ans; mais si votre mari n'avait pas été une crème fouettée, il vous l'aurait appris. En tout cas, ce que je sais, c'est que je ne suis pas responsable de votre escapade, et que pour mieux l'établir, je vais en écrire demain à mon beau-père.

— Vous feriez cela, Joseph? supplia Mme Pigonnet en se radoucissant tout à coup.

— Certes... Vit-on jamais une belle-mère déserter le domicile et soutenir ensuite avec effronterie que son gendre est la cause première et seconde de cette fugue honteuse?...

En échangeant ce vif dialogue, la mère et l'époux de Mathilde avaient fait un assez long chemin et bientôt ils s'aperçurent qu'ils n'avaient pas été suivis. Dès les premiers mots, en effet, Héléna s'était éclipsée, et le colonel n'avait pas tardé d'imiter sa prudente retraite. Aussi, en remarquant qu'ils étaient seuls, ils se regardèrent avec une sorte de confusion.

— Enfin, reprit Mme Pigonnet, vous n'étiez

pas seul, tout à l'heure, quand je vous ai rencontré, et cette femme me semble avoir disparu?

— C'est une mauvaise querelle que vous me cherchez, à cause du colonel, dont vous êtes à présent fort embarrassée.

— Je vous dis que vous étiez avec une femme, et que si vous m'avez émue, je vous ai aussi passablement troublé.

— Et quand cela serait? Vous oubliez que j'ai trente-quatre ans à peine, et que je suis homme.

— Je serais curieuse de savoir l'opinion de Mathilde là-dessus.

— Je ne serais pas moins intrigué de connaître celle de M. Pigonnet sur votre cas. En ce qui concerne cette femme, c'est Mathilde elle-même qui me l'a confiée. D'ailleurs, elle sera bientôt de retour, et je vous donne à penser sa joie de vous embrasser et de venger en même temps son mari de vos déplorables insinuations.

— Ne vous emportez pas, Joseph, insista la mère humiliée et vaincue; seule j'ai tort, je le confesse; mais voudriez-vous me perdre?

— J'aimerais mieux vous sauver, si la chose était encore possible. Pourtant, vous m'avez fait un mal dont vous saurez plus tard l'étendue. Sans vous, je n'eusse jamais foulé cette terre de perdition!...

Mme Pigonnet ne comprit pas le sens caché de

ces paroles, et en devina encore moins les pro-
phétiques frayeurs.

— Tenez, insista-t-il, j'ai le pressentiment
qu'une grande calamité, une catastrophe plane
et tournoie au-dessus de la maison Pigonnet.
Délivrez-vous de ce vieux gredin qui vous accompagne, présentez-vous ensuite à votre fille,
dites-lui que vous êtes venue faire la paix avec
nous et nous ramener à Paris en bonne amitié.

— Ah! mon pauvre Joseph, pardonnez-moi :
je suis amoureuse folle de mon Espagnol. Que
voulez-vous! J'ai commis trop tard ma première
folie. Je ne retrouverai ma raison que le jour
où, brisée de fatigue, accablée de remords, je
n'aurai plus qu'à rentrer au logis pour y expier
secrètement ce crime dont je m'accuse déjà.

— Réfléchissez, madame Pigonnet, car je sens
que vous pouvez nous sauver tous. Ma pauvre
femme, qui est un peu, elle aussi, égarée dans le
tourbillon et ne m'écoute plus guère que pour le
plaisir, serait à la fois si surprise et si heureuse
de vous revoir, qu'elle souscrirait à se laisser
entraîner hors de ce milieu néfaste et vous sui-
vrait au salut.

— Je n'aurais pas l'énergie de congédier mon
colonel. Ne m'en veuillez pas, mon gendre, c'est
une fatalité.

— Vous refusez alors d'embrasser Mathilde?

— Je suis ici en contrebande, mon cher Limet,

15.

et vous voyez aussi bien que moi que je ne peux me présenter décemment à ma fille.

— Mais vous vous exposez à la rencontrer tous les jours ; nous resterons à Nice encore une quinzaine.

— Puisqu'il en est ainsi, nous partirons demain pour Rome, ou nous irons nous cacher dans une ville des environs. Seulement vous me promettez le secret le plus absolu.

— Puisque vous allez à Rome, je vous recommande le côté d'Albano ; vous y pourrez vivre en parfaite sûreté, et la campagne y est fort agréable. Quant au secret, il sera bien gardé. Vous devinez sans doute pourquoi ?

Le lendemain, en effet, Mme Pigonnet quittait Nice en toute hâte, et quelques heures plus tard Limet et Héléna se rendaient à Gênes par la voie de mer..

X

Revenons à cet amoureux en ruine que la baronne venait de galvaniser.

Marcuard avait su trouver cette fois l'énergie de s'exécuter. Cette espèce de femme à barbe l'avait si bien alléché par la perspective de ses rudes baisers, que le vieillard la désirait comme un rayon d'aurore.

Il avait donc tout bravé pour retrouver la clef d'or de ce tabernacle des voluptés humaines, et ses banquiers stupéfaits s'étaient empressés de la lui envoyer. Pour la première fois qu'il parlait en maître, on lui obéissait. Le jour où il déposa aux pieds de sa nouvelle idole les quatre-vingts petits papiers de la Banque, fut un jour de grande solennité.

Bien qu'il ne crût consentir qu'un prêt hypothécaire, il avait néanmoins l'inquiète appréhension d'une faillite possible et sentait qu'il était

bien plutôt un donateur fastueux qu'un créancier correct et austère.

Mme de Hunker, au contraire, reçut ce présent
avec l'indifférence d'une reine, presque avec
l'impertinence d'une courtisane jeune et blasée
au contact de la finance ou de la diplomatie.
Mais elle tint scrupuleusement ses promesses de
félicité passagère.

Cependant Mme Marcuard avait été immédiatement avisée par les frères Boisjolis et Ce,
banquiers à Paris, de l'énorme brèche pratiquée
par son époux dans le crédit de la maison.
Celle-ci, ne se sentant plus d'indignation et de
rage, adressa incontinent au criminel Onésime
le billet suivant qui donne l'exacte mesure de la
ferme ladrerie de cette femme de l'Ancien-Testa-
ment :

« Monsieur Marcuard,

« Je suis informée par les messieurs Boisjolis,
escompteurs ordinaires de nos lettres de change
et de nos traites, que vous leur avez écrit pour
leur demander, par le retour de l'express, une
somme de quatre-vingt mille francs, en quatre
chèques, sur la succursale de la Banque de
France à Nice.

« A quoi destinez-vous tout cet argent, grand
Dieu ? Voudriez-vous, par hasard, vous livrer au
commerce des oranges et des olives ? Il me vient

également une autre pensée, mais je tremble de
m'y arrêter un seul instant : On m'assure que
Monaco est près de Nice... Non, non, ce n'est pas
possible : vous pourriez devenir idiot, mais jamais
joueur.

« Je compte les heures et les minutes en attendant votre réponse. Vous n'avez pas, en toute
votre vie, gagné seulement le centième de la
somme que vous venez de décaisser, sans même
daigner prévenir celle que vous aviez consultée
jusqu'à ce jour.

« Si, dans trois jours, je n'ai pas reçu une réponse satisfaisante, je cours vous rejoindre, et
je requerrai au besoin la gendarmerie pour vous
ramener à Paris. Après mes bontés, vous apprendrez à connaître mes rigueurs.

« Votre femme irritée,
« Célestine MARCUARD. »

Cette épître menaçante tomba comme un vau-
tour en courroux sur le crâne du vieux voluptueux. Célestine était capable de se porter aux
plus fâcheuses extrémités, et c'est avec un loua-
ble empressement qu'il s'efforça de conjurer
sans retard les effets de ses terribles colères.
Il lui répondit donc par la lettre suivante :

« Ma Célestine toujours adorée,

« Tes lignes remplies de reproches injustifiés
m'ont plongé dans une stupéfaction et un cha-

grin profonds. Mes quarante années d'affection et
de fidélité auraient dû m'épargner des soupçons
aussi injurieux.

« Tu sais mieux que personne combien je suis
ennemi du gaspillage et des folles aventures.
C'est donc pour des motifs graves que je me
suis adressé aux messieurs Boisjolis, sans passer
par ton canal. Je les gronderai sur leur indiscrétion, car je voulais te faire une surprise : ces
imbéciles la font échouer au port.

« J'ai rencontré ici un lot de vieux bronzes,
provenant des fouilles de Pompéi et auxquels les
savants sont prêts à signer un certificat de naissance, constatant qu'ils remontent au siècle d'Auguste.

« Tu comprends qu'il ne m'en fallait pas tant
pour voir dans ces antiquailles l'occasion d'une
excellente affaire.

« C'est ainsi que des antiquaires m'ont ga-
ranti les onze statues de la famille Balbus, le
Gladiateur blessé, un Ganimède à cheval sur un
aigle, une Agrippine pleurant la mort de Ger-
manicus, une statue de Caligula trouvée à Min-
turnes, une Junon richement drapée de la tuni-
que et du peplum, un torse de Bacchus, imité de
Phidias et comparable au fameux torse exposé
au Belvédère du Vatican. Enfin, un nombre considérable de bustes et d'hermès.

« Voilà pour la première série. Dans la seconde, on remarque un Mercure au repos, un Faune ivre, une statuette équestre d'Alexandre, une statue colossale d'Auguste, un Faune dan-'sant, un Thésée tuant le centaure, un groupe de femmes jouant aux osselets, des pendants d'o-reilles d'une énorme dimension, de petits dia-dèmes, des anneaux, des bracelets de diverses formes, mais toutes élégantes et ingénieuses, et dont quelques-uns imitent des serpents par le mouvement autant que par l'aspect.

« Et tout cela pour 80,000 francs, c'est-à-dire pour un morceau de pain ! Barbedienne en aurait donné 400,000 au premier mot, pour ne pas laisser éparpiller la collection. En apprenant bientôt que j'en suis l'heureux propriétaire, le bonhomme est capable d'en crever de colère.

« Telle est la surprise que je voulais te faire et que ces Boisjolis ont ruinée de fond en comble.

« Mais ce n'est pas tout : il reste encore une collection d'objets pompéiens, moins importants que les autres, mais encore très précieux, et qui vont tomber en d'autres mains.

« Ce sont d'abord toute l'argenterie d'une dame romaine, des cuillères semblables aux nôtres, sauf que le manche est moins recourbé ; des four-chettes à un seul bec, véritables poinçons ; des plats, des assiettes, des coupes, des vases à boire, entre autres deux admirables vases d'argent ci-selés, représentant, l'un un centaure, l'autre

une centauresse, que l'on prendrait, à leurs formes, pour des ouvrages de la Renaissance, et
que la finesse du travail ferait attribuer aux premiers artistes florentins, à Ghiberti, par exemple, ou à Benvenuto Cellini ; des chars de triomphe, des billets de théâtre en ivoire ; des objets
de toilette, tels que miroirs de métal, peignes,
vases à comestiques, boîtes à fard, fuseaux, ai-
guilles, ciseaux ; candélabres ayant la forme
d'une tige bourgeonnante, modèles de lampes représentant un oiseau de mer, les ailes dé-
ployées, tenant dans son bec un serpent de bronze
et la langue légèrement accrochée au serpent qui
se débat convulsivement.

« Il serait indispensable de joindre ces objets
inférieurs aux précédents que j'ai déjà catalogués,
sous le nom de : *Collection Marcuard*, n'en dé-
plaise à Barbedienne. Adresse-moi donc sans retard une nouvelle lettre de crédit de 35,000 francs,
et dans quelques mois d'ici nous serons les plus
riches bronziers de l'univers.

« Écris aussi que tu retires les expressions sévères dont tu t'es servie à mon égard. Tu es
toujours ma vieille poule adorée, ma Célestine
des dimanches, et tu serais injuste et coupable
de maintenir tes anathèmes contre.

« Le plus tendre et le plus aimant des maris,
          « ONÉSIME MARCUARD. »

Pour un novice en dissimulation et en impos-

ture, cette lettre marquait un début assez peu
brillant; car cette idée des bronzes de Pompéï
n'était pas une heureuse trouvaille.

Mais, en écrivant ce conte épistolaire, l'auteur
se proposait un double but : justifier immédiatement l'emploi des quatre-vingt mille francs et
obtenir un nouveau subside, dont la moitié serait consacrée à l'amortissement de la créance
Limet, et l'autre moitié à la récupération, au
moyen d'une audacieuse martingale, des quatre-
vingt mille francs enfouis dans le sein de la baronne.

Le coup était téméraire et indiquait une nature passablement aventureuse, montée tour à
tour par la crainte de l'épouse et par la convoitise de la maîtresse.

Il espérait que Célestine, malgré son expérience consommée, donnerait tête baissée dans
ce double panneau, et qu'avec un peu de chance
il se tirerait ainsi d'une situation critique.

Au premier moment, en effet, Mme Marcuard
oublia ses habituelles méfiances et, ne jugeant
qu'avec ses cupides instincts, elle crut avec enthousiasme aux merveilles décrites dans les
pages sonores d'Onésime. Elle s'abandonna elle-
même aux rêves les plus délirants sur les prix de
la revente des dépouilles pompéïennes.

Elle se vit plusieurs fois millionnaire; et
comme elle nourrissait aussi une secrète jalousie

contre la concurrence Barbedienne, elle décida que cet habile industriel devrait se considérer à l'avenir comme l'un des rivaux malheureux et déshonorés de la maison Marcuard.

Mais l'hallucination commerciale ne dura guère : après une demi-journée passée à relire la liste des bronzes antiques dressée par son mari, des doutes inquiétants commencèrent à se faire jour, et la pensée d'une mystification colossale ne tarda pas à lui venir.

Elle recueillit ses souvenirs, fit appel à tout ce qu'elle avait acquis de connaissances spéciales et techniques, pour vérifier autant que possible les assertions artistiques de son correspondant.

Or, elle découvrit presque aussitôt, qu'au moins sur un point capital la lettre était formellement mensongère. Onésime parlait de l'acquisition du *Faune dansant;* elle se rappela que ce modèle, il est vrai retrouvé à Pompéï, était reproduit et vendu depuis vingt ans à plus de cent mille exemplaires, et que le marbre, le bronze, la terre cuite et le plâtre l'avaient vulgarisé à l'égal des airs d'opéra dont les orgues de Barbarie colportent les motifs.

Il fallait donc rayer cette statue de la liste des trouvailles miraculeuses. Mais la constatation de ce flagrant délit d'imposture rendait sa foi absolument chancelante. Pour achever de s'éclairer, elle s'en fut au Louvre trouver le conservateur du musée Campana.

Cet estimable savant l'eut bientôt édifiée sur l'exacte valeur des découvertes de son Christophe. Il lui prouva en effet, d'après le catalogue, que toutes, absolument toutes les richesses artistiques, soi-disant achetées par le bronzier, étaient depuis longues années la propriété exclusive des musées d'Italie, notamment de Rome, de Florence et de Naples, où on les conservait avec un soin pieux.

Et le digne cicerone ajouta qu'une fortune princière serait insuffisante à les payer à leur juste valeur.

Ces éclaircissements frappèrent la pauvre femme au front, comme un violent coup de massue. Dans quel but avouable Marcuard avait-il donc entassé invention sur invention pour justifier et surtout légitimer l'emploi d'une somme aussi considérable? Voilà ce que Célestine se demanda vainement pendant trois jours, comme aussi la raison de son nouvel appel aux fonds de la communauté.

A quelle œuvre pie avait-il donc employé cette somme invraisemblable? Il fallait qu'il fût subitement devenu libertin ou aliéné. Peut-être avait-il sacrifié à son insu au culte retardataire de la femme? Qui sait s'il n'avait pas emmené clandestinement de Paris l'une de ces reines d'un

jour, qui vous *nettoient* poétiquement une fortune
en quelques semaines ? Infâme Onésime, serais-tu
donc descendu à ce dernier degré de la corruption éhontée?

Mme Marcuard savait pourtant que depuis longtemps les amoureuses virilités de son époux n'é-
taient plus sujettes à gaspillage ; aussi s'indignait-
elle à la pensée que le monstre s'était assez
aveuglé sur l'ardeur de ses flammes pour demander une dernière fois au petit dieu malin de lui
être propice. Par tous les bronzes encore inconnus, elle jura de tirer vengeance de cette offense
suprême, de cette tromperie sénile, en ramenant
le coupable au joug plus intraitable de la tyran-
nie conjugale.

Elle réfléchissait encore au choix des moyens,
lorsqu'on lui apporta un télégramme dans lequel
le plus insensé des vieillards aggravait sa faute,
en réclamant avec d'impérieuses instances l'en-
voi des trente-cinq mille francs.

Cette fois, Célestine, au comble de l'indignation, à peu près suffoquée par l'excès de ce cynisme, résolut de frapper un grand coup. Une
jalousie atroce lui souffla les résolutions les plus
violentes et elle décida qu'elle partirait le soir
même pour aller surprendre son mari au milieu
de ses coupables orgies.

Elle débarqua en effet au pays des orangers, à
l'heure où elle devait être le moins attendue. Ce

jour-là, les hôtes du marquis et du baron avaient
risqué à Monte-Carlo une partie solennelle, et
venaient de se retrouver autour de la table si
hospitalière des Autrichiens, lorsque Célestine
parut comme l'ouragan, après avoir renversé sur
son passage les obstacles qu'on avait voulu lui
opposer.

A la vue de cette Gorgone, dont le visage reflé-
tait des colères diaboliques, la compagnie fut
saisie de stupeur et personne n'osa se lever pour
lui ordonner de sortir. On se demandait vaguement quelle était cette femme, et par quelle fâcheuse bizarrerie elle avait pu ainsi pénétrer
jusqu'au sanctuaire du vice abject, jusqu'à la
caverne des voleurs civilisés. Car tous ces gens
ne s'estimaient guère entre eux et ne se seraient
pas décerné sans rire des brevets de probité.

On était au salon, et le lubrique Marcuard, en
doux *a parte* avec la baronne, humait son moka
au-dessus du sein de la Hunker, à demi renversée
dans sa vaste causeuse.

Célestine, sans trouble, mais froidement écumante, alla droit au bonhomme, qui, dans le
saisissement de cette apparition, se renversa à son
tour sur la baronne et, consterné, attendit l'éclat
de la foudre.

— Mes quatre-vingt mille francs, Onésime, où
sont-ils? siffla-t-elle comme un serpent pris entre
deux pierres.

— Pourquoi es-tu ici, voyons, Célestine ? murmura Marcuard, glacé de peur.

— Des bêtises!... Répondez; où est-il mon argent?

— Eh bien ! et la vieille ferraille de Pompéï? je ne t'ai donc pas écrit à ce sujet?

— Oui, tu comptais sans le directeur du musée Campana, qui m'a dévoilé tes turpitudes. Monsieur Marcuard, je ne sortirai pas sans ravoir tout mon argent mignon... Allons, levez-vous, et suivez-moi.

— Jamais de la vie; tu es trop en colère. Moi, je reste avec les amis.

— Tu ne veux pas quitter cette créature indécente qui, je le vois, t'a entraîné dans le vice? Elle n'a donc pas de mari, cette dame? ni pour deux liards de religion, puisqu'elle s'oublie ainsi devant le monde avec un vieil infâme de votre espèce?

— Pardonnez-moi, madame, fit le baron, en s'approchant, cette personne est ma femme, et quoique nous soyons au-dessus de vos insultes, j'ai l'honneur de vous informer qu'elles seront châtiées si vous persistez dans votre insolente attitude.

— Ça, c'est trop fort! hurla la mère Marcuard exaspérée. Onésime dissipe mon bien avec vous, je le comprends, je le sais et il faudrait encore que je vous appelasse mes bons amis, mes dignes seigneurs?

— Voyons, Célestine, tais-toi, supplia Marcuard. Tu offenses ces dames et ces messieurs, que tu ne connais même pas.

— Vous ne les connaissez que trop, vieux viveur, prodigue incorrigible, qui avez dévoré plus de quatre-vingt mille francs dans cette charmante société.

— Vous êtes une impertinente! s'écria la baronne, qui n'avait encore rien dit. Nous avons recueilli votre époux, que vous laissiez manquer des choses les plus indispensables, et que nous avons hébergé jusqu'à ce jour avec un désintéressement dont il peut lui-même témoigner.

— C'est vrai, c'est vrai, s'exclama Marcuard, positivement interloqué, en entendant les froides déclarations de Mme de Hunker. Tout le monde ici m'a fait l'aumône, et sans la compassion de ces braves gens, j'aurais été peut-être condamné, par les lois de mon pays, comme vagabond et mendiant.

— En tout cas, tu as joliment acquitté, depuis, tes dettes de reconnaissance, et je félicite ceux qui ont placé quelques sous sur ta bonne mine.

Limet, qui était présent, souffrait atrocement de cette explication pénible et sans dignité. En se faisant reconnaître de Mme Marcuard, il essaya de la calmer et se porta garant de la sagesse et

des fidélités de son mari. Ses efforts furent
vains. Célestine s'exaltait au contraire de plus
en plus, car la plaie toujours saignante de son
avarice semblait s'agrandir au contact de celui
qui l'avait ouverte.

Héléna elle-même s'employa à la désarmer et
chercha à l'attirer dans un coin pour la raison-
ner ; mais son intervention échoua contre la per-
sistante fureur de l'Harpagonne.

Heureusement, Mathilde et le marquis n'assis-
taient point à cette scène hideuse, et Mme Limet
continuait d'ignorer qu'Héléna n'était qu'une
Mme Marcuard disqualifiée.

Quoi qu'il en soit, les Hunker commençaient
à être fort embarrassés de la présence de cette
mégère, et Marcuard n'osait pas lever le siége,
car il redoutait par-dessus tout de se trouver seul
avec une femme aussi justement irritée.

— Il me semble, Madame, reprit Héléna en
s'adressant à Célestine, que les personnes bien
élevées ont l'habitude de laver leur linge sale en
famille. Nous n'avons jamais songé à confisquer
votre époux. Emmenez-le donc, et que tout soit
dit.

— Vous voilà bien, avec votre insolent caquet,
vociféra Célestine, en essayant de foudroyer
l'hôtelière du Bel-Respiro. Vous avez abusé,
vous aussi, de sa candeur, car vous en parlez
avec trop de dédain, pour ne lui avoir pas extor-

qué quelques-uns des papiers que je réclame.

— Madame, vous m'insultez !...

— Oh ! cela vous est bien égal ; pour gagner quelques louis de plus, vous en écouteriez bien d'autres.

— Il est vrai, riposta Héléna, qu'après avoir atteint cette hauteur d'insolence, on devrait payer son auditoire. Comment pouvez-vous nous accuser de pervertir votre bécasse de mari ? Vous ne voyez donc pas à ses stigmates de vieux libertin qu'il a toujours caressé vos filles de cuisine, vos demoiselles de magasin ?

L'ahurissemment de Marcuard était si complet qu'il aurait volontiers remercié Héléna pour sa dédaigneuse critique. Le baron sirotait flegmatiquement un petit verre de punch et regardait à la dérobée la mine déconfite d'Onésime, la physionomie crochue et batailleuse de la femme du bronzier, et s'arrêtait avec complaisance sur la tête de Limet, pour surveiller le degré d'impressionnabilité que cette scène pouvait produire en lui.

Sa compagne, au contraire, sachant que Marcuard, n'ayant plus un liard de crédit, ne pouvait désormais que réclamer le loyer de sa générosité, était enchantée de l'arrivée d'un auxiliaire naturel, qui allait la délivrer des écœurantes obsessions du mollusque. Elle assistait donc à ce débat avec une parfaite indifférence, et ce n'est

16

que par une diplomatie de pudeur qu'elle avait d'abord protesté.

— Quittons ces lieux, commanda Célestine sans répondre à Héléna. Je vous ordonne de me suivre, monsieur Marcuard... Allons compter, ajouta-t-elle ironiquement, les trente mille francs nouveaux que je vous apporte.

Marcuard suivit sa femme sans résistance, car il ne pouvait supporter plus longtemps les regards ironiques de la baronne et les sourires moqueurs d'Héléna.

Toutefois, il redoutait l'explication intime qui allait succéder à cet éclat, car il voyait à présent ses infamies et ne savait leur trouver aucune atténuation. Il voulut néanmoins conjurer l'orage en entrant spontanément dans la voie des aveux.

— Pour ça, Célestine, dit-il, quand ils furent seuls, je suis, je l'avoue, un profond misérable...

— Oui, vous l'êtes, interrompit celle-ci avec une indignation consternée.

— Plus encore que tu ne le saurais croire.

— Vous faisiez danser sans doute les écus de la communauté en compagnie de plusieurs maitresses ? J'aurais dû m'en douter.

— Non, Célestine, tu sais bien qu'à mon âge on ne donne pas dans ces sortes de fredaines.

— Je sais que vous avez toujours eu des tendances à délaisser votre pauvre femme. A l'époque où vous remontiez les pendules du faubourg Saint-Germain, vous avez, on me l'a dit, séduit plus d'une femme de chambre. Pendant que je pâlissais sur vos factures, vous caressiez les gouvernantes des enfants des duchesses. Je n'en ai rien montré, mais j'ai cruellement souffert. Pourtant, je peux le déclarer avec orgueil, je ne me suis vengée de vous qu'en vous retirant les clefs du coffre-fort.

— Tu faisais très bien, chère amie, et tu reconnaîtras que je ne t'ai jamais contesté ce privilége. Mais ce n'est pas de quoi il s'agit.

— C'est vrai; il s'agit aujourd'hui de justifier honnêtement de l'emploi de la somme invraisemblable de quatre-vingt mille francs, que vous avez reçue des Boisjolis, au compte de la maison Marcuard ?

— Célestine, pardonne-moi, j'en avais perdu d'avance les trois quarts chez les Hunker.

— Qui ça, les Hunker?

— Ces barons autrichiens, chez lesquels tu m'as rencontré. Ils me faisaient si joliment les yeux doux en me parlant de leurs châteaux que je n'avais pas su résister au plaisir de les obliger. J'ai appris depuis qu'après chaque emprunt ils allaient régulièrement s'alléger de mes louis dans la caissse de Monaco. La femme perdait à la roulette, le mari au trente-et-quarante.

— Et du surplus de la somme, qu'en avez-vous fait ?

— Célestine, je serai sincère jusqu'au bout : avec ce dernier quart, j'ai eu l'idée de tenter la fortune, afin de récupérer les pertes essuyées du côté du baron. Hélas ! Monte-Carlo m'a été fatal. J'y ai été dépouillé jusqu'au dernier sou par ce bandit de hasard, qui s'y acharne contre les joueurs.

— Voilà donc comment vous avez englouti la moitié au moins de notre crédit commercial !

— Ah ! Célestine, vous ne connaissez pas encore toute l'étendue du désastre !...

— Comment ! interrompit Mme Marcuard désespérée cette fois et terrifiée, ce n'est pas assez de quatre-vingt mille francs, il fallait encore la banqueroute ? Et vous croyez qu'à notre arrivée à Paris, je ne demanderai pas votre interdiction ? O misérable libertin que vous êtes ! je ne sais ce qui me retient de vous faire enfermer tout de suite... Quatre-vingt mille francs, vieux monstre, lorsque j'en dépense à peine huit cents pour ma toilette et mes menus plaisirs !

— J'en suis fâché, répondit Onésime, et tu vois mon remords.

— Votre douleur ne me touche guère ; du moment qu'elle ne me rend pas mon argent, elle est stérile et me laisse fort indifférente.

— Alors, ton indifférence va redoubler comme

mon chagrin, car à ces quatre-vingt mille francs
il convient d'en ajouter trente mille prêtés par
M. Limet, notre voisin de la rue des Francs-
Bourgeois.

— C'est la ruine! fit Mme Marcuard en jetant
un cri déchirant. Vous avez mérité les galères et
je vous y ferai condamner.

— Voyons, calme-toi. Tu sais bien que plaie
d'argent ne fut jamais mortelle.

— Pardon, à notre âge, ce mal est toujours
mortel. Satané pays et coquine de roulette! On
ne mettra donc pas le feu à ce Monaco, à cette
banque infernale, qui déshonore tous ceux qui
l'approchent et n'enrichit guère que des aventuriers ou des escrocs? Qu'allons-nous devenir,
mon Dieu?...

— D'abord, nous allons rembourser, reprit
Marcuard avec une simplicité antique.

— Avec quoi? demanda Célestine. A moins de
mettre notre maison en liquidation, une maison
fondée en 1811, je ne vois pas où trouver l'é-
norme différence que vous avez creusée ici.

— Tu arrives donc de Paris sans un sou en
poche?

— J'apportais à tout hasard les trente mille
francs demandés par dépêche; mais, puisque
Limet est devenu notre créancier, je veux le dés-
intéresser aujourd'hui même. Vous savez que je
n'aime pas emprunter aux voisins.

16.

— Vous ne ferez pas cette bêtise, Célestine.

— Pourquoi non ? Vous aimeriez mieux entendre dire dans le quartier que nous sommes les obligés des Pigonnet ?

— Ce n'est pas cela. Il s'agit à présent de regagner par un coup d'audace tout ce que j'ai si stupidement perdu, j'en conviens. Avez-vous confiance en moi ?

— Pas le moins du monde. Heureusement j'ai mon bon sens pour me guider.

— Eh bien, cela suffit. Voulez-vous m'écouter ?

— Parlez, vieil imbécile; débitez vos sottises.

— Tu es dure, Célestine, pour ton vieux camarade. C'est égal, je te pardonne, à cause de mes péchés... Veux-tu regagner en quelques heures nos cent dix mille francs et plus ?

— Tu le demandes ?

— Alors prends ton sac de dix mille écus et partons pour Monte-Carlo. En trois coups au maximum, nous ferons peut-être sauter la banque. C'est une inspiration qui me vient tout à coup.

— Moi ! risquer nos derniers quatre sous ? Jamais !

— C'est toi qui joueras. Or, tu sais le proverbe : Aux innocents les mains pleines. Je jure que tu feras sauter la banque.

— A quelle frénésie êtes-vous donc en proie ?
Je vous jure, à mon tour, que je ne mettrai point
les pieds dans cet enfer.

Marcuard finit par triompher des résistances
de sa femme. Célestine avait la cupidité fort ex-
citable, et elle se laissa convaincre assez facilement par la perspective de se refaire au moyen
de quelques martingales. Les saintes collines de
Plutus la remplirent aussitôt de toutes les fascinations de l'or, et elle monta au Kursaal comme
au Capitole.

Elle était transfigurée, méconnaissable ; Onésime la contemplait avec une admiration atten-
drie. Il la conduisait, du reste, en cicerone, lui
montrant les beautés des sites alpestres et la ras-
surant en particulier sur l'issue de la suprême
bataille qu'ils allaient livrer.

Elle dura sept heures et finit par un désastre
comparable à celui de la Bérésina. Après une
série d'alternatives de pertes et de gains, ce fut la
décave qui l'emporta. Les trente mille francs de
la créance Limet furent engloutis dans l'abîme
vertigineux de la banque.

Mais, au dernier coup de râteau du croupier,
Mme Marcuard était devenue folle !

Oui, folle ! entendez-vous ?

L'administration du Casino eut pourtant l'humanité de payer le rapatriement de ce couple infortuné.

Il fallait sans doute épargner au plus vite le spectacle de ces deux horribles mutilés, au public qui encombrait encore les salons.

. . . .

Au moment où nous écrivons ces lignes, Mme Marcuard est encore enfermée dans une maison de santé des environs de Paris, et la médication la plus savante n'a pu lui rendre la raison. Elle se croit toujours à Monte-Carlo et passe ses journées à disputer des pièces d'or à des croupiers imaginaires.

Quant à M. Marcuard, il est employé aujourd'hui, aux appointements de dix-huit cents francs, dans les bureaux de son successeur.

Il vient de rédiger un mémoire foudroyant, dans lequel il dénonce les maisons de jeu en général et demande hautement la suppression de Monte-Carlo que, dans son langage énergique, il appelle une *Manufacture de suicides*.

XI

Mathilde était devenue simplement la maîtresse du marquis.

L'excursion alpestre avait vu conclure ce déshonneur de la femme et cette trahison de l'épouse.

C'est dans une chambre d'auberge que l'unique rejeton des Pigonnet avait enfin cédé aux obsessions du séducteur. Il paraît que dans ces montagnes chaque nuit est troublée par les échos d'une chute semblable.

Ces gorges, ces pics et ces vallons attirent fatalement les couples irréguliers et les retiennent jusqu'à ce qu'ils aient lassé les ardeurs du petit dieu.

Mathilde en revint brisée au bras de M. de Liauzan qui, satisfait, rassasié, roucoulait à son oreille une musique semblable à des ricanements.

Pendant ce temps, Joseph Limet, ignorant et peut-être insoucieux du tribut que sa femme payait aux voluptés illégitimes, s'abandonnait de son côté aux douteuses caresses et aux cupides suggestions d'Héléna, après avoir rapporté d'Italie le montant de ses lettres de crédit.

Il partageait ses loisirs entre les artifices de l'hôtelière du Bel-Respiro, les salons de Monte-Carlo et la partie de whist avec les Hunker et leur fameux commodore. Le matin, aux genoux d'Héléna, qui l'enlaçait comme le serpent légendaire ; l'après-midi, au Kursaal avec elle ou en compagnie des escrocs qui pullulent autour des tables ; le soir et une grande partie de la nuit, à la diabolique bouillotte des Autrichiens, telle était depuis quelques jours l'existence infernale de ce disciple du grand Pigonnet.

C'est à peine si les époux avaient le temps d'échanger entre deux portes les banales tendresses de la routine conjugale, car ils ne se voyaient qu'à l'heure du dîner et ne se rencontraient plus que par hasard dans leur chambre de nuit. Encore feignaient-ils toujours un lourd sommeil ou une profonde fatigue, afin de se dispenser de l'échange classique des politesses sacramentelles.

Chacun portait secrètement le scrupule des fidélités adultères et préférait le remords du devoir légitime au remords du devoir criminel.

Au surplus, Limet joignait aux fiévreuses préoccupations de l'amour ce poignant souci du joueur, dont l'obstination égale la déveine. Son idée constante et fixe n'était plus à présent de réparer ses pertes par les gains laborieux et répétés du commerce, mais de se refaire au moins, sinon de décupler son avoir, par une série d'heureuses combinaisons au trente-et-quarante.

Héléna, les Hunker, Marcuard, les croupiers lui coûtaient déjà plus de vingt mille louis, somme écrasante pour l'époque et en particulier pour sa position. Il devenait donc d'une nécessité inéluctable de risquer les derniers cent cinquante mille francs qui lui restaient et de gagner ainsi un million pour se remettre à flot, à la condition toutefois de se résigner d'avance au coup de pistolet qui, chez les hommes de cœur ruinés et déshonorés, suit toujours la décave suprême.

Quel sombre et tragique chemin le misérable boutiquier avait parcouru depuis un mois! Encore ignorait-il toute l'étendue de sa ruine et de son infamie. L'exemple même de la récente catastrophe du voisin Marcuard ne lui avait inspiré aucune réflexion salutaire.

Cependant, au milieu des effervescences de sa violente passion, Mathilde avait parfois des intervalles lucides, comme de rapides éclaircies sur les honnêtes bonheurs de son passé, et alors les atroces joies du présent lui faisaient peur. Le pressentiment d'une calamité inconnue, mais prochaine, la remplissait d'effroi et l'excitait vaguement à tenter quelque chose pour la conjurer.

Cette mystérieuse clairvoyance qui veille quand

même au fond du cœur de certaines femmes et forme ce qu'on appelle leur double vue, lui montrait comme dans le déchirement d'un éclair les intimes angoisses de Limet, aussi bien que la cause toujours agissante qui chaque jour y ajoutait de nouveaux aiguillons.

Elle finit par se décider à un entretien solennel où elle apporterait tous ses anciens dévouements pour rendre à son mari la force qu'il n'avait plus et le contraindre à fuir avec elle un lieu qui menaçait de devenir leur tombeau.

L'occasion s'en présenta naturellement un soir que le marquis avait dû accepter l'invitation à dîner d'un grand seigneur russe, et que, par le même hasard, Limet se trouvait indisposé. En cette circonstance, elle ne pouvait décemment quitter son mari. Elle en profita pour engager l'entretien qu'elle désirait.

— Écoute, Limet, lui dit-elle tout à coup, après avoir parlé de choses indifférentes, tu me sembles bien changé depuis quelque temps.

— C'est possible, répondit Limet sans s'émouvoir. La vie de Nice me fatigue beaucoup ; je m'aperçois enfin que le Paillon ne vaut pas pour moi les ruisseaux du Marais. Aussi, encore une quinzaine et nous regagnerons, si tu veux m'en croire, notre vieille cassine.

— Tu ne me comprends pas.

— Parfaitement : je remarque, au contraire,

qu'à ton tour tu dépéris à vue d'œil. Décidément, ce diable de climat méridional ne va pas du tout à nos poumons parisiens.

— Encore une fois, tu ne me comprends pas, insista Mathilde.

— Alors, que voulais-tu dire ?

— Oh ! trop de choses, puisque tu ne sais pas deviner. D'abord, ne dirait-on pas qu'à présent tu me fuis, lorsqu'il y a un mois à peine je t'étais encore si indispensable que tu en devenais importun.

— Dis donc, Mathilde, fit brusquement Limet, j'en ai autant à ton service. Je fais bien souvent à ton endroit la même remarque, et je m'en suis vainement affligé, car tu t'en aperçois à peine aujourd'hui.

— Je t'en supplie, Joseph, supprimons entre nous le marivaudage, et surtout parlons franc. Tu t'ennuies à mourir ?

— Entre nous, il y a un peu de cela.

— Beaucoup même. Pourquoi ?

— Je te le demande à toi, qui devines si bien les choses les plus cachées. Je t'assure que je serai fort embarrassé de le définir.

— Mon ami, tu n'aimes plus ta femme et ne penses guère à tes enfants.

— Je proteste.

— Ne t'en défends pas : cette indifférence se

17

lit aussi clairement sur ton visage que dans un miroir.

— Et quand cela serait, à qui la faute ?

— A toi, monsieur Limet, à toi seul.

— Par exemple, voilà qui est violent.

— Pourquoi m'as-tu presque abandonnée, moi pensionnaire, dans ce monde inconnu, comme si tu eusses prémédité de me livrer corps et âme aux tentations, aux corruptions des viveurs et des aventuriers qui foisonnent ici ?

— Il y a aussi de fort braves gens et l'on y peut vivre sans se damner.

— Oui, d'honnêtes imbéciles comme toi, comme moi, qui sont la proie des séducteurs et des filoux. Que deviendraient les écumeurs s'ils n'avaient pas quelques centaines de bourgeois de notre espèce à se mettre sous la dent ? Que deviendrait surtout l'immense tripot de Monte-Carlo ?

— Raison de plus pour nous serrer l'un contre l'autre, afin d'opposer à cette invasion une résistance invincible, objecta Limet, un peu inquiet de la tournure que prenait le dialogue.

— En cela, tu es le seul coupable, car pendant que nous marchions la main dans la main, tu as le premier retiré la tienne.

— Il m'est avis, au contraire, que tu as oublié les précédents, fit remarquer Joseph, avec une inflexion de voix significative.

— Faut-il les rappeler ? interrogea Mathilde fièrement.

— J'écoute.

— Qui donc insistait pour quitter Nice dès le second jour de notre arrivée ? Qui donc, je le demande, après ta rencontre avec le marquis, t'a rappelé que nous n'étions pas des gens de sa société, et qu'il nous arriverait malheur de nous être oubliés au point d'accepter ses politiques hommages ? En dépit d'un certain vertige, d'une vanité explicable, je sentais fort bien que nous ne serions jamais que tolérés, parmi ces vicieux élégants, qui pourtant ne nous valent pas. Hélas ! j'avais trop bien jugé.

— Je veux que je sois cause de notre trop long séjour dans ce réceptable de toutes les infamies civilisées; mais mon imprudente fatuité n'explique pas et surtout ne justifie guère l'éloignement voisin du dégoût que je découvre en toi chaque jour un peu plus.

— Pardon, monsieur, vous n'ignorez pas que vous vous êtes mis sur le pied de me fuir systématiquement, d'éviter avec soin les endroits où vous pouviez me rencontrer, de passer sans votre femme les matinées on ne sait trop où, les après-midi à Monaco, dans cet horrible labyrinthe des désespoirs ou des cupidités. Enfin, vous consacrez vos soirées aux Hunker, quand vous n'y restez pas la majeure partie des nuits que vous allez ensuite finir ailleurs.

— Et pendant ce temps, Mathilde, où êtes-vous vous-même?

— Chez moi, et là, en vous attendant, je dors ou je soupire.

— A moins que vous ne soyez autre part et que vous ne vous livriez à des jeux plus récréatifs.

— Je ne vous répondrai pas; l'insinuation est trop grave, bien que puérile; j'aime mieux vous plaindre des infortunes que vous n'avouez point et sous le fardeau desquelles vous fléchissez. Joseph, vous jouez en ce moment un jeu effréné; vous avez eu d'abord des entraînements, vous avez voulu ensuite les réparer, et ce qui, dans votre fortune, n'était qu'un trou est devenu un abîme. Peut-être sommes-nous sur le penchant de notre ruine?

— C'est vrai, répondit Limet tristement.

— Malheureux! s'écria Mathilde avec effroi. Vite, le bilan.

— Il est bien simple, reprit Joseph d'une voix affermie par l'excès de sa douleur. Avec ce que nous avions emporté de Paris et le montant des lettres de crédit que je suis allé recouvrer en Italie, nous avions décaissé la somme énorme de sept cent quarante mille francs...

— Eh bien? interrompit sa femme avec épouvante.

— C'est à peine si aujourd'hui, après six semaines de voyage, nous sommes encore à la tête d'une centaine de mille francs. C'est-à-dire que le fonds de roulement de la Maison Pigonnet et Cᵉ n'existe plus ou peu s'en faut.

— Oh! Joseph, vous si prudent et si sage, vous vous seriez rendu tout à coup si coupable? Et c'est dans la caverne de Monaco que tout cet argent serait allé s'engloutir?

— Tout, tout par moi ou par d'autres; car les sommes prêtées à divers ont pris également ce chemin : et vos soixante mille francs, et les trente mille de Marcuard, et le triple de cette somme confié à sa femme, et les vingt mille du marquis, et les deux mille louis des Hunker. Je vous répète que Monaco a tout dévoré, tout. Six cent mille francs au moins de la fortune si pure et si loyale des Pigonnet ont disparu en un clin d'œil dans le ventre terrible de ce monstre, qui absorbe chaque jour un million et ne dégorge que des pistolets ou des poignards à l'usage de ceux qui lui ont servi cette pâture. Quand donc l'armée des décavés, dispersée aux quatre coins du monde, se réunira-t-elle pour venir donner l'assaut à cette forteresse, à cette Kasbah remplie des dépouilles de plusieurs milliers de victimes?

— Tout cela ne guérit point nos blessures, répondit Mᵐᵉ Limet en sanglotant. Nous avons perdu quatre cent mille francs environ de notre

chef et deux cent mille du chef de nos emprun-
teurs. Or, avec ce qui nous reste, joint à cette
créance, notre actif serait donc encore de trois
cent mille francs?

— Oui, en admettant que nos débiteurs fussent
solvables. Malheureusement, je viens de découvrir qu'ils ne le sont guère; nous recouvrerons
à peine le dixième de cette somme, soit au plus
juste les vingt mille francs du marquis.

— Et les Marcuard?

— Complétement ruinés. Le bronzier vient de
repartir en toute hâte pour essayer de sauver
quelques rouleaux de sa liquidation, dont le
désastre est inévitable.

— Mon Dieu! ayez pitié de nos enfants, murmura Mathilde; car je suis encore plus coupable
que lui. Ah! si la France, si l'univers, ajouta-
t-elle plus haut en regardant Limet, pouvait voir
notre angoisse, cette terre-ci serait maudite et
désertée à toujours. A quoi servent-ils donc les
gouvernements, et les juges, et les gendarmes?

— Voyons à présent, avec tout notre sang-
froid, ce qu'il convient de faire.

— Il n'y a pas à hésiter : il faut partir sans
retard, fit Mathilde, admirable de résignation et
de courage. Il vaut mieux rentrer à Paris avec
cent mille francs qu'avec une décave radicale.
Nous raconterons au père notre triste aventure ;
il est bon et nous pardonnera. Nous nous remet-

trons au travail avec ardeur et cinq années d'efforts intelligents suffiront pour cicatriser cette
plaie.

— Tu penses, reprit Limet vivement, que
j'aurais le front de rentrer à Paris pour dire uni-
quement au papa Pigonnet : « Voilà, je suis
entré chez vous à dix-sept ans, pauvre, sans famille, en quelque sorte recueilli par votre frère
et par vous. Je vous ai aidé, mais vous m'avez
généreusement enrichi, en m'associant, en me
donnant votre fille, et aujourd'hui que je suis
commercialement et légalement un Pigonnet, je
vous apporte la récompense suprême de vos
bienfaits : sachez que j'arrive de Monaco, de
Monte-Carlo, du casino, de la roulette, du
trente-et-quarante, de la bouillotte et du baccarat, où j'ai bêtement, stupidement, criminel-
lement dissipé, laissé à M. Blanc ou à d'horribles escrocs six cent mille francs qui vous appar-
tenaient... » Mathilde, je préférerais trois balles
au front et un coup de couteau dans le cœur !

— Allons, tu es fou, répondit celle-ci effrayée
de tant d'exaltation. Il n'y a qu'un parti sage à
prendre : Partons.

— Jamais ! insista Limet. Il nous reste cent
mille francs. C'est un million qu'il me faut maintenant en échange de cette somme, et si la fortune me trahit encore, eh bien... je ne reverrai
plus Paris !

XII

Le sort était jeté.

D'ailleurs, Limet était encouragé dans cette résolution désespérée par les gobe-louis qui formaient son entourage et avaient organisé contre lui la conspiration de l'escroquerie incessante et flagorneuse.

Le commodore lui avait présenté d'autres faux Américains comme lui, d'adroits compères, de subtils routiers, habitués à détrousser les ébénistes comme les princes, et à se poser cependant en fort honnêtes touristes, ennuyés de leurs millions et cherchant partout de joyeux amuseurs pour rédiger leur menu de chaque jour.

Grâce à leurs insinuants paradoxes, Limet se persuadait à la fin qu'il était, au contraire, un individu extraordinairement veinard, mais que la chance attendait qu'il eût retiré l'épingle de sa dernière liasse de billets de mille, pour lui accorder ses plus galopantes chevauchées.

Et il croyait tout cela, le malheureux, avec une ferveur de naufragé, avec une crédulité d'ange déchu, qui sourit encore aux dernières mélancolies de l'espérance.

Il allait jusqu'à prendre en pitié les découragements et les frayeurs de Mathilde, car sa confiance insensée lui procurait cette ivresse favorable que les Anglais accordaient jadis aux condamnés de New-Gate une heure avant leur pendaison au gibet de Tyburn.

N'espérez pas que nous vous racontions jour par jour cette lamentable agonie. D'ailleurs, la narration est devenue classique.

Nous nous sommes tous essayés, sur les bancs de l'école, à cette lugubre amplification de l'homme assis durant toute une nuit autour du tapis redoutable, et là le visage tour à tour couperosé ou livide, la bouche déformée par un rictus satanique, l'œil fiévreux, étincelant de cupidité, d'anxiété, de peur, parfois d'une joie sauvage, souffrant, muet et consterné, les supplices raffinés de la torture antique.

Nous l'avons décrit à la naissance de l'aube, le front chargé de farouche désespoir et de fatigue mortelle, quittant d'un pas lourd le tripot funeste et les mains crispées dans ses poches vides, gagnant le lieu écarté où il tombera volontairement pour ne plus se relever.

Nous ne recommencerons pas ce drame si

commun du reste à Monaco, qu'il s'y dénoue
souvent plusieurs fois par semaine, au milieu de
l'indifférence des passants attardés, trop joyeux
de leurs gains ou trop navrés de leurs différences
pour prendre garde à ce misérable qui s'agite
derrière un taillis, dans les dernières convul-
sions.

Hodie mihi, cras tibi, telle est l'oraison fu-
nèbre! On n'écoute avec attention et faveur que
le glas de l'or sonné par les croupiers de
M. Blanc!...

Telle fut à peu près la situation psychologique
de M. Limet pendant les jours de sa lutte effroyable contre le destin. On ne rencontrait
plus que lui sur la place Masséna, à la promenade des Anglais, sur les chemins de Nice, à
Monte-Carlo, entouré d'aventuriers et inévita-
blement escorté de son implacable Héléna. Mathilde, du reste, après son effort de devoir conjugal, avait moralement abandonné son époux,
en attendant une rupture éclatante.

Mais Héléna s'acquittait à merveille de la
fonction d'excitatrice et de conseillère. Elle faisait agréer les systèmes inventés par ses complices et tout en sanglotant à son ordinaire les
complaintes de l'amour maternel, elle taillait
des banques comme Argine, après avoir gagné
de l'or encore sur les lèvres de Limet où elle savait déposer des baisers de Paméla.

Que voulez-vous : c'était pour les enfants !

Ils étaient passés tous deux à l'état de *pontes* éternels, mais de plus en plus maltraités. On eût dit qu'ils avaient été élevés par M. Blanc à l'éminente fonction de directeurs des cotillons de Monaco, de conducteurs de la sarabande, de la danse effrénée de MM. les écus avec Mlles les filles de la Banque de France.

Aux Quinconces, dans les délicieux jardins, près des superbes platanes ou au balcon monumental, on était sûr de rencontrer toujours ce couple échevelé, lorsqu'il n'était pas dans les salons, acharné à accélérer l'heure de la perte irréparable.

Les huit derniers jours de cette existence furent épouvantables. Il nous répugne de placer sous les yeux du lecteur le tableau immoral de leurs infâmes émotions, pendant ces misérables alternatives de perte et de gain, qui d'abord se balancèrent et ensuite se confondirent dans une horrible débâcle, après avoir suivi une à une toutes les gradations de la décave fantastique.

Nous tomberions d'ailleurs dans de fastidieuses redites, car il n'est rien de plus monotone que les péripéties de ce duel du joueur qui, au lieu de coucher son adversaire, finit toujours par se percer lui-même et ne se fait inscrire qu'au nécrologe de cette terre maudite.

Au moment où nous écrivons ces lignes, nous

éprouvons l'écœurement de l'observateur philan-
trope que sa destinée aurait rivé au rocher de
Monaco, pour y contempler malgré lui ce drame
abominable qui recommence là-haut et se dénoue
chaque jour là-bas, dans un fossé solitaire ou
dans une chambre d'auberge.

On n'y meurt pas de la poitrine, mais de cette
maladie spéciale que l'on pourrait appeler le choléra aurimane.

Limet perdit successivement, par dizaines, les
cent mille francs qui constituaient sa ressource
suprême et, pour l'achever plus rapidement, la
Proserpine des hôtels garnis s'appropria religieu-
sement, à son insu, le produit des rares martingales qui, de temps en temps, venaient retarder
la chute de la dernière illusion.

Le dernier jour, Limet parut seul à Monaco.
Héléna ne l'accompagnait plus. Cette femelle
n'était pas de la famille des vautours; elle avait
senti le cadavre et s'était hâtée de quitter Nice
ou de s'y cacher avant la catastrophe imminente,
après une explication orageuse, où elle avait
cyniquement dévoilé les abominables calculs de
ses cupidités maternelles.

Plus d'argent, partant plus de maîtresse. Celle-
ci venait de disparaître, empressée sans doute de
porter aux enfants le butin de la prostituée.

Mme de Hunker, toujours charitable et habile
dans l'art d'accommoder les restes, avait accouru

auprès de Limet pour ramasser les miettes que l'autre dédaignait.

Et le baron suivait, appuyé sur sa canne de seigneur de la Carniole, épanoui, souriant et jouant au naturel la béate satisfaction de tous les gens repus.

Monaco n'était pas son champ de manœuvre à lui ; il s'y rendait seulement par décence, afin de ne pas démentir son rôle de capitaliste.

O splendeurs à jamais évanouies ! C'est entre ces deux torches fumeuses que Limet accomplit à son insu les préliminaires de ses funérailles !

C'était un samedi. Il avait joué avec rage toute l'après-midi. Vers quatre heures, la déveine parut s'arrêter, hésitante, comme si elle eût regretté d'étrangler sitôt cet homme peu méchant, qui depuis une semaine se battait avec le foudroyant courage d'un héros et l'ardente inexpérience d'un conscrit.

Un moment, il répara par une série de refaits ses pertes de plusieurs jours. Il gagnait plus de soixante mille francs. Encore dix fois cette somme et il était sauvé, car il ne caressait plus le rêve du million.

Hélas ! à six heures, le destin commençait à se retourner de nouveau contre lui, et les oiseaux noirs se remettaient à voltiger autour de sa tête.

A huit heures, tout était consommé ! L'homme aux sept cent quarante mille francs, l'infortuné

Limet, n'avait plus pour toute ressource, sous le ciel de Nice, que trois louis !

Pas même de quoi retourner à Paris, sans invoquer, comme Marcuard, l'ironique munificence des caissiers de M. Blanc !

Comme bien on pense, l'infortuné n'y songea guère ; il ne s'avisa même point, au milieu de sa sombre désolation, de recourir à l'obligeance de ses nombreux... débiteurs.

Il rentra à Nice tout simplement, silencieux, calme en apparence, au bras du baron, qui lui prodiguait les consolations vulgaires, pendant que, de son côté, la femelle de ce crocodile rouge lui baragouinait des caresses à la française.

Il était dix heures quand ils arrivèrent à Nice. Au sortir de la gare, Limet se rendit immédiatement à la villa Liauzan, où sa femme devait l'attendre avec inquiétude.

Tout semblait dormir à cette villa, plongée qu'elle était dans l'obscurité des maisons abandonnées. Cependant, à son appel, un domestique lui vint ouvrir la porte de la grille, et sans rien demander, saisi d'une vague inquiétude, il se rendit à ce buen-retiro du rez-de-chaussée, où le maître du lieu l'avait si obligeamment installé six semaines auparavant.

Aucun être vivant ne respirait dans ce logis, et lorsqu'il se fut procuré de la lumière, il constata avec effroi que non-seulement sa femme était absente, mais qu'elle devait être partie sans esprit de retour, car les meubles se trouvaient dans le plus grand désordre, et tous les objets appartenant à Mathilde avaient été enlevés.

Monaco l'avait patiemment dépouillé de sa fortune, mais avec du courage et une certaine trempe de caractère, il pouvait lutter encore contre les désespérances matérielles de la vie et recouvrer avec le temps l'or si confiamment jeté dans la gueule de la bête à plusieurs têtes, qui règne à Monte-Carlo.

Seulement, pour engager cette nouvelle partie, pour recommencer le combat quotidien de celui qui a besoin de réparer les brèches de sa fortune et de son honneur, il lui fallait l'appui moral, l'encouragement incessant de son auxiliaire naturel, de sa compagne, de sa femme.

Or, Mathilde semblait avoir disparu, elle aussi, avec son dernier enjeu. Il voulut croire d'abord qu'elle était rentrée furtivement à Paris, afin de le contraindre à l'y suivre et de le sauver ainsi des tragiques inspirations de la dernière minute.

Il était encore à cent lieues de supposer que Mme Limet eût seulement remarqué les qualités mondaines de M. de Liauzan. Il lui échappa même une larme de remords attendri, à la pensée que Mme Limet avait remplie en silence cette mission d'un dévouement tout viril, et se promit de lui en marquer plus tard son enthousiaste gratitude.

Dans son exaltation et sa fièvre, il n'avait pas tout d'abord remarqué deux lettres, placées cependant sur l'un des meubles apparents du salon. A la fin, elles frappèrent ses regards, et il se précipita pour les saisir avec un anxieux empressement.

La première portait le timbre de Paris. Elle avait été écrite par le beau-père, qui marquait sa surprise d'un séjour aussi peu justifié sur les bords du Paillon.

Limet froissa cette lettre et la jeta avec impatience. Il s'agissait bien de cela, en vérité ! Si encore on lui avait donné des nouvelles certaines de sa femme ! Il déchira donc l'enveloppe de l'autre, dont il reconnut l'écriture avec une stupeur involontaire. Elle était de Mathilde en effet, et voici ce qu'elle contenait :

« Mon cher Joseph, ne sois pas inquiet de moi : je vais à Rome, où tu n'as pas voulu me conduire. De là je rentrerai à Paris en passant par la Suisse. M. de Liauzan a daigné consentir à m'accompagner. Je t'abandonne aux hommes de M. Blanc, puisque je n'ai pu te ravir à leurs griffes. »

Cette fois, plus d'illusions, plus d'espérances : sa misère et son abjection lui apparurent plus grandes, plus hideuses encore que celles du vieillard dont il est parlé dans la Bible.

Après une nuit passée dans les terribles indécisions de celui qui veut mourir et retarde toujours la minute fatale, il retrouva enfin ce calme prostré qui est la dernière manière du désespoir incurable.

Il n'écrivit rien, ne fit aucun préparatif.

Il ouvrit seulement la fenêtre du salon, qui donnait sur la mer, et là, aux premiers rayons du soleil, appuyant sur sa tempe un revolver, enlevé à la panoplie du marquis, il tomba foudroyé.

Pauvre Limet !.....

. . . .
. . . .
. . . .
. . . .

Quinze jours après la fin tragique de Joseph Limet, M. de Hunker réunissait à sa table ses complices ordinaires, parmi lesquels le célèbre commodore Jackson, Mme Héléna, qui avait simplement simulé une fuite, et le marquis de Liauzan lui-même.

Ce dernier, arrivé de Rome la veille, avait appris à Albano la nouvelle du suicide de Limet et s'était empressé d'en informer sa maîtresse, qui

17.

se hâta de regagner Paris, où le corps de son
mari venait d'arriver.

Le marquis paraissait enchanté de se voir enfin débarrassé de Mathilde, et ne cachait pas son
dégoût et son mépris pour les femmes de la bourgeoisie marchande.

— Bah ! répondit-il au dessert, à M. le commodore qui l'interrogeait : c'était une grisette du
temps de Béranger.

— Ne disons pas trop grand mal de ces gens-
là, interrompit l'Autrichienne : nous restons
leurs débiteurs pour une somme de 250,000 francs
environ.

— Oui, mais ils sont sans titres pour la réclamer, fit observer judicieusement le commodore.

— Il faut avouer que c'est peu, ajouta dédaigneusement Héléna: c'est encore la maison Blanc
qui a eu le gros lot.

— Vous avez raison, dit à son tour la baronne :
Monte-Carlo a dévoré à lui tout seul plus de cinq
cent mille francs, sans compter ce que nous
y avons apporté nous-mêmes, pour lancer les
jeunes gens.

— Au fait, demanda le marquis en riant, si
nous adressions une requête au vieux père Blanc?
Le partage des dépouilles me semble, en vérité,
par trop inégal.

— A présent, conclut le commodore, à qui le
tour ?.....

— Hélas! soupira Héléna, le grand tir aux pigeons n'aura lieu qu'en janvier, et nous ne sommes encore qu'en novembre !... Je reviendrai.

— Surtout, ne nous ramenez point Mathilde, s'écria le marquis, en éclatant de rire.

FIN

PARIS. — IMP. NOUV. (ASSOC. OUV.), 14, RUE DES JEUNEURS
E. MASQUIN ET C'.

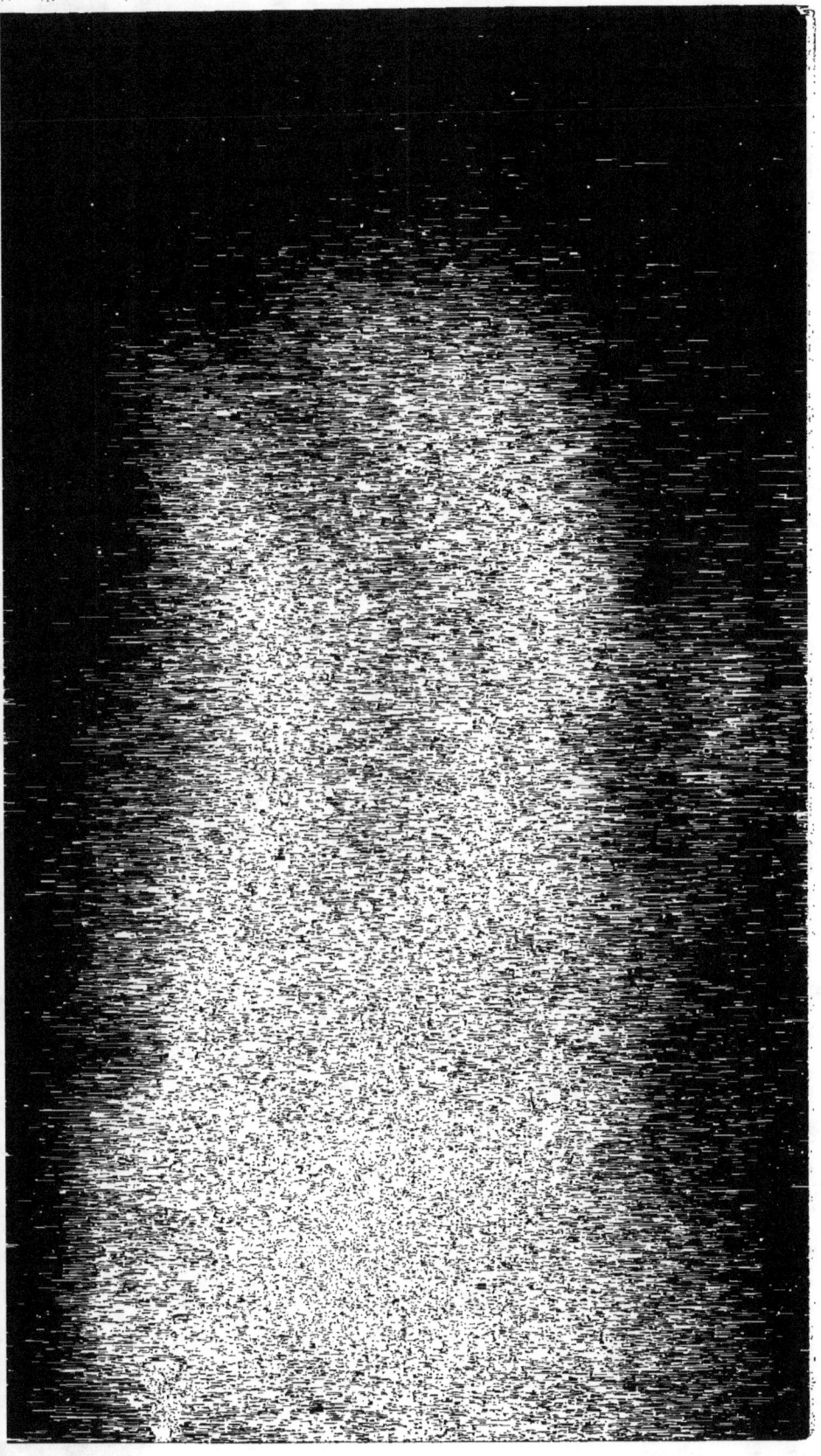

www.ingramcontent.com/pod-product-compliance
Lightning Source LLC
Chambersburg PA
CBHW070203030726
47505CB00006B/1558